Marcel Aymé

La Vouivre

Gallimard

I

Arsène Muselier arriva à la Vieille Vaîvre vers six heures du matin et se mit à faucher le pré en forme de potence, qui bordait un champ de seigle sur deux côtés. La Vieille Vaîvre était une pièce de terre d'environ un hectare, découpée dans la forêt à cinq cents mètres de la lisière. Au pied des grands arbres, les ronciers ourlaient d'une ligne sombre les quatre côtés du rectangle ainsi creusé. Le pré appartenait aux Muselier et le champ aux Mindeur, leurs petits-cousins avec lesquels ils étaient en froid depuis trois générations. La brouille entre les deux familles était survenue quelques années après la mort de l'ancêtre commun qui avait essarté ce morceau de forêt sous le deuxième Empire.

Arsène, un garçon de vingt-trois ans, petit et puissamment charpenté, fauchait sans lever le nez, car la besogne exigeait une attention soutenue. Le pré manquait de pente et le fond argileux y retenait l'eau pendant la plus grande partie de l'année. A la belle saison, le terrain, semé de trous, avait le relief et la consistance d'une éponge sèche et la faucheuse mécanique s'y cassait les dents. Il fallait couper à la faux en prenant bien garde à ne pas piquer dans la terre. Arsène laissait derrière lui de maigres andains d'une herbe rêche comme le seigle des Mindeur. Le foin valait à peine le temps qu'on prenait à le récolter et il eût été d'un meilleur rapport de faire du seigle à la place ou toute autre culture. On y avait souvent songé, mais le voisinage du pré avait l'avantage de gêner les propriétaires du champ. Négligeant de récolter un regain trop pauvre, les Muselier y mettaient paître leurs vaches dès après les foins et il en résultait toujours quelque dommage pour les Mindeur.

Vers huit heures du matin, Arsène aiguisait sa faux lorsqu'il aperçut à quelques pas de lui une vipère glissant sur l'herbe rase entre deux andains. Un frisson lui passa sur l'échine et son cœur se serra d'une légère angoisse, comme il lui arrivait parfois dans les bois lorsqu'il entendait le bruit d'un remuement dans les branches profondes d'un buisson. A l'âge de cinq ans, un jour qu'il cueillait du muguet, il avait mis la main sur un serpent et l'aventure lui avait laissé l'horreur des reptiles. La vipère filait comme un trait, le corps à peine ondulant, sa tête plate immobile, surveillant le garçon de son petit œil au regard prompt comme celui d'un oiseau. Plein de haine et d'indignation, Arsène avait lâché sa pierre à aiguiser. La faux bien en mains, il fit un bond en avant et, d'un mouvement court et précis, estoqua au ras de l'herbe. La bête avait vu venir le coup et s'était mise hors de portée. Lorsqu'il releva la faux, elle s'était déjà coulée sous un andain. Le gosier serré, il guetta l'endroit où elle avait disparu, l'imaginant tapie, attentive, prête à la détente, et lui semblant qu'il vît briller le petit œil au regard froid, dardé entre des plis de peau dont la pensée lui faisait mal. Il observa soudain que les oiseaux de la forêt avaient cessé de chanter et, au centre de cet inexpli-

8

cable silence, il se sentit faible et vulnérable. Comme il se décidait, à contrecœur, à remuer le foin avec la pointe de sa faux, la vipère ressortit quelques mètres plus loin et, traversant un espace découvert, se glissa dans l'herbe haute où elle se perdit. Arsène, qui n'avait plus risqué un pas à sa poursuite, s'aperçut alors que ses mains étaient crispées sur les poignées de sa faux et que ses genoux tremblaient. Humilié, il se défendit en lui-même d'avoir eu peur et se souvint que la veille encore, quand le taureau s'était échappé dans la cour de la ferme, il l'avait manœuvré avec un sang-froid et une hardiesse qu'avait admirés son frère aîné. Il reprit sa besogne, mais sans s'y intéresser, attentif au silence et à sa solitude. Il sentait le poids de la forêt d'autour, l'inertie hostile de cette vaste pénombre recélant dans ses assises un grouillement nuiteux et sournois. Sous la haie sauvage bordant la Vieille Vaîvre, il cherchait malgré lui des regards de bêtes froides, épiant à l'abri du roncier, du houx et de l'épine noire.

Le silence persistant des oiseaux finit par l'inquiéter davantage que la sensation d'une présence nombreuse et patiente. Il se résolut à aller en chercher l'explication dans la forêt même. Choisissant à dessein l'endroit où avait disparu la vipère, il enfila un sentier qui menait à la fontaine du Solare où il se promit de boire un coup d'eau fraîche. La rosée brillait d'un éclat d'argent dans la pénombre du sousbois, mais le silence insolite à cette heure matinale donnait l'illusion d'un crépuscule après l'orage. Arsène, réconcilié avec la forêt, en respirait l'odeur avec allégresse. Sans oublier tout à fait le sentiment d'effroi qui l'avait saisi sur le pré, il se sentait presque délivré. Au bord du sentier, dans les fougères et les herbes folles, le pas de ses sabots dérangeait des bêtes peureuses dont la présence se révélait par des bruissements de feuilles ou des frémissements qui se propageaient dans la frêle végétation et en secouaient la rosée. Il affectait par devers soi d'y prendre plaisir et s'attardait à écarter les herbes pour essayer d'y surprendre le fugitif.

Il marchait depuis quelques minutes, et il vit, presque sans émoi, déboucher une vipère sur un croisement de sentiers. Plus longue et plus fine que celle du pré, elle rampait sans hâte, le col dressé, l'allure provocante. Elle tourna vers lui sa tête plate, comme pour le toiser, et Arsène, en découvrant sous la mâchoire de la bête un coin de peau tendre et molle, sentit renaître en lui une indignation panique. Il n'eut d'ailleurs pas le temps de s'y laisser aller. Derrière la vipère apparut une fille jeune, d'un corps robuste, d'une démarche fière. Vêtue d'une robe de lin blanc arrêtée au bas du genou, elle allait pieds nus et bras nus, la taille cambrée, à grands pas. Son profil bronzé avait un relief et une beauté un peu mâles. Sur ses cheveux très noirs relevés en couronne, était posée une double torsade en argent, figurant un mince serpent dont la tête, dressée, tenait en sa mâchoire une grosse pierre ovale, d'un rouge limpide. D'après les portraits qu'on lui en avait tracés et qu'il avait crus jusqu'alors de fantaisie, Arsène reconnut la Vouivre.

Vouivre, en patois de Franche-Comté, est l'équivalent du vieux mot français « guivre » qui signifie serpent et qui est resté dans la langue du blason. La Vouivre des campagnes jurassiennes, c'est à proprement parler la fille aux serpents. Elle représente à elle seule toute la mythologie comtoise, si l'on veut bien négliger la bête faramine, monstre certainement très horrifique, mais dont la forme et l'activité sont laissées au caprice de l'imagination. Sur la Vouivre, on possède des références solides, des témoignages clairs, concordants. Dryade et naïade, indifférente aux travaux des hommes, elle parcourt les monts et les plaines du Jura, se baignant aux rivières, aux torrents, aux lacs, aux étangs. Elle porte sur ses cheveux un diadème orné d'un gros rubis, si pur que tout l'or du monde suffirait à peine à en payer le prix. Ce trésor, la Vouivre ne s'en sépare jamais que pendant le temps de ses ablutions. Avant d'entrer dans l'eau, elle ôte son diadème et l'abandonne avec sa robe sur le rivage. C'est l'instant que choisissent les audacieux pour tenter de s'emparer du joyau, mais l'entreprise est presque sûrement vouée à l'échec. A peine le ravisseur a-t-il pris la fuite que des milliers de serpents, surgis de toutes parts, se mettent à ses trousses et la seule chance qu'il ait alors de sauver sa peau est de se défaire du rubis en jetant loin de lui le diadème de la Vouivre. Certains, auxquels le désir d'être riche fait perdre la tête, ne se résignent pas à lâcher leur butin et se laissent dévorer par les serpents.

La Vouivre, figure comtoise, est sans doute un des souvenirs les plus importants qu'ait laissés en France la tradition celtique. Survivante de ces divinités des sources, qu'adoraient les Gaulois et qui se comptaient par milliers, elle a transporté à travers les âges l'une des croyances les plus populaires de la Gaule antique. Cette croyance, fort répandue à son époque où la conquête romaine était toute récente, Pline l'Ancien la rapporte en ces termes : « En outre, il est une espèce d'œuf en grand renom dans les Gaules et dont les Grecs n'ont pas parlé. En été, des myriades de serpents se rassemblent et s'enlacent. Collés les uns aux autres par leur bave et par l'écume qui transpire de leurs corps, ils façonnent une boule appelée œuf de serpent. Les Druides disent que cet œuf est soutenu en l'air par les sifflements des reptiles et qu'il faut le recevoir dans un manteau avant qu'il ait touché terre. En outre, le ravisseur doit s'enfuir à cheval, car les serpents le poursuivent jusqu'à ce qu'il ait mis une rivière entre eux et lui. Cet œuf est reconnaissable à ce qu'il flotte sur l'eau, même attaché à un morceau d'or... J'ai vu moi-même un de ces œufs, qui était de la grosseur d'une moyenne pomme ronde... » (Pl. *Historia Naturalis.*)

Telle que la raconte Pline l'Ancien, la légende apparaît à peine transposée dans celle de la Vouivre. Le talisman, qui avait chez les Gaulois la réputation de faire merveille dans les procès, a pris de la valeur avec le temps. On pourrait d'ailleurs, sans grands risques d'erreur, expliquer comment l'œuf de serpent s'est changé en rubis. La transformation s'est très vraisemblablement opérée depuis l'époque où l'industrie de la taille des pierres précieuses s'est installée dans les cités et les bourgades du haut Jura.

2

En passant devant Arsène, la Vouivre tourna la
tête et le regarda avec une indifférence qui le troubla. Ses yeux verts, d'un éclat minéral, avaient non
seulement la couleur des yeux du chat, mais aussi le
regard, qui se pose sur celui de l'homme comme sur
un objet en se refusant à rien échanger. Au milieu
du carrefour, elle passa dans un rai de soleil qui fit
étinceler le rubis de son diadème et briller des feux
rouges dans ses cheveux noirs. A la suite de la vipère, elle s'engagea dans le sentier menant à l'étang
des Noues, mais après avoir marché cent mètres,
obliqua à travers bois et fougères et disparut au
regard d'Arsène. Le premier moment de surprise
passé, il ne pensa plus qu'à la rejoindre et à son tour
entra dans le sous-bois. La crainte des vipères ne
l'effleurait même pas. Il marchait à grands pas dans
les fougères, les bas de pantalon trempés par la rosée
qui dégouttait dans ses sabots et lui piquait les pieds.
En débouchant de la forêt, il fut d'abord ébloui. Le
soleil était à l'autre bout de l'étang que partageait
dans toute sa longueur un sillon étincelant. Vers le
milieu, là où les eaux se resserraient dans un étran-

glement, des nappes d'herbes pâles brillaient comme un argent vif. Plus près, sur la droite, dans une anse profonde, des roseaux épais accrochaient encore un large pan de brouillard blanc qui s'étirait sur le rivage jusqu'à la forêt. N'apercevant pas la Vouivre, Arsène la cherchait dans ce rideau de brume. L'espace était silencieux. Pas un chant d'oiseau et pas d'autre bruit que le bruit de l'eau s'écoulant par les fissures de la vanne dans le bief en contrebas de l'étang. Il grimpa sur l'un des tertres qui épaulaient les montants de la vanne et, à moins de cent mètres, découvrit la Vouivre dans une petite crique abritée derrière une levée de terrain. Elle avait choisi le plus bel endroit où se baigner, là où un ruisseau déversait dans l'étang l'eau pure de la source du Solare. Nue, les coudes serrés au corps, elle était dans l'eau jusqu'aux reins, mais elle eut bientôt perdu pied et il ne vit plus hors de l'eau que la couronne de ses cheveux noirs et ses bras bruns jetés devant elle d'un mouvement alternatif qui lui découvrait les épaules. Elle nageait très vite en direction du massif de roseaux d'où montait une traînée de brouillard. Arsène avait traversé la vanne et marchait sur le rivage à mesure que la Vouivre s'éloignait. Il ne s'arrêta que sur le bord du ruisseau, à l'endroit où elle avait dépouillé sa robe qui gisait sur l'herbe. Le soleil, jouant à travers le rubis, mettait sur le lin blanc un reflet rouge comme un jus de groseille. Il se pencha pour admirer le joyau, mais n'eut pas le désir de se l'approprier. A la réflexion, un tel désintéressement lui parut singulier et il se demanda si la crainte des serpents ne le disposait pas à la sagesse. Souvent, dans son enfance, il avait rêvé à la chance qui pourrait s'offrir un jour de s'emparer du trésor et il aurait eu honte de refuser le risque et la gloire de l'épreuve. La veille encore, il aurait eu honte.

Par un scrupule de conscience, il eut un mouvement paresseux pour s'emparer du diadème et il l'eût fait assurément si la menace d'une vipère lui était apparue. Sans doute les serpents jouaient-ils le jeu, attendant, pour lui donner la chasse, que le larcin fût effectif, car il n'en vit aucun, et nul frémissement n'agita l'herbe autour de lui. Au lieu de se poser sur le rubis, sa main, ayant effleuré la robe de lin blanc, s'y attarda. Le toucher de ce tissu léger, un peu rêche, qui avait encore la tiédeur de la vie, le fit renoncer au dessein qu'il avait formé à contrecœur. Il eut la tentation de poser son visage sur la robe et d'en respirer l'odeur, mais la timidité le retint. Sur l'étang, la Vouivre avait rebroussé chemin et nageait la grande brasse, mais en enfonçant ses mains dans l'eau avec un bruit de claque, sec et sonore, et sans faire jaillir une goutte d'eau. Sans plus songer au rubis, Arsène se redressa pour mieux voir le visage dont les traits se précisaient à chaque brasse. Au mouvement qui lui inclinait la tête sur son épaule bronzée, le profil de la Vouivre se dessinait contre le soleil dans une frange de lumière dorée. Les claques sonnaient avec un bruit clair et l'écho les répétait, mais assourdies, lointaines, comme des coups de hache venus des profondeurs des bois. A quelque cent mètres du bord, elle cessa de nager, et se retournant sur le dos, les mains jointes sous la nuque, les seins pointant hors de l'eau, se laissa flotter sur l'étang. Peut-être voulait-elle donner au garçon le temps de courir sa chance. Il pensa aussi que la présence d'un homme pouvait la contrarier. Comme il balançait à se retirer, elle se remit à nager et prit pied avant qu'il se fût décidé. Leurs regards s'étant rencontrés, il baissa les yeux et se sentit gêné d'être là, debout sur le bord, dans une attitude qui devait paraître délibérément indiscrète, mais il ne put se résoudre à vider les lieux et prit le parti de s'allonger à trois pas de la robe, dans une position qu'il estima plus effacée. La Vouivre, jaillie tout entière dans le soleil, s'était arrêtée devant l'embouchure du ruisseau qui avait déposé à cet endroit un lit de menus graviers. Ses pieds jouaient dans l'eau vive et, d'une détente brusque, effleurant la surface à contre-courant, faisaient bondir des gouttes limpides qui venaient rouler sur ses jambes.

Arsène, étonné par la splendeur de son corps, n'éprouvait aucune gêne à le contempler. Il y voyait ce qu'il n'avait guère soupçonné jusqu'alors dans la créature humaine et qu'il savait pourtant admirer chez un beau cheval : une noblesse, une harmonieuse liberté et économie des lignes, qui lui procuraient une sensation d'allégement. Elle s'allongea dans le courant pour laver son corps de l'eau froide de l'étang et s'étant ensuite aspergé le visage à deux mains, elle prit pied sur le rivage. Là, sous le regard de l'homme qui était couché dans son ombre et sans plus faire attention à lui que s'il eût été un animal, elle se mit à tourner lentement dans le soleil, les mains à la nuque et les yeux clos. Cette indifférence injurieuse fit lever en lui une colère de mâle et il s'efforça d'être grossier, ce qui lui arrivait rarement.

— Détourne tes fesses de là, dit-il. Tu me prends mon soleil.

Elle s'écarta d'un pas et, sur la robe blanche, son ombre éteignit les feux du rubis. Arsène rougit, honteux des paroles qui venaient de lui échapper. La Vouivre ne parut pas lui en avoir tenu rigueur. Lorsqu'elle eut séché son corps, elle lui demanda son nom et où il habitait. Elle parlait d'une voix jeune et sonore, enrichie par l'accent jurassien aux voyelles largement ouvertes, claires comme un pain blanc où les consonnes mordent avec décision. Il dut faire effort pour surmonter une espèce de timidité rétive qui lui était inhabituelle.

— Et qu'est-ce que tu fais par les bois? demanda-t-elle. Tu devrais être sur les prés. Cette année, l'été est en avance. Le foin aura bientôt durci.

— Je suis en train de faucher à la Vieille Vaîvre. C'est tout près d'ici.

— Pas grand-chose de bon, la Vieille Vaîvre. C'est de la laiche et des joncs.

— Il faudrait labourer et resemer du foin, mais comme je disais encore hier, ce n'est pas seulement la peine. On ne fait pas du pré dans une baissière en pleins bois, surtout que le fond est gras.

— J'ai connu l'endroit tout en marécage. Ce n'est pas si vieux.

— Il y a tout de même soixante-dix ans, mais le terrain se souvient longtemps.

— Pas tellement, dit la Vouivre.

Tournant le dos, elle prit la robe de lin d'un mouvement brusque qui fit sauter le diadème dans l'herbe, et sembla oublier son compagnon. Tandis qu'elle levait les bras pour enfiler la robe, Arsène regarda jouer les muscles du dos, la peau des flancs étirés par le geste et s'intéressa aux cuisses pleines et dures et aux jarrets secs. Une mouche s'étant posée sur la croupe nue, il admira qu'elle réagît d'une seule fesse comme un cheval fringant. La robe coula au long du dos et, après un arrêt à la cambrure, tomba aux jarrets d'un seul coup. Il eut alors l'esprit un peu plus libre et se trouva enclin à juger sévèrement cette créature sans honte. Pour se montrer nue et mettre ainsi sa croupe et son ventre au nez du premier venu, il fallait du vice. Encore le vice n'expliquait-il pas tout. Il ne manque pas de filles dévorées d'envies, qui se gêneraient pourtant de montrer n'importe quoi à un homme, parce qu'elles sentent bien que ça ne ressemble à rien. Ce n'est pas que ce soit tellement dégoûtant, pensait Arsène, mais tout se tient. Si elle avait passé ses journées dans la prairie avec un râteau dans les mains, elle aurait eu moins de complaisance pour sa nudité. Arsène se sentait plein de mépris.

La Vouivre passa plusieurs minutes à mettre en ordre sa coiffure. En dépit du tour que prenaient ses réflexions, Arsène sut apprécier la forme des bras et la grâce du geste arrondi. Elle avait viré de profil et, les lèvres pincées sur des épingles, coulait vers lui un regard de biais où il surprit une lueur rieuse. Il s'était levé et constatait avec déplaisir qu'elle était aussi grande que lui et même un peu plus, puisqu'elle était pieds nus et lui en sabots. Il se souvint qu'il avait un nez court, écrasé, des cheveux raides comme du poil de vache et de petits yeux gris d'acier au regard dur, de ces yeux où les rêves des jeunes filles ne se reflètent guère. Avec envie, il pensa à l'effigie en plâtre de saint François-Xavier qui ornait l'un des piliers de l'église de Vaux-le-Dévers. Quoique barbu, le saint avait un délicieux visage d'adolescent, des joues d'une roseur fondante et tant d'autres suavités que les femmes ne se fatiguaient pas de lui mettre des sous dans le tronc.

La Vouivre siffla et, au bord de l'eau, un frémissement agita un lit d'herbes sèches. Arsène eut un mouvement de recul lorsque la vipère, son regard fixé sur le sien, apparut dans l'herbe brillante. Bien qu'il eût fait un pas en arrière, elle passa si près de lui que sa queue heurta le nez de son sabot. Frissonnant de haine et de dégoût, il laissa échapper une injure. Ayant ainsi traité la bête de charogne, il se sentit obligé envers la Vouivre à un effort de politesse.

— Vous reviendrez? demanda-t-il.

— Sûrement, répondit-elle. Je passe par ici tous les deux ou trois ans.

Elle ramassa son diadème et l'assura sur sa tête, le cabochon bien en place.

— Tu n'as pas osé le prendre, hein?

— J'allais le prendre, dit Arsène, mais je vous ai vue venir sur l'étang et j'ai pensé à autre chose.

— A quoi?

La Vouivre le regardait avec des yeux chauds, son visage s'était coloré, elle respirait plus vite. Arsène vit son émoi et eut lui-même chaud aux joues, mais il craignit pour son âme et répondit avec une feinte tranquillité :

— Je pensais à ce que vous êtes en train de penser, mais tout ça, c'est bien de la bêtise. Le temps du plaisir, on le retrouve toujours, mais le travail, il n'attend pas et, moi, j'ai laissé ma faux sur le pré. Au revoir.

Arsène s'éloigna sans se retourner et entra dans la forêt.

3

La ferme des Muselier et celle des Mindeur, dis-
tantes de cent cinquante mètres, s'alignaient au bord
de la route, un peu en dehors du village. Autrefois,
une source commune les alimentait en eau potable.
Elle sortait de terre entre les deux maisons, à vingt
pas de la route, au bout d'un verger appartenant
aux Mindeur. Les Muselier y accédaient par une
large trouée ménagée dans une haie, sans avoir la
garantie d'un droit de servitude. En 1875, les Mindeur, sans esprit de brimade, mais pour protéger
leurs fruitiers contre les incursions des vaches,
avaient fermé l'entrée par un portillon muni d'un
simple loquet. Ayant omis ou négligé d'en avertir les
Muselier, leurs cousins germains, ceux-ci s'étaient
froissés et, affectant de croire qu'on voulût leur
défendre l'accès de la source, s'étaient imposé d'aller
chercher l'eau au village jusqu'à ce qu'ils eussent fait
creuser un puits dans leur cour. De ce jour, les voisins étaient devenus plus étrangers l'un à l'autre que
s'ils eussent été chacun à un bout de la commune. A
la troisième génération, il ne s'agissait plus d'une
inimitié de familles, mais de maisons. D'autres Min-

deur, rameaux de la même souche, mais domiciliés ailleurs, se trouvaient déchargés du poids de la faute originelle et étaient en bons termes avec les Muselier.

Arsène déboucha du bois dans la grande lumière de midi et prit à travers les blés un sentier qui joignait la route devant la maison des Mindeur. Derrière les deux fermes, la prairie descendait à la rivière par une faible pente et, de l'autre côté, remontait jusqu'à une mince ligne boisée qui fermait l'horizon. La route traversait le village de Vaux-le-Dévers dispersé au flanc d'une très longue montée et séparé de la forêt par une marge importante réservée aux labours. Dans la direction opposée, vers le sud, elle menait à Roncières, construit lui aussi sur le dévers d'une petite hauteur qui le dissimulait au regard et l'abritait des vents du nord. A trente kilomètres au delà se profilaient les premières montagnes du Jura, d'un bleu pâle qui se fondait par endroits dans le ciel d'été.

Dans le sentier, Arsène dépassa Noël Mindeur, le chef actuel de la maison. Il traînait une branche d'acacia coupée dans la forêt, de quoi faire un manche d'outil après l'avoir durcie au feu. Les deux hommes n'échangèrent ni une parole ni un regard, l'usage étant resté de s'ignorer d'une maison à l'autre en toute occasion, sauf en présence de tiers où l'on s'efforçait au contraire, par respect humain, à des procédés courtois, bien que l'inimitié des deux tribus fût notoire à Vaux-le-Dévers.

En arrivant sur la route, Arsène eut une mauvaise surprise. Dans la cour de la maison ennemie, il vit son propre chien, Léopard, face à face avec Saigneur, le chien des Mindeur, l'un et l'autre, immobiles, mais déjà grondant et les babines retroussées. Armand, fils de Noël, se tenait à quelques pas, dissimulant une trique derrière son dos et, trop heureux que le chien des Muselier se fût mis dans son tort, se gardait d'intervenir avant le bon moment. Il eut l'hypocrisie d'appeler le sien, mais d'une voix débonnaire, presque caressante, qui était un encouragement. Léopard et Saigneur se jetèrent l'un sur l'autre et roulèrent dans la poussière avec des rauquements de fureur. Armand s'approchait à petits pas, évidemment soucieux de ne pas donner l'éveil aux combattants. Léopard avait saisi son ennemi à la gorge et le secouait avec une violence telle que Saigneur poussa un gueulement de souffrance. Voyant l'intrus bien accroché à son adversaire, Armand leva sa trique et lui en assena un coup sur les reins. Tout à l'ivresse du combat, Léopard ne parut pas s'apercevoir des premières volées de bâton, mais quelques coups mieux placés finirent par l'inquiéter. Mindeur le prit alors par le collier comme s'il eût voulu l'arracher à la mêlée, en réalité pour prévenir une retraite trop prompte, et se remit à cogner. A une fenêtre de la ferme apparut le buste de sa sœur aînée Germaine, une grande salope aux yeux rieurs, bâtie comme un tambour-major et qui faisait trop souvent parler d'elle. Les Mindeur n'en étaient pas fiers et craignaient que cette mauvaise réputation ne nuisît à l'établissement de Juliette, la plus jeune des deux sœurs, une fille pourtant jolie et sérieuse.

Arsène voyait son chien trembler sous la trique, ses hurlements lui faisaient mal, mais convenant en lui-même qu'Armand était dans son droit, il ravalait sa colère. Résolu à ignorer l'incident, il passa sur l'autre côté de la route, tourna le dos à la cour et, tout redressé de mépris, pissa contre un poirier. Il rajusta sa culotte avec une lenteur distraite en faisant face aux Mindeur que son regard lointain semblait effacer de sur la plaine. Léopard s'était échappé en boitant et, la queue entre les jambes, attendait son maître sur la route.

La ferme des Muselier, sans être plus importante

que celle des Mindeur, était d'une construction plus soignée. Au lieu de s'être faite à petites économies, avec des matériaux disparates, par ajoutures et flanquements de fortune, elle était d'une seule venue, les murs ayant été pensés par un maître maçon comme la charpente par un maître charpentier. D'un bout à l'autre de la façade, le toit descendait en auvent auquel les solives et les chevrons en bois noir donnaient une profondeur accueillante. Les arbres et les haies, disposés avec un soin avisé, encadraient et habillaient la maison.

Sous la voûte des deux gros noyers plantés à l'entrée de la cour, Arsène rejoignit Léopard et lui décocha un coup de sabot dans les côtes pour le convaincre qu'il n'avait vraiment rien à gagner à rôder chez les Mindeur. Léopard s'y attendait du reste et jugea le procédé équitable. Émilie Muselier, belle-sœur d'Arsène, penchée sur un banc à laver, battait du linge à la mare, pièce d'eau creusée en face de la maison, de l'autre côté de la cour, et bordée à l'extérieur d'une ligne de peupliers trembles. L'habitude de décrasser le linge dans cette eau jaune datait de l'époque où le puits et l'auge de pierre attenante n'existaient pas encore. Les ménagères de la famille prêtaient à l'eau argileuse des vertus saponifiantes assurant au linge le meilleur traitement tout en économisant le savon. Émilie tourna vers Arsène sa ronde face bouffie et s'enquit de la bataille de chiens dont elle avait perçu la rumeur. Il la renseigna en quelques mots, sans s'arrêter, et s'en fut droit à la cuisine. Sur le seuil, il croisa Belette, la servante, qui allait tirer de l'eau au puits. Belette venait d'avoir seize ans et en paraissait treize, menue qu'elle était, petite et sans épaisseur. D'un coup de main, elle releva les cheveux raides qui pendaient de sa tignasse jaune et leva vers lui son visage pointu avec un sourire d'amitié et de connivence.

Louise Muselier, la mère, était engagée jusqu'à la ceinture dans un placard de la cuisine à la recherche d'une terrine qu'elle soupçonnait sa bru de lui avoir cassée. Elle n'en était pas encore à formuler une accusation, ni même un soupçon, mais le ton de ses paroles étouffées dans les profondeurs du placard était déjà imprécatoire. Victor, l'aîné des fils, lisait un journal près de la fenêtre et feignait de ne pas prendre garde à l'entrée de son frère. Par cette attitude, il signifiait à Arsène que la bataille de chiens, quelles qu'en eussent été les circonstances et les péripéties, le laissait indifférent. Personnellement, il n'avait jamais été très animé contre les Mindeur et depuis longtemps la vieille querelle qui opposait les deux maisons lui semblait déraisonnable et ridicule. S'il n'avait su contrarier son cadet qui lui inspirait de la crainte, il eût depuis longtemps arrangé l'affaire.

Le couvert était mis et Arsène alla s'asseoir devant son assiette. Urbain était déjà assis au bas bout de la table à sa place de domestique. Depuis trente ans qu'il servait chez les Muselier, il arrivait toujours le premier et attendait sans impatience, le buste et les traits du visage immobiles et le regard intérieur des statues. La haute casquette à pont (la dernière du village), qu'il ne quittait que pour se mettre au lit, allongeait sa figure osseuse, d'une maigreur et d'une dignité austères. Il leva sur Arsène un regard prompt et peureux, cherchant à lire l'arrêt du destin sur le visage de son jeune maître. De la cour parvint le bruit d'un seau heurtant la margelle du puits et celui du treuil grinçant à la déroule. Il y eut ensuite des éclats de rire et de voix.

— Finissez, nom de Dieu, criait Belette d'une voix aiguë. Vous allez me faire manquer la manivelle.

Victor songea que ses deux garnements étaient encore en train de tâter les seins de la servante et faillit intervenir. A la réflexion, il jugea que la chose était sans importance, Belette n'ayant guère plus de poitrine qu'un garçon. Lorsque Louise sortit du placard, sa conviction était faite. On lui avait cassé sa terrine et tout désignait Émilie comme la seule coupable possible. Louise n'aimait pas sa bru et la traitait avec froideur, tout en lui laissant d'être dure à la peine et dévouée aux intérêts de la ferme. Son principal grief était qu'Émilie fût d'une race médiocre. En dix ans d'existence commune, elle n'avait pu s'habituer à cette large face heureuse, gonflée d'un sang épais, à sa gentillesse vulgaire. Sa croupe et son corsage abondants, qui sont ordinairement un objet de fierté dans les familles campagnardes, lui offensaient la vue. Et les deux gamins, Auguste et Pierre, c'était décourageant, ressemblaient trait pour trait à leur mère. Bonnes faces tous les deux, la nourriture leur profitait bien, surtout en largeur, mais ni allure, ni manières. Du gros garçon gentil, le sentiment à fleur de peau, pas grand-chose au fond. Jeunes, la nature pouvait encore se raviser, mais c'était bien rare et ils n'auraient quand même jamais le genre des Muselier. La colère et aussi une allégresse cruelle animaient le visage de Louise, un visage fin que l'âge avait creusé et poli sans le rider. Aucun de ses fils ne lui ressemblait, sauf qu'Arsène semblait avoir hérité de ses petits yeux gris au regard dur. Émilie, volumineuse, l'œil rieur et le souffle bruyant, entra dans la cuisine avec une démangeaison bavarde sur la langue.

— Vous m'avez encore cassé une terrine, lui dit sèchement sa belle-mère.

Émilie protesta avec un excès d'indignation qui la dénonçait. Louise, ayant précisé qu'il s'agissait de la terrine au rebord fileté de jaune, se mit à dresser l'acte d'accusation, mais sa bru l'interrompit et s'écria : « Mais la voilà ! » En effet, la terrine était sur une planchette, près du fourneau, très en vue.

Émilie se claqua les cuisses et eut un accès de gaieté bavarde qui durait encore lorsque tout le monde fut à table. Louise, qui aurait donné beaucoup pour que la terrine eût été vraiment cassée, se mordait les lèvres. Victor sentit monter sa colère et, pour éviter une scène à sa femme, fit diversion en s'informant, bien à contrecœur, s'il n'y avait pas eu une bataille de chiens du côté de chez Mindeur. Arsène rapporta l'incident par le menu en insistant sur la cruauté d'Armand Mindeur. La présence de Léopard, qui rôdait autour de la table en boitillant, illustrait sensiblement son récit. La haine tendit les visages et alluma les yeux des convives. Victor lui-même faillit s'y laisser aller et eut besoin de se rappeler que trois semaines auparavant, ses deux garçons, sous le regard indulgent de leur oncle, avaient plumé vive une poule des Mindeur, qui s'était égarée près de la mare. Comme il faisait état de cet acte barbare, Arsène remit les choses au point en alléguant qu'il s'agissait alors de justes représailles. Victor eut un ricanement qui blessa les consciences et aviva les rancunes. Belette elle-même, qui n'était au service des Muselier que depuis six mois, sentait ses entrailles tordues par la haine de l'ennemi héréditaire. Seul, Urbain restait indifférent et inattentif. Comme toujours, au repas de midi, il mangeait solidement, avec le souci de réparer ses forces, tandis qu'au repas du soir, après avoir avalé sa soupe, il coupait une tranche de pain qu'il mangeait sec, estimant lui-même qu'en fin de journée, alors qu'il n'avait plus d'effort à fournir, sa condition ne l'autorisait pas à se nourrir plus grassement.

Autour de la table, la famille se fut vite apaisée. La haine n'avait été qu'une flambée. Louise Muselier, tout en reconnaissant certaine vertu tonique à ces rivalités de maisons, aurait souhaité qu'on fît la paix avec les Mindeur. Un rapprochement eût permis de réaliser certains échanges de terrains, profitables à l'une et l'autre famille. Surtout, elle aurait vu avec plaisir qu'Arsène épousât Juliette Mindeur, une très belle fille, fière et laborieuse, qui eût donné de beaux enfants. Seule de la famille, Louise s'était élevée à la notion de la valeur animale de l'homme considéré d'ailleurs comme instrument de travail et source de richesse. Elle allait jusqu'à penser qu'un bel enfant n'a pas moins de prix qu'un beau bœuf.

Victor fut tenté de faire à haute voix l'historique du conflit pour en démontrer l'absurdité, mais une fois de plus, il craignit d'indisposer son frère qui, malgré sa jeunesse et l'expression mesurée de ses propos, exerçait sur les siens, sans aucun effort, un ascendant inexplicable et incontesté. D'autre part, Arsène n'était pas homme à prendre en considération des arguments d'ordre purement moral. On ne pouvait même espérer l'humilier à force d'éloquence, car il ne tenait pas à avoir raison. Avec le soupir d'un homme en avance sur son temps, Victor ravala sa démonstration et Louise interrogea Belette qui avait passé la matinée à garder les vaches sur les prés communaux, situés à l'autre bout de la commune. Incidemment la servante rapporta qu'en allant aux prés et passant près des bois, elle avait aperçu dans un chemin forestier une fille vêtue d'une robe blanche et qui marchait pieds nus.

— Brune à ce qu'il m'a semblé et coiffée drôle. Je n'ai pas eu le temps de bien voir, mais elle avait sur la tête une espèce de grand peigne brillant. Si ce n'était pas de ses pieds nus, je penserais qu'elle est d'une famille de gens riches.

On tomba d'accord qu'il s'agissait en effet d'une jeune fille cossue en vacances dans les environs, car le fait de marcher pieds nus, dans cette curieuse époque, ne constituait plus une présomption très sérieuse de misère et d'indignité.

Arsène fut ainsi amené à se souvenir de la Vouivre, mais l'apparition du matin, en regard de la bataille de chiens, était de peu d'importance. Tout ce qui passe au fil de la vie sans pouvoir s'y mêler ne mérite pas qu'on s'y arrête sérieusement. La question se posait de savoir s'il s'agissait bien d'un être surnaturel. Arsène n'en doutait pas. Il l'admettait tranquillement et n'en tirait pas de conséquence. Il avait logé l'apparition dans un coin de sa cervelle, une sorte de compartiment étanche où elle ne risquait pas de déranger son univers. Le surnaturel n'étant pas d'un usage pratique ni régulier, il était sage et décent de n'en pas tenir compte. Personnellement, Arsène avait toujours été choqué par les Évangiles. Cette façon des apôtres d'aller raconter les miracles qu'ils avaient vus lui paraissait inconvenante. A leur place, il n'aurait rien dit. Être poli et bien éduqué, c'est justement ça, garder pour soi les histoires qui pourraient déranger le monde. C'était si vrai qu'à Vaux-le-Dévers, les seuls hommes qui se fussent jamais vantés d'avoir vu la Vouivre étaient des pauvres d'esprit et des alcooliques comme Requiem le fossoyeur. Pour lui, rien n'aurait su le décider à en parler aux siens. Il eut d'ailleurs bientôt cessé d'y penser.

Après le repas, Victor fit quelques pas avec son frère qui repartait pour la Vieille Vaîvre. Arrêtés au bord de la route, ils firent silence en voyant s'avancer Juliette Mindeur, un râteau sur l'épaule. Sous les regards des deux frères, elle marchait fière et redressée, le menton haut, mais aussi les joues chaudes et la prunelle fixe. Arsène devint un peu rouge. Le souvenir de la Vouivre sortant de l'étang l'incitait à chercher sous la robe de Juliette une silhouette précise. Quand elle fut passée, Victor murmura :

— C'est quand même une belle fille. Et qui ne demanderait qu'à se marier.

— Ce n'est pas moi qui l'en empêche, riposta Arsène d'un ton sec.

Pourtant, Juliette lui plaisait, il eût aimé l'avoir pour femme. Comme elle était trop pauvre pour lui apporter de quoi réaliser certaines ambitions, il s'était interdit de songer à ce mariage et c'était pour mieux s'assurer contre son inclination qu'il entretenait la querelle avec les voisins.

Belette sortait de l'écurie en poussant devant elle le troupeau de vaches qu'elle menait paître aux communaux.

— Chacun son goût, dit Victor, mais moi, je la trouve mieux que Belette.

Il s'éloigna en affectant d'être discret. Arsène ne fit qu'en sourire et accompagna la bergère sur la route. Il lui témoignait ordinairement une amitié dont la nature était des plus suspectes auprès des Muselier. Une fois qu'il était allé à la foire de Dôle, il lui avait acheté une robe sur ses économies, accès de générosité significatif de la part d'un garçon aussi économe. Louise voyait de mauvais œil que son garçon descendît jusqu'à une créature aussi chétive. A la rigueur et en le regrettant, car ces choses-là ne sont ni propres ni honnêtes, elle admettait qu'il la culbutât au revers du fossé, mais elle aurait souhaité qu'il le fît avec le mépris qu'on doit à l'abjection. Pour Louise qui accordait plus d'importance aux familles qu'aux individus, Belette était d'abord la fille des Beulet, tribu de pouilleux, fainéants et chapardeurs, rebut de Vaux-le-Dévers qu'ils avaient quitté pour s'installer à Roncières où ils continuaient à vivre dans l'opprobre. La Beulet, lorsqu'elle était venue proposer sa fille pour le service de la ferme, avait eu le front de réclamer un supplément de gages de cinq francs par mois en considération des deux hommes jeunes et vigoureux qui pouvaient être l'occasion d'un surmenage supplémentaire. Cette prétention, qui avait failli rompre les pourparlers, Louise la croyait maintenant justifiée et vivait avec le sentiment désagréable d'être débitrice des Beulet.

En se séparant de la bergère, devant la ferme des Mindeur, Arsène lui recommanda une vache qui portait le veau. Se souvenant des coups de trique reçus dans la cour des ennemis, Léopard laissait le troupeau prendre de l'avance et s'abritait sans fierté dans l'ombre de son maître. Belette en fit l'observation et ajouta sur le ton de la confidence :

— Victor a beau dire, les Mindeur, c'est quand même des beaux cochons. Je ne voulais pas t'en parler, mais voilà plusieurs soirs, quand je rentre de la laiterie, Armand, il essaye de me peloter.

Arsène ne parut pas se scandaliser beaucoup des entreprises d'Armand. Peut-être n'était-il pas non plus très convaincu de la réalité du fait, car il savait Belette très menteuse. Il demanda simplement :

— Il t'a peloté quoi?

Belette pinça les lèvres et le sang de la colère l'empourpra. Arsène la regardait en souriant. D'un coup de bâton, elle rappela Léopard aux devoirs de sa charge en le traitant de vieux bouc, de grand carnaval et de charogne malade.

4

La faux n'était plus là où l'avait laissée Arsène,
sur le dernier andain fauché, et il ne la vit nulle
part sur le pré. L'idée lui vint que les Mindeur lui
avaient joué ce mauvais tour, mais il écarta cette
supposition. Comme la plupart des gens du pays, les
Mindeur étaient toujours prêts à abuser de leurs
droits, mais respectueux du bien d'autrui. Prêt à
rentrer chez lui pour y prendre une autre faux, il
s'avisa que la Vouivre avait pu lui faire une farce.
En arrivant à l'étang, il aperçut la robe de la
Vouivre à l'endroit même où il l'avait vue le matin.
Le rubis jetait des feux et le fer de la faux étincelait
dans l'herbe à quelques pas. Arsène ramassa son
outil, l'examina et du pouce en éprouva le fil. Rassuré, il chercha la Vouivre sur l'étang, mais partout
l'eau était immobile et le rivage désert. Avant de
regagner la Vieille Vaivre, il prit le temps de se pen-
cher sur la robe de lin et considéra le rubis avec
réflexion. Cette immense fortune, qui tenait si peu
de place, le fit rêver, mais sans exaltation. La puis-
sance que lui eût assurée la possession du joyau
dépassait de si loin ses ambitions de paysan labo-

rieux, elle lui proposait un genre d'existence si éloigné de ses goûts, si étranger à son activité, qu'il y pensait avec hostilité, comme à un renoncement. Et en vérité, riche d'un tel trésor, il lui faudrait renoncer à lui-même et à toutes les joies orgueilleuses qu'il attendait d'un effort volontaire. Une opulence de multimillionnaire laisserait soudain sans objet l'appétit de conquête, l'esprit d'entreprise et le goût de la difficulté qui étaient en lui. Tout au plus y trouverait-il les mornes jouissances de l'avare conscient de la force qu'il détient et incapable de l'exercer. Toutes ces raisons qu'il remuait sans pouvoir se les préciser, s'enchevêtraient dans une obscure confusion, et il restait qu'un pareil trésor a toujours passé pour une aubaine. L'entreprise le sollicitait aussi en raison du danger qui s'y attachait. Prenant le diadème en main, il regarda le rubis contre le soleil et fut ébloui par un rougeoiement. Il songea qu'il se consolerait d'être démesurément riche en épousant Juliette Mindeur et en tenant auprès de lui, dans un emploi subalterne, Armand, qui serait alors son beau-frère et qu'il n'en détesterait pas moins. Toutefois, il considérait son destin avec quelque rancune. Non sans mauvaise humeur, il tordit le diadème entre ses deux mains et en fit un huit qu'il fourra dans sa poche.

Comme il ramassait sa faux, il aperçut, nageant sur l'étang, leurs têtes hors de l'eau, trois serpents qui venaient au rivage. Saisi d'un soupçon, il se retourna et devint pâle de peur et de dégoût. Aux abords du bois, les hautes herbes grouillaient d'une multitude de serpents qui déferlaient sur lui avec des sifflements de colère. Dans l'ombre de la lisière, ils recouvraient le sol d'un tapis mouvant et moiré et les plus proches formaient une vague pressée qu'irisait la vive lumière du soleil. D'autres serpents avaient surgi des buissons les plus proches, à droite et à gauche, tandis qu'au loin et de partout sur le découvert de la lande se hâtaient des légions de vipères et de couleuvres dont certaines atteignaient des dimensions effrayantes. L'espace d'entre l'étang et la forêt semblait pris d'un mouvement de houle, comme si le terrain lui-même se fût animé tout à coup.

Les dents serrées, Arsène tira de sa poche le diadème aplati, le jeta sur la robe et, assurant sa faux dans ses mains glacées par la peur, recula vivement, sans songer aux serpents qui nageaient sur l'étang. Devant lui, à moins de vingt mètres, le flot rampant s'avançait d'un mouvement rapide et concentrique. Sur sa droite, un aspic précédait la multitude visqueuse et arrivait à ses pieds. D'un coup de talon, il lui écrasa la tête sur le terrain sec et dur. Il entendit craquer la mâchoire de la bête, mais le corps continuait à vivre et la queue, cherchant à rejoindre la tête, venait frapper des coups furieux sur son sabot. Jugeant bien qu'il était perdu, la pensée lui vint de recommander son âme à Dieu, mais il craignit d'être distrait par la prière et de compromettre ainsi la très faible chance de salut que pouvaient lui ménager sa vigueur et son adresse, car il estimait assez déraisonnablement qu'une ombre d'espoir sur cette terre valait plus qu'une solide assurance pour l'autre monde. Pendant qu'il surveillait l'approche des reptiles, il sentit une forme froide s'enrouler autour de sa jambe sur la toile mince du pantalon et, à l'ovale de la tête, reconnut une couleuvre. Sa taille était très au-dessus de l'ordinaire et son étreinte puissante lui paralysait déjà la jambe. Devant lui, la horde rampante n'était plus qu'à trois mètres, lorsqu'un coup de sifflet l'arrêta net. Une dizaine de serpents qui avaient un peu d'avance sur les autres, se cabrèrent comme des chevaux, dans une attitude qui semblait menaçante. Arsène fit siffler sa faux et, d'un maître coup, abattit toutes les têtes dressées. La couleuvre enroulée autour de sa jambe avait desserré ses anneaux et se laissait couler à terre. Parmi les assaillants s'amorçait un mouvement de reflux qui manqua d'ensemble et entraîna une grande confusion. Les reptiles s'affrontaient, se heurtaient, passaient les uns sur les autres, disputant le chemin dans une mêlée onduleuse et hérissée. Arsène vit, sur sa gauche, accourir la Vouivre toute ruisselante de l'eau de l'étang et qui franchissait le ruisseau d'un bond en poussant des cris furieux, mais hors de lui, saoulé par le premier carnage, il releva sa faux sanglante et, pataugeant dans le sang, parmi les tronçons qui se tordaient à la recherche d'un complément, tailla d'un grand coup de tranchant au plus vif de la mêlée. L'acier entra dans le tas d'une telle vigueur et avec tant de sûreté que sa course fut à peine ralentie par la résistance de cette masse vivante. Le coup fit voler en l'air des têtes et des queues, sectionna des corps enlacés et sépara en trois tronçons une vipère repliée sur elle-même. Le sang coulait avec abondance, giclant sur la presse des serpents qui grouillaient dans des flaques rouges.

Nue et échevelée, la Vouivre fondit sur Arsène et lui appliqua en pleine face une gifle sonore en le traitant de brute et de croquant. Il l'écarta d'un coup d'épaule et reprit sa besogne de faucheur avec un rire furieux. Sa faux et ses sabots étaient rouges de sang et ses mains en étaient éclaboussées jusqu'aux avant-bras. Il était hors de raison et à chaque volée de la faux, ses dents grinçaient du plaisir d'exterminer. Les serpents ayant réussi, après la première minute de panique, à précipiter leur repli vers la lisière du bois, il se mit à leur poursuite en poussant des grognements de bête. La Vouivre, qui courait derrière lui, le saisit par le bras et arrêtant ainsi son élan, se mit à le gifler des deux mains à toute volée.

Ses yeux verts avaient l'éclat d'un métal blanc, la colère retroussait sa lèvre pâlie et étouffait sa voix précipitée.

— Croquant! Assassin! j'aurais dû te laisser dévorer, rageait-elle.

D'un seul coup, la fureur d'Arsène se tourna contre elle. Manquant de recul pour se servir de sa faux, il s'en débarrassa et voulut saisir au vol les mains de la Vouivre. Plus prompte que lui et plus adroite, elle se dérobait à son effort et continuait à placer ses gifles avec précision. Il se rua sur elle et frappa des deux poings, en aveugle, avec la violence confiante d'un homme qui ne s'est jamais battu et ne craint ni pour lui ni pour l'adversaire. Moins forte, mais mieux avisée, elle rendait coup pour coup et se défendait avec avantage. Pour en finir, il la saisit à plein corps, sans toutefois parvenir à lui emprisonner les bras, et essaya de la faire trébucher. Elle résistait solidement, le dos arqué, les jambes trouvant le meilleur aplomb, jouant des mains et des ongles pour gêner son effort. Parfois, sur le point de céder, elle rétablissait l'équilibre d'un mouvement souple et trompeur qui le laissait hésitant. Il lui semblait, en serrant sur sa chemise ce corps de fille nue, qu'il fût aux prises avec un serpent plus dangereux que les autres ensemble, fin et méchant comme une créature d'enfer. Ayant par hasard posé son sabot sur son pied nu, il appuya de tout son poids et, comme elle poussait un cri de souffrance, il murmura : « Gueule donc, vouerie! » En même temps, il lui porta un coup de genou au ventre et, la prenant d'une main par les cheveux, de l'autre par le menton, fit virer la tête sur le col. Après un dernier coup d'ongle qui lui laboura l'avant-bras, elle cessa de se défendre et son corps tendu par la lutte s'amollit soudain.

— Je t'ai pourtant matée, exulta Arsène.

Voyant ses yeux clos, la pâleur de son visage

inerte, il eut peur de l'avoir tuée. Soulevant le corps dans ses bras, il l'emporta au bord du ruisseau et l'allongea sur l'herbe, la tête à l'ombre d'un buisson. La Vouivre restait sans mouvement, mais son visage s'était détendu, apaisé, comme si la mort l'eût surprise en son sommeil. Arsène se souvint d'avoir lu dans un almanach diocésain que l'un des plus grands crimes était de donner la mort à une créature qui n'a pas reçu le baptême chrétien et de lui fermer ainsi les portes du ciel. En l'espèce, il s'agissait d'une créature évidemment surnaturelle, peut-être infernale, mais ce sont justement celles-là qui ont le plus besoin de se mettre en règle. Il voulut espérer que sa victime entretenait encore un souffle de vie et, puisant au ruisseau dans le creux de sa main, se hâta de lui porter le baptême. Elle avait toujours le même visage exsangue et immobile. Imposant ses doigts humectés sur son front, il dit à haute voix : « Je te baptise au nom du Père... » Il n'eut pas le temps d'aller plus loin. Au seul nom du Père, elle s'était dressée, les yeux vifs et grands ouverts, le sang et la vie revenus soudain à ses joues.

— De quoi te mêles-tu? dit-elle en lui saisissant le poignet. On ne baptise pas les gens sans les consulter.

— Quand on m'a baptisé, fit observer Arsène, on ne m'a pas demandé mon avis.

La Vouivre sourit et son regard était empreint d'une douceur qui l'émut.

— Tu voulais donc m'arracher à l'enfer?

— Oh! ce que j'en faisais était plutôt pour moi. Pour ne pas me charger la conscience.

Elle le fit asseoir auprès d'elle et ils s'entretinrent de la bataille.

— J'y pense maintenant, dit Arsène. J'ai failli vous tuer et si vous aviez voulu, vous l'aviez belle de rappeler vos serpents et de me faire dévorer.

— L'idée ne m'en est même pas venue.

— Et avant, sans le coup de sifflet qui les a arrêtés pile, j'étais sûrement foutu. Sur le coup, je n'ai pas compris ce qui arrivait.

— Comme tu avais lâché le rubis, peut-être t'en serais-tu tiré à bon compte, mais c'était chanceux. Il suffit souvent de deux ou trois morsures de vipères. D'habitude, quand quelqu'un me prend mon rubis, je laisse le voleur s'arranger avec les serpents. C'est un peu leur récompense. Mais toi, je n'allais pas te laisser courir le risque.

La Vouivre posa sa main sur l'épaule du garçon et lui parla de plus près.

— Sais-tu que depuis cinquante ans, tu es le premier homme qui m'ait regardée comme un homme regarde une femme? Les autres n'en ont qu'à mon rubis. C'est à peine s'ils font attention à moi. Il faut les voir, quand ils sont en arrêt devant le rubis, les pauvres idiots, la tête dans les épaules, comme des bêtes de proie, les traits tirés, la bouche tordue. Ils en tremblent dans leur peau. Et quand ils n'ont pas pu se décider, qu'ils me voient sortir de l'eau, ce regard qu'ils lèvent sur moi, un regard effrayé, haineux, on dirait d'un chien obligé de lâcher un os. Je t'assure qu'ils ne sont pas beaux. Jeunes ou vieux, ils sont tous les mêmes. Tiens, hier, je me baignais dans la Loue. En prenant pied sur le rivage, je vois un garçon de quinze ans à genoux près de ma robe et rouge d'émotion. Le rubis lui tirait les yeux de la tête. Il tendait les mains, mais il n'osait pas. Il en claquait des dents. Quand je suis arrivée, il s'est levé. Ses yeux se sont tournés vers moi, mais tu sais, si vite, je n'ai pas eu le temps d'accrocher son regard. Il était déjà revenu au rubis. J'ai essayé de le faire parler, je lui ai demandé s'il avait déjà vu des femmes nues. Non, j'étais la première. J'ai voulu l'intéresser à des choses qui me paraissaient être de son âge, mais penses-tu, l'idée qu'il aurait pu être riche si vite et si simplement le laissait imbécile, insensible. Et il avait quinze ans. Mais toi, tu n'es pas comme lui.

— Je sais pas ce qui m'a pris, dit Arsène. Pourtant, moi, ces histoires-là, je ne m'en dérange guère.

— Quand je suis sortie de l'étang, j'ai bien vu que tu ne me quittais pas des yeux, toi. Tu ne pensais pas au rubis, hein? j'en étais toute remuée. J'aurais dû te parler aussitôt, mais je me sentais maladroite. Et c'est vrai, j'ai été maladroite.

La Vouivre parlait d'une voix confidentielle, avec des hésitations et des chutes de timbre assez émouvantes. Elle avait pris la main de son compagnon et, penchée sur lui, le tenait sous le regard de ses yeux verts assombris par la tendresse. Arsène voyait clairement ce qu'allait être la conclusion de l'entretien et, sans rien faire pour s'y dérober, ne laissait pas de l'appréhender. Quoique ne sachant pas au juste à quoi il s'exposait, il craignait que le plaisir pris en compagnie d'une créature infernale ne lui fût compté cher. Mais infernale ou pas, toute créature avec laquelle on commet le péché est inspirée par le démon. Peut-être même était-on plus excusable de céder à un suppôt du diable qu'à des intermédiaires d'occasion, petites mains de peu de savoir et de malice. Du reste, les entreprises de la Vouivre ne lui laissaient plus assez de liberté d'esprit pour délibérer sur les conséquences d'une faiblesse. Elle avait passé son bras autour de son cou et lui parlait tout bas, bouche à bouche. Lui-même ne restait pas inactif et, le moment venu, il fit tout ce qu'il fallait pour charger sa conscience d'un regrettable souvenir.

La Vouivre avait compté que l'après-midi serait tout entière au plaisir, mais Arsène se leva et dit en bouclant sa ceinture :

38

— S'amuser, c'est bien beau, mais le temps passe et le travail attend.

Elle eut une moue de contrariété, qui laissait paraître aussi un peu de mépris. L'air sérieux, presque sévère, il ajouta d'un ton sentencieux qui semblait annoncer un sermon :

— Le travail, ce n'est pas une chose qui se laisse oublier. Demain matin, les faneurs seront sur le pré et s'ils ne trouvent pas du foin par terre, je n'aurai pas fait ce que je devais. Non, le travail, comme je dis, ce n'est pas une chose qui se laisse oublier.

Pourtant, sur cet espace découvert qu'enfermait la forêt, il faisait un dur été qui n'invitait guère au travail. L'étang, bleu et sans un nuage, tiédissait entre ses bords brûlants. Près du couple, les serpents tronçonnés roidissaient dans l'herbe chaude, tachée de sang, où s'abreuvaient des essaims de mouches noires.

— La besogne avant tout, insista Arsène.

Un sourire affable et réservé, tel celui d'une grande personne à un enfant, fut la seule réponse de la Vouivre. Après quoi, dressée sur la pointe des pieds et les bras ouverts, elle s'étira d'un mouvement lent et alla enfiler sa robe. En la voyant s'éloigner nue et libre dans le soleil, Arsène eut un élan d'enthousiasme, trop fugitif pour qu'il pût lui donner un sens, mais qui le laissa sous l'impression de sa propre pesanteur.

5

Dans la nuit sans lune, les deux frères, à pas lents, traversèrent la cour de la maison. Léopard vint les renifler en silence et lorsque Arsène, d'un coup de genou dans les flancs, eut bien voulu reconnaître son attention amicale, il alla se recoucher dans sa niche. Arrêtés au bord de la route, ils allumèrent des cigarettes.

— La Vieille Vaîvre, ça va? demanda Victor.

— Ça va.

— Tu n'as vu personne?

— Non.

— Par un si beau temps, c'est dommage de n'avoir pas commencé par la prairie. Je voudrais qu'on se dépêche d'en finir. Demain matin, en s'y mettant à trois faucheurs, c'est bien rare si on n'a pas fini sur les midi.

— A nous deux, on y suffira, dit Arsène. Urbain n'est plus l'homme d'un travail comme celui-là. Dans un terrain pareil, avec les mains qui lui tremblent, il aura tôt fait de nous casser une faux.

— Ce n'est pas tellement pour la besogne qu'il abattrait, plaida Victor. C'est surtout à cause de la mère. Demain matin, si on n'emmène pas le vieux, ce sera comme de dire qu'il n'est plus bon à rien et tu sais qu'elle voudrait s'en débarrasser avant l'automne?

— C'est moi qui lui ai dit de le renvoyer.

Victor en resta une minute interdit. Il avait beau connaître son frère, il n'aurait pas imaginé que l'idée de renvoyer le vieux pût venir de lui. Urbain, qui servait chez les Muselier depuis trente ans, avait vu naître Arsène et, lorsque l'enfant, encore au berceau, avait perdu son père, il s'était attaché à lui comme à un fils. On se souvenait encore à la ferme d'avoir vu cet homme, toujours impassible et taciturne, s'animer et rire à la joie du petit garçon et trouver des paroles de tendresse pour apaiser ses chagrins. Plus tard, il lui avait appris à atteler un cheval, à le soigner, à tenir une faux, à tirer droit le sillon, à semer le grain, comme aussi à saigner un cochon, à tailler une haie et à greffer un arbre. Du reste, Arsène lui avait toujours témoigné de la considération et s'il en usait parfois à son égard avec une sécheresse impérative, le ton était celui sur lequel, en certaines occasions, il s'adressait aux personnes de la famille.

— Tu n'as quand même pas fait une chose pareille? s'indigna Victor.

— On ne peut pas le garder toujours. Alors, pourquoi faire attendre? Il est vieux.

Arsène fit cette remarque du même ton indifférent qu'il eût pris pour constater l'usure d'un outil.

— C'est égal, je me serais plutôt attendu à ce que tu le défendes, dit Victor. Quand on pense à ce qu'il a été pour nous. Un homme qui n'a jamais compté ni son temps, ni sa peine, et qui était comme autant dire de la famille. Enfin, bon Dieu, qu'est-ce qu'il t'a fait? qu'est-ce que tu as contre lui?

— Je n'ai rien contre lui. Au contraire.

— Alors, non, l'idée de ne plus le voir, ça ne te fait rien?

— Ce n'est pas ce qui empêchera de se voir.

— Je peux pas croire. Pour une question d'intérêt de rien du tout. Mais son pain, même s'il devait nous coûter, il ne l'aurait pas volé.

— Tu causes à côté, trancha Arsène d'une voix paisible. J'ai pensé à son intérêt aussi.

Victor attendit une explication de ces dernières paroles. Il était toujours affamé de raisons. Arsène, qui éprouvait rarement le besoin d'en donner, resta muet. Du reste, à aucun moment, il ne s'était animé à la discussion et Victor sentit qu'à poursuivre l'entretien, il se mettrait inutilement en colère. Tandis que son frère rentrait à la maison, Arsène s'éloigna sur la route au pas lent de ses sabots qui sonnait dans la nuit.

Louise lavait la vaisselle, Émilie l'essuyait et Belette lavait la grande table en bois blanc avec une brosse de chiendent.

— Beau temps pour demain, annonça Victor en entrant. Par exemple, on n'y voit pas clair.

Il ajouta, en se tournant vers Belette :

— Par une nuit comme ça, sûrement que la bête faramine est de sortie.

Belette se mit à rire, mais son visage pâlit d'inquiétude et son regard chavira.

— C'est bien le meilleur temps pour elle, appuya Louise Muselier. Nuit noire comme voilà, quand il fait si doux par les chemins, la bête faramine ne tient plus au bois. Il faut qu'elle sorte galoper.

Victor songeait sans déplaisir qu'il venait d'amorcer un jeu cruel. Déjà la veille à l'après-dînée, sa mère avait commencé à effrayer la servante du même conte pour la punir et peut-être la décourager d'aller retrouver Arsène sur la route comme elle faisait chaque soir. La tête baissée sur sa brosse, sa mèche rebelle balancée d'un œil sur l'autre, Belette leva sur sa patronne un regard peureux.

— Je sais bien que c'est pas vrai. La bête faramine, ça n'existe pas.

— Ça n'existe pas? Eh bien, va donc demander à Clotaire Guérillot si elle n'existe pas. Il l'a vue, lui, il pourra te le dire. Et moi, je m'en souviens peut-être aussi.

Avec le souci de convaincre, Louise commença l'histoire de Clotaire et, peu à peu, elle se prenait au plaisir de conter.

— Dire que c'est d'hier, non bien sûr, ce n'est pas d'hier, je vous parle de bien avant la guerre, il y a quarante et des années. Tenez, c'était juste l'été qu'il a brûlé chez Bouvillon, vous savez bien, la maison à main gauche en retirant sur le coin des deux toitures. Mais non, toi, Victor tu n'as pas connu. Pense donc, Clotaire venait tout juste de se marier. Sa femme, la pauvre Léontine c'était une Tourneur, les Tourneur de Roncières, une famille, ils étaient charpentiers de leur état. Des gens bien convenables, travailleurs. Une maison où on marchait droit. Un beau jour, comme vous diriez aujourd'hui, c'était sur la fin juin, Clotaire se trouve d'avoir affaire là-bas. Vous dire quoi, je l'ai peut-être su, mais depuis le temps, j'ai oublié. S'il fallait tout se rappeler, vous pensez. C'est bon, le voilà qui s'en va, il arrive, il fait ses affaires et, le soir, il reste à souper chez ses beaux-parents. Vous savez ce que c'est quand on est de se revoir, à causer d'une chose et d'une autre, on se trouve d'avoir toujours à dire, et voilà onze heures qui s'en viennent. De Roncières ici, il y a quoi, cinq, six kilomètres. Ce n'est pas si loin, surtout qu'autrefois, du temps que je vous parle, on n'y regardait pas d'aller sur ses jambes. Sur la minuit, voilà pourtant mon Clotaire qui se met en route. Bonsoir les uns, bonsoir les autres. Surtout, que lui dit son beau-père, ne va pas rencontrer la bête faramine. Il lui disait ça, vous comprenez, c'était pour rire. Il le plaisantait, quoi. Il faisait une belle nuit d'été, mais la nuit sans lune. Mon Clotaire sort donc de Roncières, il passe les Deux-Chênes et tout par un coup, il a comme une idée qu'on marche derrière lui. Un pas mou, comme à pieds nus ou d'une bête des bois. Il se retourne sans seulement penser à rien, tranquille comme il était, il se retourne et il ne voit rien. Au sortir de Roncières, les bois serrent la route de tout près. Même au clair de lune, il y fait noir comme dans la tombe. Après tout, que Clotaire se pense, chien ou chat ou n'importe quoi, il va toujours pas m'avaler. Quand même, il se met au grand pas. Et derrière, il entend le bruit qui se rapproche. Un bruit de pas, vous auriez dit tantôt d'un homme, tantôt d'une bête à au moins dix pattes. Et ces bois qui n'en finissaient plus. Il pousse encore le train, mais la bête reste à ses talons. Il l'entend respirer. Ha, ha, elle lui faisait dans le cou. Ha, ha! ha, ha! Et une fois une autre, il sent patte pelue frôler sa main ou sa figure.

Louise interrompit son récit pour aller vider les eaux de vaisselle dans la cour, et, au retour, feignit de n'y plus penser. Belette, immobile, la brosse en l'air, attendait la suite avec une douloureuse impatience. Cependant, Émilie rangeait la vaisselle dans le placard et la besogne l'occupait assez pour qu'elle ne pensât plus à la bête faramine. Victor, qui avait écouté d'une oreille distraite ce conte à dormir debout, était en train d'examiner le contenu des sacs d'écolier de ses deux garçons. L'histoire de Clotaire risquait fort d'en rester là, Louise ayant trop de fierté pour y revenir sans qu'on l'en priât. Belette comprit que le silence serait pour la patronne une blessure d'amour-propre et, avec la volonté de se venger, elle se remit à brosser la table. Mais elle n'y put tenir et, malgré elle, releva la tête pour demander :

— Et après? Qu'est-ce qui s'est passé?

— Ah! c'est vrai, dit Louise sans empressement apparent. Où est-ce que j'en étais? Oui. Une fois sorti du bois, Clotaire se retourne et voit la bête. Oh! bien sûr, autant qu'on peut voir au clair des étoiles. Seigneur, il se trouve en face de trois têtes, pâles comme des figures de morts, Jésus, avec chacune un gros œil au milieu du front, et qui se balançaient sur des grands cous en peau de serpent. Et voyez, ce qui lui a fait le plus, c'est que les têtes n'avaient jamais la même grosseur. De celle d'une citrouille, elles diminuaient à celle d'une pomme pour se renfler après et jamais les trois à la fois. Du corps, il n'a vu que le milieu, un ventre gonflé sans guère de poil et mou comme le dessous d'un rat. Comme il me disait une fois, à son idée, le corps ne finissait nulle part, que c'était comme si les bords se mélangeaient avec la nuit. Imaginez voir. Mon Clotaire n'en menait pas large. Il lui vient l'idée de faire un signe de croix. Il en fait un, il en fait dix et *Pater noster* et *Je vous salue*. Dans des moments comme celui-là, la prière vous vient facilement. Mais oui, allez donc. Ces bêtes faramines, ça ne vous a le sentiment de rien. Les prières lui faisaient tout juste comme des chansons. Pas gênée, elle se met à marcher à côté de lui. Il essayait de ne pas la voir, mais elle, en s'étirant le cou, elle se poussait jusque sous son nez, tantôt une tête, tantôt une autre, quand ce n'était pas les trois en même temps. Et tout par un coup, la voilà qui se met à causer. Viens-t'en au bois, elle lui disait, on nous attend pour la minuit. C'est de ce moment-là que Clotaire a perdu la tête. Mettez-vous à sa place aussi. Le voilà qui court comme un dératé, devant lui, tout droit, qui court et qui court. Mais l'autre n'était pas en retard et, lui, il sentait qu'il peinait comme si la nuit lui résistait. A la fin d'aller, il butait, il n'en pouvait plus. C'est bien ce qu'attendait la bête faramine. Elle saute sur lui, elle vous l'empoigne, elle le roule par terre. Heureusement, il s'est mis à crier en entendant les grelots d'un cheval. C'étaient les Coudrier qui s'en revenaient d'Aumont livrer leur farine. Quand ils ont relevé Clotaire, il était étendu sans connaissance sur la route, la figure en sang et ses effets tout déchirés. Vous pouvez compter qu'il avait eu chaud.

Louise prit un temps et ajouta :

— Bien sûr, ce n'est pas tous les soirs qu'on la rencontre. Mais si je vous disais que je n'aime pas de sentir Arsène dehors par nuit noire. Les bois sont si près.

Belette, figée devant la table, les yeux agrandis, regardait la porte qui séparait la lumière des ténèbres.

— Je l'aurais parié! s'écria Victor en montrant les cahiers de ses deux garnements. Aussi, je me disais : Comment ça se fait qu'ils sont partis se coucher si tôt? C'était pour ne pas faire leurs problèmes.

— Je te l'ai dit souvent, fit observer Louise. Ces enfants-là n'ont pas de fierté.

— Le maître leur donne des problèmes trop difficiles, plaida Émilie. Ce n'est pas des devoirs de leur âge.

Louise la regarda durement, mais retint sa langue. La réflexion de sa bru était trop grave pour qu'on en pût faire justice devant la servante. Elle se tourna vers Belette et, avec une douceur qui acheva de l'épouvanter, lui conseilla d'aller dormir.

— Tu n'as pas l'air à ce que tu fais. Va, c'est bon pour ce soir. Va-t'en te coucher. Je finirai la table.

Belette aurait justement souhaité que sa tâche la

retînt longtemps à la cuisine. Posant sa brosse, elle souhaita le bonsoir d'une voix éteinte qui éveilla un remords au cœur de Louise. Dehors, elle se réfugia un instant sous la fenêtre de la cuisine, dans la clarté courte d'une lumière dégradée qui passait entre les lames des persiennes. Elle entendit Louise déclarer à sa bru qu'elle ferait le malheur de ses enfants. La nuit était tiède, des souffles légers faisaient bruire les feuilles des trembles au bord de la mare et l'obscurité semblait palpiter. Belette ôta ses sabots, les prit à la main et, aspirant un grand coup d'air comme pour une plongée, traversa la cour en courant sur ses pieds nus. Sous la voûte des deux noyers où l'ombre était encore plus noire, elle sentit à n'en pas douter le frôlement de la bête faramine et faillit crier, mais sur la route, la clarté avare des étoiles lui rendit un peu de sang-froid. Elle eut conscience que le mouvement de la course favorisait sa propre panique et se mit au pas en essayant de croire que son imagination l'avait jouée. À peine avait-elle eu le temps d'espérer qu'un frisson d'épouvante lui courut sur la peau. La bête faramine était à ses talons. Elle entendait son souffle court et ce même pas mou et nombreux qui avait averti Clotaire dans les bois de Roncières. Belette marcha plus vite et la bête marcha plus vite et son souffle devint plus rauque. Ha ha! Ha ha! D'habitude, Arsène allait prendre l'air de la nuit sur la route en tournant le dos au village, mais s'il avait pris l'autre direction, et le fait s'était déjà produit, Belette était condamnée à marcher dans la nuit jusqu'au bout de ses forces. Les dents serrées, elle se retenait de courir et n'osait pas non plus appeler, dans la crainte d'irriter la bête et de précipiter le dénouement. Ha ha, faisait la bête. Ha ha. Puis elle se mit à parler d'une voix confuse, entrecoupée, et eut un rire méchant. Belette ne comprit pas ses paroles, mais le rire

acheva de la glacer. Sans oser tourner la tête, elle
jeta un coup d'œil de côté et entrevit les trois faces
blêmes qui se balançaient tout près de son épaule.
Et sentit patte pelue passer et repasser sur son mollet. Perdant l'esprit, elle reprit sa course à toutes
jambes et appela Arsène, d'une voix d'agonie, sans
force et sans portée. La faramine s'était mise à gueuler, à rire, à sauter et menait un train de cavalerie.
Soudain, une ombre se dressa sur la route.

— Qu'est-ce que c'est? demanda Arsène. Tu as
pris peur?

Belette se jeta contre lui, l'étreignit à pleins bras,
la tête sur sa poitrine et poussant comme un bélier
pour s'y creuser une retraite. Il la prit aux aisselles
en riant, la tint visage contre visage et la remit sur
ses pieds. Belette était déjà rassurée, mais écoutait
la nuit d'une oreille inquiète.

— Allons, Léopard, assez comme ça, dit Arsène.
Allez coucher, grande carne.

Belette se mit à rire, et, en remettant ses sabots,
apostropha Léopard sur un ton de bravade. Sa
petite main dans la grande main dure d'Arsène,
leurs deux paires de sabots sonnant sur la route, elle
ne craignait plus rien pour le présent et marchait
en regardant les étoiles du ciel sans voir les ténèbres
d'en bas. Un moment, ils furent sans parler.

— Voyons voir, dit enfin Arsène. Huit fois sept?

— Cinquante-six.

— Huit fois neuf?

— Soixante et onze. Non, soixante-douze. Je
l'avais sur la langue.

Belette, qui n'avait presque jamais fréquenté
l'école, répondait sur le ton de la conversation et
Arsène regrettait un peu le ton chantant des écoliers. Ayant poussé son interrogation, il se déclara
satisfait.

— Tu sais ce que je t'ai promis? que si tu savais

48

bien ta table, je te rapporterais quelque chose de la foire de Dôle. Qu'est-ce que tu voudrais?

Belette hésita. Craignant de se limiter en précisant ses désirs, elle s'en remit à lui du soin de faire un choix. Tandis qu'ils revenaient sur leurs pas, il l'entretint de la géographie du Jura, souhaitant qu'elle eût au moins une idée du pays où elle était née. Belette feignait de s'y intéresser en pensant que c'était encore fichu pour ce soir. Pas plus cette fois que les autres, il ne lui parlerait d'amour. En arrivant à l'entrée de la cour, elle lui demanda s'il croyait à l'existence de la bête faramine. Il répondit non avec une paisible fermeté. Après réflexion, il ajouta comme pour lui-même :

— Pourquoi pas? Ça se peut très bien qu'elle existe.

Belette couchait dans une pièce située derrière la grange et dite chambre aux outils. Elle contenait des outils neufs ou hors d'usage, pelles, pioches, scies, serpes, râteaux, ainsi qu'un coupe-racines et un tarare qui ne servait plus depuis longtemps. Orientée au nord et n'ayant d'ouverture par où prendre jour qu'un œil-de-bœuf, elle était humide et froide. On y avait mis un tonneau de vin et une provision de pommes de terre et de betteraves. Habituée chez elle à vivre dans de pires conditions d'hygiène, Belette ne souffrait ni de l'inconfort ni de l'odeur de vin et de moisissure, mais la solitude dans cette chambre sourde l'avait toujours effrayée. Après avoir quitté Arsène, elle se mit au lit et au bout d'une heure qui lui parut comme quatre, elle n'avait pas encore trouvé le sommeil. Il lui semblait que la faramine se fût glissée derrière elle dans la pièce, elle l'entendait remuer, souffler, ricaner, chuchoter. Lorsqu'elle se retournait sur son lit, le bruissement de la paillasse de feuilles de maïs lui faisait claquer des dents. Elle finit par se lever et alla tourner le commutateur qui se trouvait près de la porte, mais comprenant que la faramine renaîtrait aussitôt des ténèbres, elle se résolut à réveiller Urbain.

Le vieux dormait au fond de l'écurie, derrière une cloison de bois qui s'arrêtait à mi-chemin du plafond. Il couchait là depuis trente ans, sans autres meubles qu'un lit, une chaise et un rayon de bois blanc où il rangeait son linge propre et quelques effets. Pensant qu'il y eût le feu à la maison, il s'habilla aussitôt sans faire de question et suivit Belette dans sa chambre. Comme il n'avait pas eu le temps de mettre sa casquette à pont, elle le voyait tête nue pour la première fois et son visage, sous les cheveux blancs, lui semblait si vieux et si sévère qu'elle se trouva embarrassée de lui confier ses frayeurs.

— Je vous ai dérangé, s'excusa-t-elle, mais j'ai idée qu'il y a des rats.

Le vieux ferma la porte et, sans prononcer un mot, entreprit un examen méthodique de la chambre. Belette s'était recouchée et suivait ses recherches sans le moindre remords. Après une exploration minutieuse qui avait duré plus d'un quart d'heure, il déclara d'une voix sourde et comme souterraine, d'autant plus surprenante qu'il parlait rarement :

— Il n'y a pas de rats. Tu peux te rendormir.

Il était déjà près de la porte et levait la main pour éteindre la lumière.

— Urbain, murmura Belette, j'ai peur.

Il la regarda et ferma le commutateur. Dans l'obscurité, elle l'entendit s'approcher de son lit et s'asseoir sur la chaise.

— Je suis là, dit-il. Dors.

Allongeant un bras hors du lit, elle le chercha à tâtons. Le vieux lui prit la main et la tint dans la sienne jusqu'à ce qu'elle se fût endormie.

6

— Mon Père, je m'accuse d'avoir péché avec une créature infernale.

Mécontent, le curé s'agita et toussota derrière le guichet. Il voyait venir une vilaine affaire. Cet Arsène Muselier n'était pas un mauvais chrétien, au contraire — quoique n'étant pas des plus réguliers à la messe. Tout bien réfléchi, bon chrétien et, pour mieux dire, bon catholique. Mais pour qu'il éprouvât le besoin de s'approcher de la sainte table deux mois après ses Pâques, il fallait qu'il en eût sur la conscience. Une fille engrossée ou un scandale dans un ménage.

— Je t'aurais pourtant cru plus sérieux. C'est quelqu'un d'ici?

— Pas précisément. D'où elle est, je n'en sais rien. Je vous dis, une créature infernale.

— N'essaie pas de mettre tout à son compte. Créature infernale, c'est bien commode.

Arsène commença de soupçonner que pour son confesseur, l'expression « créature infernale » était de pure rhétorique.

— Je ne sais pas comment vous tourner ça, moi.

Quand je dis une créature infernale, je ne vous parle pas d'une traînée comme vous diriez la Robidet à Requiem, ni d'une rusée qui en veut pour un homme et qui sait s'y prendre. Non, moi, je vous parle d'une vraie créature du démon, qui n'a ni père, ni mère, ni famille, ni maison. Tenez, une fille qui n'a pas à compter ni avec l'argent, ni avec la mort. Je ne peux pas mieux vous dire.

— Qu'est-ce que tu me chantes là?

— Je sais bien que ça peut sembler drôle, et c'est pourtant la vérité.

— Mais cette fille, elle a un nom?

— Bien sûr qu'elle a un nom.

Arsène se tut, ennuyé. Il aurait souhaité n'avoir pas à livrer le nom de la Vouivre.

— Arsène, gronda le curé, prends garde. Sais-tu ce que tu es en train de faire? une mauvaise confession.

— Mais moi, je ne demande pas mieux de vous dire tout. La fille que je vous parle, c'est la Vouivre.

— La Vouivre! Dis donc, Arsène, est-ce que tu es venu ici pour te moquer de moi?

— Ça y est! Maintenant, voilà que je me moque de vous!

— Tu ne vas pas me dire...

— Eh bien, si, je vous le dis et je vous le répète : Je m'accuse d'avoir péché avec la Vouivre.

Dans l'ombre de son réduit, le curé haussa les épaules. Il n'était pas de ces curés affranchis de la lettre du dogme, de ces prêtres mondains qui considèrent les vérités de l'Église comme des symboles ou comme une introduction à la vie spirituelle et ne voient dans le rituel catholique que les gestes d'une discipline morale. Il ignorait jusqu'à l'existence de ces louches serviteurs de la religion. Fermement, il croyait à la Sainte-Trinité, à la Vierge, au paradis et aux saints comme au diable et à l'enfer. Mais pratiquement, il ne croyait pas aux incarnations du diable. L'expérience acquise durant les quarante années de son ministère ne lui laissait aucun doute sur ce point et quand Adeline Bourdelon venait lui dire qu'un diable cornu l'avait assaillie au grenier, il faisait autant de cas de sa confession que de celle de sa servante affirmant que saint François-Xavier était venu dans sa cuisine lui dire des horreurs et lui faire des propositions révoltantes. Ayant eu un jour l'occasion d'en entretenir Monseigneur de la Jaille, évêque de Saint-Claude, le prélat était tombé d'accord avec lui qu'il s'agissait dans tous les cas de mythomanie ou de visions hallucinatoires et avait ajouté qu'il convenait toutefois de ne pas prendre ces confessions à la légère, le diable ayant nécessairement part à ces imaginations comme à toutes les mauvaises pensées.

— C'est bon, dit le curé. Raconte-moi ton affaire. Quand l'as-tu vue pour la première fois?

— Hier matin. Et, c'est hier tantôt que la chose s'est passée. Et on a recommencé aujourd'hui à midi.

— Raconte depuis le commencement.

Arsène raconta son histoire posément, attentif à ne rien exagérer. Le curé souffrait de devoir considérer ce garçon, robuste et habituellement sain d'esprit, comme un détraqué. Le récit terminé, il essaya de replacer l'aventure sur un plan de modeste humanité. Rien ne prouvait que cette créature fût la Vouivre et pour cause, celle-ci n'ayant jamais existé que dans l'imagination des Jurassiens. Il est malheureusement possible que certaines filles soient assez effrontées pour se baigner nues dans un étang, mais de telles pratiques ne sauraient établir une filiation avec le démon et quant au rubis, rien n'est plus facile que de se mettre un cabochon sur la tête. Et les serpents? objectait Arsène. Le flot des serpents déferlant sur le ravisseur. La bataille. Le sifflet de la Vouivre brisant la ruée. Il n'inventait rien. Les cadavres étaient sûrement restés sur le terrain. Facile d'y aller voir.

— Mettons, disait le curé.

— Y a pas de mettons.

— Laisse-moi finir. Une année, à la foire de Longwy, je te parle d'il y a vingt ans et plus, du temps où la foire de Longwy était renommée jusque dans la montagne et faisait courir tout le monde. Eh bien, moi, je me souviens d'avoir vu un homme, un homme pas plus démon que toi et moi, qui montrait une demi-douzaine de serpents et qui s'en faisait obéir rien qu'en sifflant. Tu es jeune, mais quand on est un peu sorti, il y a bien des choses qui n'étonnent plus.

Le curé ne voulait même pas admettre que cette fille eût dispensé des voluptés diaboliques. Il se sentait l'humeur allègre et batailleuse d'un franc-maçon radical qui humilie les mystères catholiques devant les évidences de la science et de la raison. A la fin, Arsène fut irrité par tant d'obstination.

— C'est pourtant drôle. Le dimanche, dans vos sermons, c'est toujours le diable par-ci, le diable par-là, mais quand il en est question pour de bon, vous n'y croyez plus.

Le curé rougit et se trouva bien aise qu'Arsène ne pût l'apercevoir. Il était ennuyé.

— Soyons prudents, dit-il avec un peu d'embarras. Il ne s'agit pas de confondre croyance et superstition.

— Je ne confonds rien du tout. Je vous raconte ce qui m'est arrivé. Maintenant, si vous ne voulez pas croire que c'est la Vouivre, je ne peux pas vous forcer. Moi, ce que je voudrais, c'est que vous me donniez l'absolution.

Le curé se souvint qu'il avait affaire à un halluciné, un malade, et prit sur lui.

— Au fait, dit-il, à quoi bon disputer? Nous n'appelons pas les choses par le même nom, voilà tout.

En fin de compte, il trouva encore le moyen d'affirmer sa conviction en n'infligeant au pécheur qu'une pénitence insignifiante, comme si la faute eût été imaginaire. N'ayant plus personne à confesser, il fit quelques pas dans l'église en compagnie d'Arsène et s'entretint avec lui de quelques menus événements de Vaux-le-Dévers. Le ton mesuré d'Arsène, le bon sens avisé qui paraissait dans ses propos éveillèrent une inquiétude dans l'esprit du curé. Il était peu croyable que ce garçon-là fût un halluciné ou eût menti pour se rendre intéressant. En outre, le curé le connaissait suffisamment pour savoir qu'il était de ces catholiques sûrs et pondérés que de mystiques ardeurs ne risquent pas de consumer. La religion catholique se présentait en effet à l'esprit d'Arsène comme la ferme modèle qu'il souhaitait diriger. Dieu prévoyait la besogne et savait distinguer entre les bons et les mauvais travailleurs. Les saints, qui avaient l'oreille du maître, étaient de solides chefs d'équipe, des gens de bon métier ayant profité à l'école du soir. La Vierge, mère aimable, embellissait la maison, et son beau sourire de femme ordonnée et irréprochable éveillait au cœur des journaliers une tendresse utile. Proche de la ferme, un cabaret funeste figurait l'empire du démon. Le piano mécanique, les cris et les rires y attiraient des travailleurs qui venaient s'enivrer, enlacer des filles et user des forces qui manqueraient aux moissons. Le plus difficile était de faire une place à Jésus dans cette ferme modèle. Fils de la maison, mais ne se souciant ni de commander ni de surveiller, sa parole avait une douceur et une ambiguïté qui n'encourageaient guère à la besogne. Arsène l'eût volontiers cantonné dans un rôle de préposé à l'infirmerie. A vrai dire, il se serait passé de sa présence. Cette représentation raisonnable du royaume de Dieu, qui était à peu près celle des autres paysans de Vaux-le-Dévers, avait presque l'approbation du curé. Il y voyait une assurance contre les interprétations abusives de la parole du Christ et une solide compréhension du catholicisme romain qu'il considérait lui-même comme une constitution prudente imposée aux Évangiles. Sur le point de se séparer, le curé faillit demander à Arsène de l'informer, le cas échéant, des faits et gestes de la Vouivre, mais une sorte de fausse honte le retint et il s'éloigna avec une conscience mal assurée.

Au sortir de l'église, Arsène alla se signer devant les tombes de la famille. Son père, Alexandre Muselier, était mort une vingtaine d'années auparavant et il n'en avait aucun souvenir. Ceux qui l'avaient connu disaient qu'il était fort comme un chêne, dur à l'ouvrage et d'un caractère aimable, avec des façons rieuses. Par contre, il se souvenait très bien de ses deux frères aînés, Denis et Vincent, morts à la guerre à un an d'intervalle. Ils étaient, l'un caporal, l'autre simple soldat dans la même compagnie, au 44e d'infanterie, le fameux régiment de Sambre-et-Meuse, qui avait son dépôt à Lons-le-Saunier. Denis, le caporal, avait une douceur, une gentillesse de cœur et de manières, qui le faisaient aimer de tous ceux qui l'approchaient. A sa dernière permission, un soir que Louise faisait pour lui des projets d'avenir, il avait eu un sourire triste et sur son visage d'enfant brillait la lumière discrète d'un présage. Il tombait un mois plus tard, au Chemin-des-Dames. Vincent, calme et renfermé, avait une force de volonté, une autorité naturelle, qui s'imposaient aux autres sans qu'il parût jamais s'y efforcer. Dans sa famille, on le craignait un peu, comme aujourd'hui Arsène. En permission, il ne parlait jamais de la guerre et, dès en arrivant, se mettait à vaquer aux travaux de la ferme comme s'il eût repris une besogne lâchée la veille. On conservait, parmi d'autres lettres, celle où il informait que son frère venait d'être tué. C'était la relation des circonstances de sa mort avec des renseignements topographiques sur l'endroit où il reposait, le tout tirant au plus court, sans la moindre effusion sentimentale. Lui-même était tué l'année suivante en Champagne et son corps ne devait pas être retrouvé. Après la guerre, son frère seul était rentré au village et reposait sous une dalle où étaient gravés leurs deux noms. A Vaux-le-Dévers, on disait qu'Arsène ressemblait à son frère Vincent et lui-même aimait à le croire.

Il s'éloigna à travers les tombes et, vers la sortie du cimetière, se trouva devant une fosse déjà profonde d'où émergeait la tête de Requiem le fossoyeur. La terre rejetée s'élevait en talus au bord du trou, les ossements et les débris de bois formant un tas distinct. Requiem — il tenait ce surnom de son père qui était déjà fossoyeur — personnifiait l'objection, tant à cause de sa condition de fossoyeur que de ses mauvaises mœurs, car il se saoulait à tous les vins et vivait d'ordinaire en concubinage, présentement avec la Robidet, une vieille ivrognesse édentée qu'il avait ramenée de Dôle vers la fin de l'hiver. Requiem leva la tête, une très petite tête aux gros yeux de lapin, où la cervelle semblait tenir peu de place, et qui surmontait de puissantes épaules.

— Tu creuses pour ce pauvre Honoré? dit Arsène.

— Comme tu vois. En fin de compte, c'est toujours à moi qu'on en vient. Honoré, je me rappelle, un jour qu'on était de trinquer chez Judet, qu'est-ce qu'il peut bien y avoir, cinq, six mois, pas seulement, oui, je me rappelle, le pauvre Honoré, il n'était déjà plus dans son allant, à mon idée, il se sentait, oui, et tout par un coup, il me dit comme ça : « Requiem, il me dit, est-ce que tu penses à ma

maison? » Alors, moi, n'est-ce pas, croyant qu'il était
de rire, je lui réponds : « Honoré, je lui réponds, je
t'en ferai une grande et une belle! » « Oh! qu'il me
dit, grande ou pas, une fois en allé, c'est l'égalité
pour tout le monde. »

Eu égard à la jeunesse d'Arsène, Requiem crut
devoir expliquer le sens secret de cette réflexion.

— Tu comprends, il voulait dire qu'une fois enterré, pauvre ou riche, on est tous égaux, six pieds
de terre et n'en parlons plus.

— C'est bien la vérité, opina Arsène.

Requiem voulut protester, mais s'y prit avec tant
de précipitation qu'il manqua s'étrangler avec sa
chique de tabac. L'ayant d'un coup de langue,
amenée entre ses lèvres, il la posa au bord de la
fosse, sur une petite pierre où la reprendre plus tard.

— Non, Arsène, ne crois pas ça. Il n'y a pas
plus d'égalité ici qu'ailleurs. Celui qui avait les
moyens dans son vivant, il les garde quand il est
mort.

Allongeant le bras, Requiem prit sur le tas d'ossements un crâne en assez bon état de conservation.

— Voilà un individu, pour causer. Regarde-le
voir, il n'est pas si vieux. Moi qui suis de la partie,
je peux te le dire. Par ici du cimetière, la terre est
plus forte qu'ailleurs, la viande y va un peu plus vite.
Si mon individu est là depuis vingt ans, c'est tout,
et quand on est mort, qu'est-ce que c'est que vingt
ans? moins que rien. A côté de ça, tu as les Champ-
bornier. Concession perpétuelle, les voilà tranquilles
pour toujours. Et lui, là, on le met dehors au bout
de vingt ans. Et moi, pour me déloger, on n'attendra
pas seulement que je sois aussi avancé. Tu verras
que j'aurai encore toutes mes dents. Je te dis quand
on a de l'argent, on a de l'argent.

— Quelle importance? dit Arsène. Quand on est
là-dessous, on ne profite de rien.

— Je sais bien, mais c'est pour dire.

Requiem considéra le crâne qu'il avait entre les mains.

— J'y pensais tout à l'heure. Ça pourrait bien être mon père. Je me rappelle, on l'avait enterré dans ce coin-là.

Il jeta le crâne sur le tas d'ossements et ajouta :

— Plus bête que lui, j'en ai pas connu, mais c'était pas le mauvais homme.

Il reprit sa chique et, sentant Arsène prêt à s'éloigner, gravit un degré de terre ménagé au fond de la fosse.

— C'est comme le paradis, dit-il d'une voix sourde, chargée de rancune. Je n'ai pas été y voir, mais je suis bien sûr que celui qui n'a pas les moyens, il n'entrera pas non plus.

Arsène protesta pour la forme, persuadé lui-même que l'accès au ciel était réservé à ceux qui laissaient un héritage appréciable et témoignaient ainsi qu'ils avaient honoré Dieu en sachant tirer de ses présents un parti décent. Il s'y prit du reste avec prudence, sans faire tort à sa conviction.

— Chacun a sa chance. Tant qu'on est de ce monde, il y a toujours moyen de s'arranger pour l'autre.

— Mes couilles, dit Requiem. Faut pas venir m'en raconter. Est-ce que le curé s'occupe de moi ? Il prend pas seulement la peine de me répondre quand je le salue. Il m'en veut, soi-disant qu'un jour j'aurais traversé l'église avec la Robidet sur mes épaules et qu'on gueulait comme des ânes. Mais ça m'étonne de moi. Je ne bois presque pas. C'est vrai, je suis bien plus sérieux qu'on se figure. Tiens, pas plus tard qu'hier, je me suis encore empoigné avec la Robidet parce qu'elle avait bu. Ces femmes-là, ce n'est personne. Le vin leur porte au caractère et ça ne se gêne pas de venir vous manquer au respect. Justement, je me trouvais d'avoir bu aussi. Pauvre ami, je l'attrape par les cheveux, je te lui cogne la tête au mur que j'ai cru que le nez lui avait éclaté. J'aurais voulu que le curé me voie.

— Je ne pense pas qu'il t'aurait fait compliment, dit Arsène.

— C'est bien mon idée aussi. Celui qui n'a pas les moyens, ça ne lui sert à rien d'avoir de la conduite. Il ne trouve personne qui reconnaisse. C'est bien ce que je disais, l'argent est toujours l'argent.

Il faisait une pesante fin de journée. L'orage grondait au fond de la forêt. Bien qu'il fût encore lointain, le ciel noircissait sur Vaux-le-Dévers, bouchant la vue des monts Jura et rétrécissant la campagne. Arsène voulut partir, mais Requiem sauta hors du trou et se planta devant lui.

— Parlant d'argent, devine voir qui j'ai vu. Mais non, tu ne peux pas. Quand je raconterai ça chez Judet, on dira encore que j'ai bu. Je ne sais pas pourquoi, on ne me croit jamais. Pour t'en revenir, ce matin, je me lève sur le coup de quatre heures et je descends à la rivière lever des cordes que j'avais tendues hier soir. C'est bon, j'arrive au creux Louvier, je me penche pour lever une corde et en me redressant, qu'est-ce que je vois? La Vouivre.

— Allons donc! tu l'auras rêvé!

Requiem cracha, fit un signe de croix et dit en se frappant la nuque avec le tranchant de la main droite :

— Jésus, Marie, si j'ai menti, qu'on me coupe la tête et qu'on me coupe l'anse. Je l'ai vue passer sur l'autre bord et une vipère par devant qui lui faisait son chemin. Elle allait comme ça tranquillement, avec son rubis sur la tête, son rubis qui vaut des milliards. Et moi, pas moyen de rien faire, elle était de l'autre côté. Et d'abord, son rubis elle l'avait sur elle. Mais tu peux compter que j'en écarquillais.

Des milliards, dis donc. Quand on pense, vingt
Dieux. Des milliards.

— Mais qu'est-ce que tu ferais avec tes milliards?
demanda Arsène curieux d'une réponse à la question qu'il s'était déjà posée à lui-même.

La mâchoire pendante, le fossoyeur se mit à réfléchir, un peu surpris de ne pas sentir en soi le bouil-
lonnement de ses désirs. Sa première pensée fut
pour le vin. Il aurait toujours chez lui un tonneau à
son usage exclusif et, pour la Robidet, un autre de
moindre contenance. Arsène lui ayant fait observer
qu'une telle ambition n'était pas à la mesure de sa
fortune, il se trouva désemparé et reprit sa médita-
tion. Les idées lui venaient lentement.

— J'irais à Dôle m'enfermer au bordel pendant
huit jours d'affilée.

— Ça ne compte pas non plus, même si tu y
passais le restant de tes jours.

Réquiem baissa la tête, fatigué par la pensée de
cette monstrueuse fortune qui humiliait ses rêves
les plus vastes.

— En tout cas, il y a une chose que je ferais sûrement. Quand il y aurait un mort dans le pays,
comme voilà aujourd'hui, ce serait de prendre quelqu'un pour m'aider à creuser. Bien entendu que je
ne resterais pas à me croiser les bras, mais je lui
ferais dégrossir la fosse. Pour le reste, je m'en char-
gerais. Faire une jolie fosse, bien d'équerre, sans un
éboulis, les pans filant droit d'un coup jusqu'au
fond, ce n'est pas tout le monde qui peut. Et
remarque, ce n'est pas tellement d'avoir la main et
la pratique, il faut d'abord montrer de l'idée. Et
moi, question du coup d'œil, du fini de la chose, je
crains personne d'ici, ni d'ailleurs non plus.

7

Arsène prenait sa bicyclette qu'il avait rangée contre le mur du cimetière, lorsque les premières gouttes se mirent à tomber, de larges gouttes tièdes qui faisaient lever une agréable odeur de feuillage et de poussière. Un souffle d'air frais agita un bouquet d'acacias au bord de la route et presque aussitôt, une rafale de vent ploya tous les arbres d'autour. En contrebas, dans la prairie, des faneurs se pressaient de mettre le foin en tas, mais l'orage survenait avec une promptitude qui surprenait leurs prévisions. Un ciel noir pesait maintenant sur le village et une pluie serrée noyait déjà la lisière des bois. Arsène avait à peine roulé deux cents mètres que l'orage éclatait avec un bruit fracassant. En quelques minutes, la nuit s'était presque faite, mais les éclairs se suivaient si pressés qu'ils entretenaient une clarté d'aurore. La pluie tombait dru et Arsène, qui s'était engagé dans un chemin de traverse, dut descendre de bécane pour chercher abri. Ayant mis des vêtements de cérémonie, tant pour se rendre à confesse que pour aller saluer la dépouille d'Honoré Burtin, il craignait de les exposer à la pluie. L'endroit était désert et n'offrait d'autre refuge qu'une masure abandonnée où demeuraient naguère les parents de Belette. Les murs, construits en terre glaise et détrempés par les pluies, laissaient apparaître la carcasse de soutien, faite d'une sorte de perchis noir et déjà pourri aux endroits les plus exposés. Les abords, semés de tessons de bouteilles et de boîtes de conserves, étaient envahis par les orties et les ronciers qui mordaient déjà sur le sentier d'accès. L'année précédente, en quittant sa bicoque, Beulet avait emmené la porte et l'unique fenêtre du logis resté ouvert à tout venant. Arsène entra avec sa bécane qu'il posa contre un mur et, se plaçant un peu en retrait du seuil, le dos tourné à l'intérieur obscur de la pièce, contempla un moment l'orage. La pluie tombait avec un bruit et une abondance de cataracte. Devant lui, elle tendait sur la campagne un rideau dense qui atténuait la lueur des grands éclairs. Malgré la pente, les fossés d'écoulement débordaient sur le chemin transformé en ruisseau et, devant la cabane, s'était formée une mare dont le niveau montait déjà jusqu'au seuil. Arsène pensait avec ennui aux champs de blé et de seigle qui risquaient de verser sous ces trombes d'eau. Un instant, la violence de l'orage redoubla, mais soudain il y eut un grand apaisement. Ce fut d'abord un changement de lumière. Les craquements du tonnerre n'étaient pas moins furieux, mais le jour parut se ranimer et la pluie se mit à tomber plus lente et plus lâche, bientôt pareille à une longue pluie d'été, dont la chanson patiente endort la campagne. Arsène en eut de l'inquiétude, car une telle pluie semblait devoir durer longtemps et il tenait à ménager son complet noir. Sa mère enverrait peut-être Belette à sa rencontre avec un parapluie, mais la servante ne viendrait pas le chercher là. Belette, il avait eu l'occasion de l'observer, évitait ce chemin de traverse qui lui rappelait trop vivement les années de famine passées dans la maison paternelle où les frères et sœurs grouillaient parmi les poux, les gueulements, et les odeurs de literie et de linge sale.

Ayant l'oreille habituée au bruit égal de la pluie, Arsène perçut celui d'un remuement léger qui semblait venir du fond de la pièce. Il se retourna et vit en effet dans un angle obscur une forme noire et immobile dont les yeux brillaient. A la lueur d'un éclair, il reconnut Juliette Mindeur et hésita s'il lui parlerait. Le protocole des hostilités ne l'y autorisait pas et moins encore l'attitude de Juliette. A vrai dire, ce protocole n'avait pas prévu le cas d'un tête-à-tête prolongé et laissait place à une initiative. Il semblait difficile de rester l'un près de l'autre en feignant de s'ignorer.

— Bonjour, dit Arsène. J'étais loin de me douter que tu étais là.

— Je ne me cachais pas, mais il faisait si noir qu'on n'y voyait rien.

Juliette n'osait pas avouer qu'au fort de l'orage elle s'était tournée front au mur et les mains collées aux oreilles. Arsène le devina aussitôt. Il lui souvenait qu'étant enfants, sur le chemin de l'école, elle se serrait contre lui et cachait sa tête sur sa poitrine quand le tonnerre grondait. Il alla la prendre par la main et l'amena dans le demi-jour de l'entrée.

— A présent, le gros de l'orage est passé. Il est qu'il s'en va sur Sénecières. Ici, ce n'est déjà plus que la fin.

Comme il disait, un grand éclair illumina la campagne en même temps que retentissait un éclat de tonnerre, d'une violence sèche, déchirante. Les yeux apeurés, Juliette se tourna vers lui du même mouvement de petite fille qu'elle avait autrefois. Il lui prit la tête et l'appuya doucement sur sa poitrine. Ému et gêné, il regardait la nuque brune et le creux de l'omoplate que laissait entrevoir le bec du corsage.

— Je suis bête, s'excusa-t-elle sans toutefois relever la tête.

L'orage renaissant se déchaînait dans un vacarme d'éclatements rageurs. Juliette se boucha les oreilles avec les pouces. Arsène, la main sur les cheveux noirs, pressa la tête un peu plus fort. Il lui semblait être revenu au temps de l'école, huit ou dix ans en arrière, lorsqu'ils faisaient le chemin ensemble. Juliette était une petite fille mince, d'aspect fragile, et son corps presque fluet n'annonçait en rien son épanouissement solide et harmonieux, mais elle avait déjà le même visage mat, d'une beauté régulière, et les yeux bruns au regard profond, pleins d'ardeur et de gravité. L'amitié des deux écoliers n'avait jamais été loquace. Lorsque l'opposition entre leurs parents respectifs devenait plus ouverte, il leur arrivait même, et sans que leur confiance mutuelle en fût diminuée, de s'acheminer l'un derrière l'autre ou chacun d'un côté de la route. En fait, l'amitié des deux enfants devait fortement contribuer à perpétuer l'inimitié des Muselier et des Mindeur. Juliette et son frère Armand ne s'aimaient pas et, à l'aller comme au retour, évitaient de faire ensemble le chemin de l'école. Lorsque le hasard les réunissait, il s'ensuivait le plus souvent disputes et batailles et Arsène avait eu maintes fois l'occasion d'intervenir. La haine des deux garçons datait de cette époque-là. Un jour de leurs treize ans, Armand ayant giflé sa sœur, Arsène s'était jeté sur lui et, dans la fureur de la bataille, ils en étaient à tirer leurs couteaux de poche lorsque Victor Muselier, qui avait déjà l'âge d'homme, était heureusement survenu pour les empêcher de s'éventrer. Devenu grand, Arsène ne pardonnait pas à Armand Mindeur et poursuivait en lui le gamin brutal, acharné contre la fillette. De même, le sentiment de tendresse qu'il gardait à Juliette s'alimentait au souvenir de leur enfance. En sa présence, il lui semblait toujours que quelque chose d'elle lui eût été dérobé et dans cette belle fille de vingt ans fièrement charpentée, il cherchait encore une silhouette d'enfant. Depuis qu'ils avaient quitté l'école, ils se trouvaient séparés par l'inimitié des familles, qu'aggravait la haine entre Armand Mindeur et Arsène. Repris par des habitudes de clans, l'occasion de se rencontrer s'offrait rarement, mais les deux jeunes gens n'en restaient pas moins fidèles à leurs amours d'enfants. Aucun d'eux n'aurait su envisager l'avenir sans y projeter leurs deux destinées, soit pour les associer, soit pour regretter qu'il dût en être autrement.

Pourtant, Arsène hésitait à se croire amoureux. Il ne retrouvait jamais la ferveur adorante de son enfance. L'amour de ses treize ans restait dans sa mémoire comme un sommet impossible à rejoindre. Son amour d'homme n'en était qu'un reflet, un ressouvenir indécis qui n'allait jamais sans regrets.

Juliette releva la tête longtemps après que l'orage se fut apaisé. Il pleuvait encore, mais la lumière était plus franche et au loin, sur les bois de Roncières, apparaissait un pan de ciel bleu. Ils restaient silencieux, à regarder grandir ce morceau d'azur au bout de la campagne. Elle tourna vers lui le regard de ses yeux sombres et dit avec un sourire sérieux :

— Quand il fait de l'orage, je pense toujours à toi, mais toi, tu n'es pas souvent là.

— La vie va comme ça, dit Arsène.

Il eut envie de se reprendre, il avait à la gorge les paroles qu'il fallait prononcer, mais ses mâchoires s'étaient serrées. De nouveau, le silence s'appesantit, prolongé, et ce fut encore elle qui le rompit.

— Avant-hier, murmura-t-elle, je t'ai aperçu. Dans le chemin Gaugé, vers les midi.

— C'est vrai, dit Arsène.

Il répondait ainsi à une question implicitement contenue dans les paroles de Juliette. Il s'agissait pour elle de savoir si l'entretien qu'il avait eu l'avant-veille avec Rose Voiturier signifiait qu'Arsène eût des vues sur cette fille-là. Économe de son temps et peu expansif, il était bien extraordinaire qu'en plein midi, Arsène s'attardât au milieu du village dans la compagnie d'un jupon. Rose, l'unique héritière de Faustin Voiturier, le maire de Vaux-le-Dévers, était une longue fille maigre, voûtée, ni hanches ni mollets, un visage ingrat, étroit, pourtant bouffi et camus, et vingt-cinq ans d'âge qui étaient comme trente et plus et même davantage. Elle rachetait ces quelques misères par un grand bon sens, une aimable vivacité d'esprit et par la douceur de son caractère. Pendant deux ans, elle avait été fiancée à un garçon de Roncières qui paraissait peu pressé d'épouser et qui avait fini par gâcher son avenir pour suivre à Besançon une créature sans le sou mais bien en gorge. Faustin Voiturier, un petit homme sec dont les jambes de pantalon bouffaient sur des leggings en cuir verni jaune, était le propriétaire le plus important du pays. Outre de beaux prés sur la rivière et sans parler du compte en banque ni du portefeuille en valeurs d'État, il possédait en bordure de la forêt deux grandes terres, fertiles, bien exposées et faisant ensemble plus de quarante hectares, mais séparées par d'autres champs d'une étendue assez considérable. Arsène, sans esprit de lucre, plutôt par ambition et désir d'entreprendre, rêvait de posséder ces deux terres, de les réunir en un seul tenant et, dans ce domaine de quelque cinquante hectares qu'il espérait bien agrandir encore, de déchaîner des tracteurs, des moissonneuses-lieuses et autres modernes engins. Depuis une quinzaine de jours, sans s'ouvrir à personne de ses intentions, il était allé deux fois chez le maire sous des prétextes valables et s'efforçait d'aborder l'héritière avec un air de ravissement discret lorsqu'il la rencontrait par les chemins.

La pluie s'était arrêtée et ils n'avaient pas échangé une parole depuis un quart d'heure. Devant eux, le ciel lavé était d'un bleu épais, chargé de traces laiteuses. Un souffle frais passait sur la campagne et, dans la masure adossée à une haie sauvage où l'eau s'égouttait entre les feuilles, il faisait presque froid. Juliette frissonna et Arsène eut un geste inquiet, comme si ses mains cherchaient un fichu pour la couvrir. Elle secoua la tête, s'approcha tout près de lui et, le regardant aux yeux, lui dit bonsoir à voix basse.

Elle s'éloigna dans le sentier détrempé et, comme elle manœuvrait à éviter les tentacules d'un roncier, Belette apparut au détour d'une haie, un parapluie dans chaque main. La rencontre eut lieu dans le chemin. Belette, le visage enflammé, remonta d'un coup de main la mèche qui pendait sur son front et, regardant hardiment Juliette, lui jeta sans attendre la réponse :

— Alors, ça a bien marché, oui ?

A grands pas, elle s'engagea dans le sentier et, sa jupe s'étant prise aux épines d'un roncier, elle se libéra d'un furieux coup de parapluie. Touché de ce qu'elle eût surmonté sa répugnance pour venir le chercher jusqu'à la bicoque paternelle, Arsène l'accueillit par un sourire d'amitié. Belette entra, jeta ses parapluies sur le sol de terre battue et dit rageusement :

— A ce que je vois, tu t'emmerdais pas.

— Je t'ai déjà dit de ne pas causer comme ça. De quoi ça a l'air ? Ce n'est pas des façons pour des filles.

— Tu t'emmerdais pas, non, je dis bien. Tu t'emmerdais pas. Chez toi, tu fais semblant d'en vouloir aux Mindeur, mais pas plus tôt que t'es dehors, c'est pour courir au rendez-vous avec l'autre vache. Une saleté qui fraye avec tous les hommes du pays, je l'ai vue, moi. Je l'ai vue cent fois. Comme sa sœur, quoi! une vouerie!

— Attends voir, tiens, dit Arsène, je vas t'apprendre à respecter le monde. Tu veux peut-être mon pied où je pense?

Mais Belette n'entendait rien. L'œil en feu, elle arpentait la cabane, tapant du pied et invectivant contre Juliette.

— D'abord, ici, c'est chez moi. La maison, elle est à mon père. J'ai le droit de recevoir qui ça me plaît, et le restant, de le foutre à la porte. Les Mindeur, j'en veux point ici, et ta sale putain encore moins que les autres. Je suis chez moi, nom de Dieu, chez moi.

La colère de Belette trouva un apaisement dans cette affirmation répétée qu'elle était chez elle. Ces simples mots recréaient le décor et l'atmosphère de la vie familiale : le petit fourneau boiteux étayé par un rondin, la fumée, la vapeur, les odeurs, les deux lits crasseux, collés bord à bord, celui où elle dormait avec ses deux plus jeunes frères, celui des parents, le plus sale, qu'ils partageaient avec une fillette de deux ans, les détritus, le sol jonché, l'homme saoul, les empoignades, les jurements, les giclures de vin et de jus de tabac, les claques, les raisonnements, la trique, la mère enceinte encore un coup, une vitre en carton, pas de linge, des habits mendiés. Cette misère résurgente lui fit honte de sa violence et de son vocabulaire qui étaient eux-mêmes un retour à la vie d'autrefois. Il lui sembla aussi, dans l'instant, que l'amour avait moins d'importance que les conditions matérielles de l'existence. Recrue d'amertume, elle tourna le dos à ses souvenirs et vint s'appuyer au chambranle de la porte, face à la campagne. Arsène la considérait en souriant. Il savait par lui-même ce que peut être l'amour d'un enfant, mais son expérience ne l'éclairait pas sur le cas de Belette. Il n'y voyait rien de plus qu'une amitié exigeante, jalouse, n'admettant pas le partage.

Vêtue légèrement et encore sous le coup de l'émotion, Belette eut un frisson nerveux. Arsène s'en avisa et dit en palpant le mince tissu noir de sa robe :

— Voilà que tu auras pris froid, je parie. Tu aurais dû penser à mettre un paletot. Tiens, je vais te mettre ma veste sur les épaules, le temps que tu te réchauffes en marchant.

Il déboutonna son veston, mais elle l'arrêta de la main et dit avec un retour de colère :

— Fous-moi la paix. Je veux rien, tu m'entends ? rien, rien.

Elle cherchait une parole blessante, mais les larmes l'arrêtèrent. Arsène la souleva de terre, serra sur sa poitrine le petit corps secoué de sanglots et le berça dans ses bras. Il lui parlait tendrement, comme à un bambin, et les sanglots s'apaisaient.

— Maintenant, on va rentrer chez nous. Tu vas t'asseoir sur le cadre de ma bécane et en route. Dans la descente de chez Judet, j'en connais qui vont faire des yeux. De nous voir passer comme le vent et nos deux têtes l'une contre l'autre, les gens vont nous prendre pour la bête faramine.

8

Les deux fillettes de l'instituteur jouaient seules
dans la cour de l'école. Leur jeu, qui consistait à
courir d'un arbre à un autre, était imité du jeu des
quatre coins qu'elles étaient trop jeunes pour comprendre. Faustin Voiturier, le maire de la commune,
s'arrêta une minute à considérer leurs ébats d'un
regard bienveillant. Dans une cour de ferme, il n'y
eût prêté aucune attention, mais parmi ses obliga-
tions municipales, celles qui touchaient à l'école le
flattaient plus que les autres et il lui suffisait d'entrer
dans cette cour de récréation pour se sentir une âme
de bienfaiteur éclairé. La plus jeune des fillettes,
âgée de trois ans, fut attirée par l'éclat de ses leggings jaunes et vint les caresser. Choqué et un peu
inquiet, Voiturier l'écarta assez brusquement et l'enfant se mit à pleurer. Humblot, l'instituteur, qui travaillait à son jardin, passa la tête par-dessus la haie.

— Je vois que les petites ne sont pas d'accord,
dit Voiturier. A cet âge-là, entre sœurs, c'est souvent qu'il y a de la dispute.

— Ça finira toujours par s'arranger. Vous veniez
pour me voir, monsieur Voiturier?

— Justement. J'étais venu vous causer de quelque chose.

Humblot, en bras de chemise et les manches retroussées, rejoignit le maire dans la cour. Voiturier lui demanda des nouvelles de sa femme qui était institutrice et faisait la classe aux filles.

— Je vous remercie. Quand l'été est si beau, comment voulez-vous qu'on ne se porte pas bien?

Voiturier regarda Humblot avec une lueur d'envie dans les yeux. Le jeune instituteur avait répondu avec une allégresse qui manquait vraiment de gravité. Il lui arrivait ainsi plusieurs fois par jour de prendre conscience de son bonheur. Il aimait les enfants, son métier, le jardinage, la pêche à la ligne, la République, et il avait tout cela. La joie de vivre illuminait son visage du matin au soir. Souvent même, il avait envie de remercier son créateur, mais il s'abstenait afin de n'avoir pas une mauvaise conscience en face des inspecteurs. Voiturier lui en voulait un peu de cette félicité qu'il jugeait imméritée. Le maire avait beau révérer l'école communale, il n'arrivait pas à prendre très au sérieux le métier d'instituteur et trouvait que ces gens-là gagnaient de l'argent bien facilement. Il aurait d'ailleurs été plus indulgent à Humblot, si celui-ci, au lieu d'être un fils de cultivateurs, avait été un citadin.

— Pour le moment, fit-il observer, ce n'est pas non plus la besogne qui doit vous fatiguer beaucoup.

Voiturier faisait allusion aux nombreux élèves qui manquaient pour vaquer aux foins ou à la garde des troupeaux.

— Je ne peux rien faire d'utile auprès des parents sans l'appui de votre autorité, répondit Humblot, mais je suis à votre disposition.

Le maire, qui pensait à sa réélection, n'avait justement aucune envie de se mettre les parents à dos en les rappelant à leurs devoirs. Il regretta de s'être engagé sur un terrain où il n'était pas sans reproche.

— On en recausera plus tard, dit-il. D'abord, vous n'en avez pas tellement qui manquent la classe.

— Chez moi, si. Presque les trois quarts. Ma femme, elle, n'a pas trop à se plaindre. Les filles sont plus régulières que les garçons, sans doute parce qu'elles sont moins utiles aux champs. Comme elles sont aussi plus nombreuses, la classe reste assez importante.

— Je ne vous ai toujours pas dit pourquoi j'étais venu, coupa Voiturier. Figurez-vous que je suis dans des ennuis. Vous avez peut-être entendu parler de la Vouivre?

— Comme tout le monde. Quand j'étais gosse, ma grand-mère m'a souvent raconté l'histoire. Elle n'en croyait d'ailleurs pas un mot.

— Aujourd'hui, ce n'est plus tellement une histoire. Depuis une semaine, le bruit court dans le pays que la Vouivre se promène par les bois et même par les prés.

L'instituteur trouvait la fin juin si belle que sa raison même ne refusait pas absolument d'y voir surgir quelque nymphe ou déesse païenne, mais la pudeur lui inspira un réflexe d'ironie.

— Vous pensez bien que je ne crois pas à des sornettes pareilles, dit Voiturier. Pourtant, il y a bien des gens qui l'ont vue. Je ne vous parle pas d'un Requiem, non, je vous parle de gens sérieux. Voilà par exemple Joseph Bonvalot. Joseph, vous pouvez dire que je le connais. On a tiré au sort ensemble. Joseph, ce n'est pas l'homme à plaisanter ou à venir vous en raconter. Et travailleur et jamais là pour se saouler, quand même que ça lui coûterait rien. Enfin, quoi, ce qu'on appelle un homme. Eh bien, lui, la Vouivre, il l'a vue. L'a vue à l'étang de la Chaînée, qui marchait trois pas derrière sa vipère.

Arrivée au bord, elle se déshabille, ça il l'a vu aussi, et son rubis, sur sa robe blanche, elle l'a posé. Je vous le répète tel qu'il me l'a dit.

— Je ne voudrais pas mettre en doute la parole de Bonvalot, mais tout de même...

— Et Noël Millon, le gendre à Jouquier. Et Jean Merrichaux et sa sœur. Ils l'ont vue aussi. Ils l'ont vue.

L'instituteur parla de phénomènes d'hallucination et de suggestion, mais le maire l'écoutait avec beaucoup d'impatience et objectait âprement comme s'il eût eu à cœur d'appuyer les témoignages de ses administrés. Quelques arguments mieux frappés lui firent monter le sang au visage. Un moment, il parut ronger son frein et soudain il éclata :

— Mais, bon Dieu! moi qui vous parle, je l'ai vue, la Vouivre. Pas plus tard que tout à l'heure, que je l'ai vue. Je descendais mes prés de la rivière, j'arrive près du gué, le gué vous savez bien, juste un peu au-dessus du pont de planches. J'arrive, qu'est-ce que je vois? La Vouivre à plat ventre sur un tas de roseaux, en train de prendre le soleil à cul nu et sa robe à côté d'elle avec son rubis, oui bien.

Le cœur déchargé, le maire se calma, regrettant déjà de s'être découvert. L'instituteur inclinait à le croire sincère et en possession de toute sa raison. Voiturier n'était certainement pas homme à inventer une apparition avec des roseaux et des fesses musardes, et la folie, à supposer, lui aurait inspiré d'autres imaginations. L'un et l'autre gênés, ils restaient tout pensifs.

— Une histoire comme ça, dit enfin Voiturier, on n'a pas fini d'en avoir du désagrément. Si encore ça ne sortait pas du pays, on dirait c'est bon. Mais vous verrez ce qui arrivera, c'est que dans pas quinze jours on commencera d'en causer dans tous les coins du canton et plus loin aussi. Alors, nous, de quoi on aura l'air, je vous le demande. Jamais personne ne croira que la commune s'est donné une municipalité avancée. Vous pouvez compter que ça fera bon effet.

Humblot disait bien sûr, oui sûrement, c'est regrettable, mais il le disait d'une voix molle, pour faire plaisir, et son visage frais brillait d'optimisme. Un Bressan, pensa Voiturier avec mépris, un vrai Bressan. Dans le Jura, les habitants de la Bresse ont une réputation de lourdauds et Humblot était originaire de Neublans, un village situé aux frontières de la Bresse.

— On dirait que ça vous est égal, ce coup de la Vouivre?

— Moi? Mais non, au contraire. Bien ennuyé, je suis (et le visage démentait).

— Faudrait pas vous figurer, dit le maire. Le coup de la Vouivre, vous pourriez bien le sentir passer aussi. Après tout, voilà quatre ans que vous êtes maître d'école à Vaux-le-Dévers. Si c'est pour en venir à faire trotter dans le pays des histoires de loup-garou, vos messieurs ne se gêneront pas d'aller penser que vous avez tourné les gens à la superstition. Peut-être d'accord avec les cléricaux.

A ces mots, l'instituteur devint tout pâle et eut la vision d'un rapport épinglé à son dossier de fonctionnaire.

— Mais enfin, je n'y suis pour rien!

— Et moi, alors? C'est peut-être ma faute si la Vouivre vient rôder sur le territoire de la commune? N'empêche que si ça fait du scandale, la commune pourra toujours attendre la subvention que j'ai demandée au préfet pour l'assainissement des communaux.

— Vous exagérez, monsieur Voiturier. L'affaire n'est tout de même pas aussi grave que s'il s'agissait d'une apparition de la Sainte Vierge ou de sainte Catherine.

— Mais c'est pareil. Du moment que la Vouivre existe, la Vierge peut exister aussi et les saints et tout. La preuve c'est qu'avant-hier dimanche, à ce qui m'a été raconté, on n'a jamais vu tant de monde à la messe. Même les Jouquier, les Tétignot, les Lamblin, pourtant des bonnes têtes, ils y étaient tous. Vous pouvez toujours aller leur causer de progrès.

Humblot paraissait maintenant pleinement conscient de la gravité de la situation. Soudain, il se ressaisit.

— Monsieur Voiturier, dit-il, nous sommes des enfants. Nous sommes là à nous tourmenter et nous n'oublions qu'une chose, c'est que la Vouivre n'existe pas.

— Mais puisque je vous dis...

— Oui, oui, vous l'avez vue. C'est-à-dire que vous avez vu une fille nue, probablement une campeuse qui a planté sa tente dans une clairière de la forêt et qui s'amuse à se faire passer pour la Vouivre.

Voiturier n'objecta rien, mais continua à parler de la Vouivre comme si la réalité de son existence ne faisait pas question.

— Voyez ce que c'est, dit-il, on est là qu'on cause et en fin finale, on se trouve qu'on est de n'avoir seulement rien dit. Bien sûr que ces histoires de la Vouivre, c'est vexant pour nous et pour la commune, mais il y a autre chose de plus grave. Oublions pas cette fille-là, elle porte des milliards sur sa tête et ce qui arrivera, c'est qu'un beau jour, l'un ou l'autre essaiera de mettre la main sur son rubis. Si je vous disais que tout à l'heure, je n'ai pensé qu'à ça. La Vouivre, ses cuisses et tout le tremblement, je serais bien empêché de vous dire comment c'est foutu, mais le rubis, alors oui. Mais quoi, rien à faire, il a bien fallu que je m'en retourne les mains vides. Tellement que je l'avais sec, j'en crachais blanc comme du coton. C'est presque forcé qu'un de ces jours, il y en ait qui se fassent nettoyer la carcasse par les serpents de la Vouivre. Et quoi faire pour les empêcher?

— Si la Vouivre n'était pas une blague et le rubis un bouchon de carafe, il est certain que sa présence serait inquiétante.

— Je ne peux pourtant pas téléphoner à la gendarmerie qu'ils viennent arrêter la Vouivre. J'aurais bonne mine. Ce qu'il faudrait, c'est que vous preniez l'affaire en main. Avec l'instruction que vous avez, vous saurez vous faire écouter des gens.

Humblot s'excusa, mais en tant que fonctionnaire, il risquait gros en prenant position dans une affaire aussi absurde. D'ailleurs, il ne se croyait pas en mesure de façonner l'opinion et la volonté des gens du village.

— Que voulez-vous que je leur dise? Que la Vouivre n'existe pas? mais je n'ai pas pu vous convaincre et je ne réussirai pas mieux avec eux. Les mettre en garde contre le danger qu'offrirait le larcin du rubis, mais je n'ai rien à leur apprendre là-dessus.

— Enfin, vous ne voulez rien faire pour m'aider?

— Je ne peux rien faire. Mais voulez-vous un avis? Voilà le curé qui vient par ici. Dites-lui toute l'affaire. Il vous sera sûrement plus utile que moi. Lui seul a qualité pour s'attaquer à la Vouivre.

Voiturier, qui n'avait pas grande envie de solliciter l'appui du curé, se laissa entraîner par l'instituteur. Après les salutations, le curé lui demanda s'il pouvait espérer que les réparations du presbytère soient entreprises avant l'hiver. La question restait pendante depuis plus d'un an.

— Justement, répondit Voiturier, je venais vous

dire que le Conseil municipal va décider la chose à sa prochaine séance.

— Plus la commune attendra, plus les frais de réparations seront élevés, fit observer le curé.

— Vous ne m'apprenez rien, monsieur le Curé, mais on est bien obligé de tenir compte des disponibilités de la commune et d'aller au plus pressé. Sans que ça paraisse, l'entretien du presbytère est une grosse charge et il y en a plus d'un pour dire qu'une maison comme ça pour vous tout seul, c'est trop pour les moyens de la commune. Si je n'étais pas là pour défendre vos intérêts, monsieur le Curé, il y a longtemps que vous n'auriez plus la jouissance du presbytère.

— Je vous suis toujours reconnaissant du mal que vous ne me faites pas, dit le curé.

— C'est bien naturel, allez. J'ai mes opinions à moi, mais j'estime qu'un prêtre est un homme comme un autre et qu'il a droit à se loger convenablement. Je vous dirai quand même qu'une maison comme la voilà telle, vous y êtes comme une puce dans un tas de foin. Ou alors, il vous faudrait femme et une pleine voiturée d'enfants.

Voiturier se mit à rire. L'instituteur en était honteux pour lui. Mais le curé faillit laisser passer un soupir. Il avait souvent regretté de n'avoir femme ni enfants et non pas du tout pour l'agrément de la chose (encore que). Ce qu'il en pensait était dans l'intérêt de son modeste apostolat. Son troupeau lui échappait de plus en plus. On allait consulter le maire pour l'obtention d'une place de cantonnier, d'un emploi aux chemins de fer, d'un titre de pension, ou le maître d'école pour se renseigner sur les aptitudes d'un enfant. Mais lui, le curé, on ne le consultait pas. On se contentait d'aller aux représentations qu'il donnait gratis tous les dimanches. Les seules gens sur lesquels il eût conservé de l'empire étaient des vieilles filles, des vieillards, quelques têtes faibles, tout ce qui constituait en somme la partie morte de la population. Pour les autres, il n'était rien de plus qu'une sorte de fonctionnaire, commis à l'exécution de certaines formalités. Avec ça, pas bien riche, pas bien nourri non plus et n'ayant rien à échanger que des oremus et des exhortations, il était comme une plante en pot parmi les arbres de la forêt. S'il avait eu femme et enfants, il aurait participé à la vie de Vaux-le-Dévers et, par toutes ses racines et surgeons, assuré son emprise sur les âmes. Le Verbe s'est fait chair, pensait-il, c'est une commodité qu'on ne devrait pas refuser à un pauvre curé de village.

— Je plaisante, dit Voiturier, mais c'est pour plaisanter. Nous autres gens avancés, on se figure qu'on en a contre la religion, mais c'est bien pas vrai. On en prend et on en laisse, voilà tout. Le coup de Jonas et de la baleine, j'aime autant vous le dire, on ne me le fera jamais avaler. À côté de ça, je vous prends par exemple Jésus-Christ. Moi, Jésus, j'ai rien contre lui. La raison du fait, si vous voulez savoir, c'est que Jésus-Christ, c'était l'homme avancé. Celui qui veut bien voir, Jésus-Christ, c'était le vrai socialiste.

— Vous me l'avez déjà dit, riposta le curé agacé, mais vous vous trompez. Rien n'est plus faux que ce prétendu socialisme. En réalité, Notre-Seigneur était partisan de l'esclavage. Pour vous en convaincre, vous n'avez qu'à lire les Évangiles. Vous n'y découvrirez pas une parole pitoyable, pas une virgule de compassion à l'égard des esclaves qui se comptaient pourtant par millions à son époque. Pour lui, la forme de la société n'avait aucune espèce d'importance et Il n'a jamais prêché que la fraternité en Dieu, celle qui n'empêche pas les maîtres de rosser leurs serviteurs.

Craignant d'en avoir trop dit, le curé se tut. Humblot était choqué et peiné par l'évocation d'un Jésus esclavagiste que de bonnes lectures lui avaient représenté comme un philosophe anarchisant.

— Je l'aurais quand même cru un peu plus avancé, dit Voiturier, mais vous le connaissez mieux que moi. Un de ces dimanches, vous devriez le dire en chaire, que Jésus-Christ était pour l'esclavage. Ça ferait réfléchir bien du monde. C'est pas tout ça, mais si on causait de la Vouivre? Êtes-vous au courant, monsieur le Curé, qu'il y en a des uns, ils auraient vu passer la garce avec une vipère pardevant?

— En effet, on m'a parlé de quelque chose de ce genre, répondit le curé prudemment, et il eut un sourire à toutes fins.

— Moi, pour vous dire, ces histoires-là, j'ai beau faire, je ne peux pas m'empêcher que d'en rigoler. Ceux qui sont dans des idées comme les miennes, ils me comprendront. Seulement, n'est-ce pas, voilà ce qui est, c'est que je suis maire de la commune. Ceux qui viennent me dire la Vouivre par-ci, la Vouivre par-là, bien obligé d'en tenir compte, je suis. C'est qu'ils y croient ferme, à la Vouivre.

— Monsieur le Curé pourrait peut-être nous dire, glissa l'instituteur, si ces apparitions de la Vouivre sont conformes aux enseignements du dogme catholique.

Le curé répondit que le démon pouvait revêtir n'importe quelle apparence et aussi bien celle d'un personnage de légende. En fait, il s'y risquait bien rarement. Ayant la faculté de s'introduire dans les êtres et d'agir ainsi secrètement à l'intérieur des âmes, il n'avait aucun intérêt à se manifester sous des espèces matérielles, car celui que le témoignage de ses sens aura convaincu de l'existence du diable sera bien près de croire, ou alors c'est un âne, en

Dieu et en Notre-Seigneur. Toutefois, le peu probable est encore du possible. De grosses gouttes de sueur emperlaient le front de Voiturier. C'étaient les sueurs horribles d'un brave homme de radical, antibondieusard, anticlérical, bon ouvrier de la laïcité, qui voyait tout à coup le diable entrer dans sa vie, dans le beau grand domaine de sa raison, et y faire le chemin à Dieu le Père et à son Fils. Les paroles du curé achevaient de l'éclairer. Il était dans une situation à se prosterner dans la poussière en criant aux quatre points cardinaux qu'il voyait, qu'il croyait, qu'il était désabusé. Mais d'airain, tout au moins de bois dur, Voiturier savait reconnaître l'évidence et, à la fois, en refuser les conséquences. Plus souvent, qu'il aurait porté pierre et travaillé pour le curé et tous les Jésuites de Vaux-le-Dévers qui rêvaient (pourtant bien contents d'avoir l'électricité) de revenir au temps des seigneurs! L'âme de Voiturier, qui n'était qu'une poussière d'insaisissable éparse entre ses orteils et le fond de sa casquette, se ramassa, s'aggloméra, se contracta et durcit en un bloc immatériel rayonnant l'héroïsme. Converti, ouvert à la vérité du Christ et comme autant dire les doigts dans les plaies du Sauveur, il renonçait aux fontaines heureuses du paradis pour rester fidèle à son député et à son idéal de laïcité.

— Si par improbable, dit le curé, ces apparitions de la Vouivre étaient réelles, ce que pour ma part je ne crois pas, la paroisse serait terriblement menacée. Et après tout, quand je considère l'état des âmes à Vaux-le-Dévers, je ne suis pas autrement surpris que Dieu leur ait envoyé cette épreuve.

— Heureusement que leurs apparitions, c'est des blagues, dit le maire en s'épongeant le front.

— Hum! je n'en suis plus aussi sûr. En tout cas, la sagesse est de prévoir le pire. Avez-vous pensé, monsieur le Maire, à ce que serait pour nos gens la tentation de ce fameux rubis? En admettant que la peur les arrête au bord de l'aventure — mais pourquoi les arrêterait-elle? — la tentation suffirait à détraquer les esprits.

— Du moment que c'est des blagues, on n'a pas à s'en tourmenter. Pas vrai, monsieur Humblot? A présent, maintenant, pour causer, monsieur le Curé, vous allez me dire que je suis curieux, mais si tout ça c'était vrai, vous seriez d'avis qu'on fasse quoi?

Le curé eut l'air de méditer sa réponse qu'à vrai dire il tenait prête depuis le début de l'entretien.

— Si vraiment nous avions à déjouer les entreprises ouvertes d'une créature du démon, nos seules forces s'y emploieraient en vain. Il faudrait appeler le ciel à notre secours et le seul moyen efficace serait de faire une belle procession qui porte nos saintes reliques aux quatre coins du territoire de la commune.

— Ça, jamais! s'écria Voiturier.

Redressé de toute sa petite taille, le menton haut, il vibrait comme un aspic levé sur sa queue, et les lumières de la pensée libre enflammaient ses prunelles. Pourtant, le souci de ses responsabilités municipales le remit en sang-froid.

— Remarquez que dans mon fond, je ne suis pas tellement contre. Si ça ne fait pas de bien, ça ne fait pas de mal non plus. Si vous vous contentiez d'une petite procession, par exemple jusqu'à la croix de chez Rabutot, je ne dis pas que pour tranquilliser un peu vos paroissiens, je ne laisserais pas faire les choses.

— Une procession qui aurait l'air d'un simulacre et qui serait une spéculation de l'impiété sur la bonté divine, voilà justement ce qu'il faut éviter. On ne gagne rien à tricher avec le ciel et on risque de tout perdre. La procession fera le tour de la commune en passant par l'étang de la Chaînée, l'étang des Noues et la morte du Vieux-Château. Ou alors, elle ne se fera pas.

— C'est bon, conclut Voiturier, puisque vous y mettez du mauvais vouloir, la procession, y en aura pas.

9

Au pas des bœufs menés par Victor, la voiture de
foin roulait vers la ferme à travers la prairie. Le
soleil déclinait de l'autre côté de la rivière sur les
bois de Sénecières, mais une chaleur sèche montait
des prés ras. Les bœufs, le col baissé, les genoux
emmêlés, tiraient l'arche mérovingienne sur l'éteule
piquante en ramant du mufle dans l'air en feu. Courbatus, les bras lourds, les faneurs suivaient la voiture
à pas de somnambules. Ils marchaient sans parler, la
tête vidée par la fatigue, la chaleur et l'âcre odeur de
foin sec, qui desséchait le nez jusqu'à l'arrière-gorge.
L'idée même que tout à l'heure, il allait falloir se
remettre à l'ouvrage dans le fenil surchauffé n'arrivait pas à germer dans les esprits immobiles.

— Je vous rattrape, avait dit Arsène.

Tournant le dos à la voiture, il marchait contre
le soleil. En arrivant à la rivière, il y plongea ses
bras et son visage. La Vouivre vint s'asseoir auprès
de lui et se mit à agiter l'eau avec ses pieds nus.
S'étant ébroué, Arsène se leva et lui dit :

— Écoute, la Vouivre, maintenant, tu es tout le
temps après moi. Je ne peux plus faire un pas sans

que tu sois par là à rôder. Ça me gêne. Et je vais te dire une chose. Si tu t'es mise dans des idées qu'on allait se remettre à se rouler par terre l'un sur l'autre, alors, moi, fini, je t'avertis.

— Assieds-toi à l'ombre, dit la Vouivre. Tu as chaud.

Arsène s'assit auprès d'elle et la contempla sans crainte de laisser voir où allaient ses regards. La pureté, la carnation du visage, le jaillissement des lignes, la grâce, l'aisance économe des mouvements, et tant d'harmonies qui se défaisaient sans cesse dans des harmonies nouvelles, tout en elle le surprenait comme au premier jour. Il y voyait réunis, formés et composés, d'insaisissables éléments de rêveries, qui flottaient parfois dans sa conscience et qui n'étaient rien de précis. La Vouivre le regardait en face, épiant sur son visage et dans ses petits yeux gris le témoignage de son émotion.

— Tu as peur qu'on vienne à l'apprendre dans ton village? demanda-t-elle.

— Il y aurait déjà ça. Mais ce n'est pas ce qui me retient.

— C'est de l'enfer que tu as peur? (Pas de réponse.) Alors, tu crois que je suis une créature de l'enfer?

— Faut pourtant bien que tu t'endeviennes de quelque part, fit observer Arsène.

— Vous autres, Jurassiens, vous devriez le savoir d'où je m'endeviens. Si vous aviez un peu de mémoire, vous ne me prendriez pas pour une fille de l'enfer. En admettant qu'il existe, mais je ne l'ai jamais vu, le diable, pour moi, est un bien petit garçon.

— Comment ça?

— J'étais là sur ces plaines et ces monts Jura bien longtemps avant l'arrivée du diable et même longtemps avant la vôtre à vous, les hommes. Des milliers d'années, j'ai vécu seule avec les bêtes et la forêt, qui étaient toute la vie du monde.

— Ça devait sûrement pas être bien gai, dit Arsène.

— Des bêtes, il y en avait d'effrayantes, mais ce qui fait le plus peur à repenser, c'est le pays lui-même. Des forêts où la lumière n'entrait pas, des noues, des marais, des pourrissoirs grouillants de toutes les vermines, voilà le pays d'en bas. Je me tenais le plus souvent sur les monts, au bord des torrents fracassants, sur les rochers où la forêt ne mordait pas. Jour et nuit, j'entendais la voix des loups, des rennes, des aurochs, des ours, des rhinocéros, des mammouths.

— Les chiens, ils sont souvent bien embêtants aussi, fit observer Arsène.

— Moi, reprit la Vouivre, j'étais en avant de la vie, j'étais le modèle, la forme où elle s'efforçait lentement. Je cherchais dans le regard des bêtes la lueur de l'esprit, qui annoncerait la fin de ma solitude. J'attendais la venue des premiers hommes. Avec quel amour et anxieuse espérance j'ai conduit leurs premiers pas sur les plaines et les monts jurassiens. Mes chers monstres voûtés, aux genoux pliés, aux crânes surbaissés, je les ai menés par la main dans les grottes d'Arlay, de Rochedanne, de Gonvillars, de Rochefort, à l'abri des fauves, du gel, des tempêtes. Ensemble, nous avons appris à faire du feu, à parler : « Ga no crr crr oua. »

La Vouivre se mit à parler la langue des Jurassiens préhistoriques. D'une main, Arsène étouffa un bâillement. Par-dessus l'épaule, il jeta un coup d'œil sur la prairie. Au loin, la voiture arrivait près de la ferme. Dans cinq minutes, il se mettrait en marche, sans se presser, pour ne pas arriver trop tôt.

— Ils me connaissaient bien, poursuivait la

Vouivre. J'étais leur refuge et leur espérance. Ils m'appelaient la mère des hommes, la vie, la lumière, la terre, le soleil, la fontaine. Plus tard, en se multipliant, ces noms devaient donner naissance à des dieux. Fière de mes Jurassiens, je les voyais grandir et l'orgueil de leur vaillance et de leur industrie ne leur faisait pas oublier la part que j'y avais eue. J'étais avec vous dans vos cités lacustres du lac Chalain comme plus tard dans vos cités séquaniennes de Besançon, d'Abiolica, de Mandeure, de Segobodium, d'Arinthod. Les dieux changeaient de noms, mais c'étaient toujours les mêmes, la postérité que m'avait donnée votre ferveur. A Lixavium, notre Luxeuil d'aujourd'hui, où déjà les richards de la Séquanie venaient prendre les eaux, vous m'adoriez sous le nom de Sirona, déesse des eaux, mais je me reconnaissais aussi bien en Minerve ou en Apollon. Le joli temps et qu'ils étaient beaux les hommes de mon pays! Du diable, il n'était pas question. Ce qu'ils prêtaient à leurs dieux de force, de grâce, de noblesse, c'était le trésor de leurs espérances. C'était une promesse qu'ils se faisaient à eux-mêmes de les égaler un jour...

— Je ne m'ennuie pas, dit Arsène en se levant, mais l'heure me presse d'aller.

La Vouivre se leva à son tour et dit en lui prenant les mains :

— Tu vois, je n'ai rien à faire avec le diable. Je suis une fille sans mystère. J'aime les bois, l'étang, la rivière, les saisons. Je suis sans souci, je vais mon plaisir et mes jeux, simplement. Il n'y a pas assez de mystère en moi pour abriter un démon. Le ténébreux, c'est toi. Dans ta tête de bois, tout est noyé d'ombre et de brouillard. Mais depuis que les prêcheurs d'infini sont venus vous détourner de vos dieux, vous êtes tous comme ça, les Jurassiens.

— C'est toi qui te fais des idées.

— Je me fais des idées? Ah! si tu avais connu ceux d'avant! Ils n'étaient pas comme vous de maintenant à se palper, à se regarder la conscience, à chercher en eux le premier bout de l'infini. C'est bien simple, ils s'efforçaient de me ressembler.

— Ce coup-là, je m'en vais.

Arsène voulut retirer ses mains, mais la Vouivre les retint dans les siennes et dit en se collant contre lui :

— Tu le crois, maintenant, que je ne suis pas une créature du diable?

Penché sur son visage, Arsène respirait la Vouivre. Son corps sentait les bois, la terre, la rosée. Elle ouvrait les bras comme un arbre. La rivière passait dans ses yeux verts, et sa chevelure était noire comme la forêt qui fermait l'horizon. Sur sa peau brillaient la joie de l'été jurassien, l'innocence des bêtes du matin et la fièvre enfantine des jeux simples et violents. Le diable n'était sûrement pas de la fête et Arsène dut en convenir. A ses yeux, cette innocence n'arrangeait rien et la lui faisait apparaître plus étrangère et moins humaine que si elle eût appartenu au démon, lequel est tout de même un peu de la famille.

— Si ça se trouve, on en recausera, dit-il en s'éloignant.

Ayant mis la voiture de foin en place dans la grange, Victor avait bu un coup de vin et sauté sur sa bicyclette pour aller presser le maréchal-ferrant de faire une réparation au moyeu de la faucheuse. Sans attendre Arsène, Urbain était monté sur la voiture et avait commencé à la décharger. Les jambes écartées pour l'aplomb, il piquait dans le foin et levait sa fourchée vers Émilie qui la prenait à pleins bras et la repassait à Belette. Quoiqu'il fît moins chaud sur la voiture que sous les tuiles du grenier, Urbain suait au fil. A la fatigue s'ajoutait l'inquiétude de sentir Louise rôder aux alentours pour épier ses défaillances, car elle l'avait dissuadé d'entreprendre une besogne qu'elle disait être au-dessus de ses forces. Il ne put maintenir longtemps la cadence des premières fourchées. A mesure que le foin baissait de niveau sur la voiture, l'effort à donner devenait plus dur. Ses bras tremblaient en levant la fourche, la cadence devenait lente et irrégulière. Plein d'angoisse, il se raidissait, mais tout lui manquait à la fois, le souffle, les muscles. Sa vue même se brouillait et il lui semblait suer son âme. En prenant un pas de recul pour soulever sa charge, il sentit fléchir ses jambes et vacilla pendant plusieurs secondes. La fourche qu'il venait de piquer dans le foin et à laquelle il se cramponnait le sauva de la chute, mais il resta un moment hébété, l'œil hagard. Et il entendit ce qu'il redoutait le plus, la voix de Louise qui s'écriait :

Vous m'avez fait peur! Allons, Urbain, descendez. Ce n'est pas de l'ouvrage pour vous

Il essaya encore de soulever son fardeau, mais Louise se fâcha.

— Urbain, descendez tout de suite. Je n'ai pas envie de vous voir vous démanteler une jambe.

Le vieux ne résista plus et, haletant, s'assit sur le foin. Arsène, qui avait, du seuil de la porte, assisté au drame, entra dans la grange sans faire de question. Prenant Urbain à bout de bras, il le déposa doucement sur le sol et, montant lui-même sur la voiture, reprit aussitôt la besogne. Émilie et Belette s'étaient avancées au bord du grenier, mais à l'exemple d'Arsène, n'avaient pas prononcé une parole.

Un quart d'heure après l'incident, Louise entra dans l'écurie et alla jusqu'à l'espèce de box qui servait à Urbain de chambre à coucher. Il était assis sur son lit, le buste droit, la tête immobile et les mains à plat sur ses genoux. Par déférence, il tourna son regard vers elle en évitant de rencontrer le sien, dans la crainte qu'elle n'interprétât ce mouvement des yeux comme une prière. Louise en eut la gorge serrée.

— Vous avez trop travaillé aujourd'hui. Depuis les quatre heures du matin que vous êtes sur les prés, par ces chaleurs, il y a de quoi être fatigué. Vous êtes comme moi, Urbain, vous n'êtes plus dans vos vingt ans.

Louise était venue lui dire qu'il eût à prendre ses dispositions pour quitter la ferme au mois d'octobre, mais le courage lui manquait. Elle eut besoin de penser à Arsène, aux raisons qu'il lui avait données. Tout en déchargeant la voiture, il devait escompter le résultat de l'entretien. Sans doute n'était-il arrivé en retard dans la grange que par calcul, pour laisser Urbain entreprendre une besogne au-dessus de ses forces.

— Si on vous écoutait, dit-elle, vous vous laisseriez périr à la tâche. Depuis trente ans que vous êtes chez nous, Urbain, on peut dire que de la besogne, vous en avez abattu. Après la mort d'Alexandre, quand mes aînés sont partis pour la guerre, vous avez travaillé pour tous ceux qui n'étaient plus là et, depuis, vous n'avez jamais arrêté. Mais quand on arrive à un âge, on a beau vouloir aller, la besogne ne vous répond plus comme avant. Un moment, un autre, l'accident finit par arriver, surtout que vous, Urbain, vous n'êtes pas celui qui regarde à ses peines. Le travail, vous le prenez d'un bout, et ce qui est de pouvoir, vous n'y pensez pas.

— Ce sera comme vous voudrez, Louise, murmura Urbain.

Sa voix avait un accent de douceur qui la bouleversa. Elle s'assit à côté de lui sur la couverture râpeuse du lit de sangles. Ce mouvement d'abandon, qui semblait combler soudain les distances de maître à valet, Urbain, à l'heure où l'on invoquait les inconvénients de la vieillesse pour le renvoyer, en appréciait confusément l'ironie. Il songeait à l'aventure qu'eût été pour lui un pareil tête-à-tête, au cours de ses trente années de servitude toutes pleines de l'amour qu'il avait voué à sa patronne, amour muet, sans espoir, sans désespoir non plus, et qui s'était satisfait d'une présence. De son côté, Louise se souvenait avec étonnement de la place qu'avaient tenue autrefois dans ses préoccupations ce fond d'écurie et ce dur lit de sangles. Devenue veuve, elle avait, pendant des années, lutté contre la tentation d'aller, le soir, rejoindre l'homme seul dans son réduit. Urbain avait déjà, sous la même casquette à pont, la mine impassible et altière d'un seigneur espagnol, mais vingt ans de moins, un corps vigoureux, un visage plus plein. Louise était alors obsédée par la vision de cet homme qui dormait sans amour dans un coin de l'écurie. Ses enfants couchés, il lui était maintes fois arrivé de quitter sa cuisine et de prendre le chemin de l'écurie. La tentation était d'autant plus forte qu'elle était sûre de lui, de son honnêteté, de sa discrétion. Mais chaque fois, l'orgueil de sa condition, le sentiment de sa dignité de matrone et un peu aussi la crainte d'encourir le jugement d'un homme pur l'avaient arrêtée à la porte. Un soir, pourtant, elle était entrée sans bruit. Immobile dans l'obscurité, tremblante de désir et d'anxiété, elle avait écouté, mêlé à celui des bêtes le souffle du domestique endormi. Elle était restée ainsi plusieurs minutes à attendre son propre consentement, à craindre et à espérer l'accident qui nouerait l'aventure. Honteuse de sa victoire et pleine de rancune contre elle-même, elle s'était retirée sur la pointe des pieds.

Assis côte à côte, chacun d'eux ignorant ce qu'il avait été pour l'autre, ils pensaient à ces années sourdes, aux grands cris restés sans réponses. Ils se sentaient coupables, lui d'avoir osé, elle de n'avoir pas osé, et s'attendrissaient l'un sur l'autre. Louise se pencha sur Urbain et lui mit la main à l'épaule par une inspiration amicale, mais un peu aussi par curiosité, en s'étonnant qu'autrefois son sang avait pu brûler dans ses veines à la pensée d'un geste aussi simple. Le vieux n'osait pas bouger. Dans le demi-jour du réduit, son visage brillait de tendresse et de gratitude. Deux larmes coulèrent sur ses joues, et s'éteignirent dans les piquants de poils blancs qu'il rasait une fois par semaine. Il était heureux et son bonheur l'émerveillait. Voyant ses larmes, Louise ne put retenir les siennes. Elle pleurait sans chagrin, goûtant au contraire la douceur d'une détente où les durs combats d'autrefois lui semblaient trouver leur conclusion et leur récompense.

— Lamoi [1], dit-elle après pleurs et silence, quand on est d'un âge, s'arranger, c'est pourtant facile. Qu'est-ce qu'on a besoin de tant chercher? Vous, Urbain, la famille, vous en êtes seulement bien plus que mon frère Louis, celui de Bersaillin, ou pour dire encore, que Glodepierre, le garçon à ma sœur Zabelle. Qu'est-ce que vous iriez faire d'aller vivre ailleurs que chez nous? Ici, c'est bien la vraie place qui vous revient.

Tandis qu'elle parlait, ni l'un ni l'autre n'avaient prêté attention au bruit d'un pas dans l'écurie. Arsène apparut à l'entrée du réduit. Louise ôta sa main de sur l'épaule du vieux à qui elle en voulait déjà d'être prise en faute. Arsène avait tout entendu des dernières paroles de sa mère. Devant ces deux visages brouillés de larmes, une lueur de colère

1. Mis pour « las de moi ». Mot franc-comtois exprimant l'attendrissement ou la mélancolie, et dont l'usage est réservé aux femmes. Il serait presque inconvenant dans la bouche d'un homme.

alluma ses petits yeux gris et il parla de cette voix dure et froide à laquelle on n'osait guère répliquer.

— Alors, Urbain, ma mère vous a dit que vous étiez de finir chez nous en octobre. Une fois qu'on a fait sa journée, c'est juste qu'on profite du soir. Vous y avez droit autant comme n'importe qui.

Il marqua un temps de pause et chercha le regard d'Urbain pour réponse. Le vieux ne put çu'approuver, d'un coup de menton.

— Question de vous organiser l'existence, on a le temps d'y penser d'ici là.

10

Au retour de la messe, Juliette Mindeur s'était
mise à recoudre un bouton à une veste. Sa mère cassait des fascines à côté du fourneau sur lequel cuisait
la soupe au bœuf, et coupait les plus gros rains à la
serpe sur un trépied. Basse de plafond, fenêtre
étroite, la cuisine, quoique suffisamment meublée,
avait un air de dénuement. Le sol de terre battue
faisait pauvre, surtout dans le coin du fourneau,
jonché de brindilles, encombré de bûches de bois
tombées de la pile et de plats en terre où adhéraient
encore les restes de la pâtée du chien et des volailles.
Sur l'un des murs blanchis à la chaux était suspendue une réclame de machine à coudre à côté d'un
calendrier des Postes. A cheval sur une chaise, Noël
Mindeur, le visage hargneux, écoutait son fils sans
le regarder.

— Je l'ai vue comme je vous vois, disait Armand.
Elle était à poil sur le bord.

— Ça t'écorcherait la gueule de parler proprement, oui?

— Je pensais plus que vous veniez de manger le
pain bénit, ricana Armand. Alors, comment c'est
qu'il faut que je dise?

Le père dédaigna de répondre. Armand se tourna vers les femmes pour leur demander avis, mais une grande voix cuirassière claironna dans la cour et Germaine, l'aînée des filles Mindeur, entra dans la cuisine en se baissant pour passer sous la porte.

— J'ai trouvé où qu'elle pondait, la grise, cria-t-elle. Onze œufs, je lui ai ramassé.

Elle montra les œufs dans le creux de son devantier. Les Mindeur se rassuraient. Ils avaient toujours un peu peur de la voir entrer avec un homme sous chaque bras. Taillée comme un cuirassier, un cent-garde, un grenadier prussien, avec une encolure néronienne et des bras de bûcheron, mais les seins lourds et durs, éclatants, qui bombaient l'étoffe de ceinture, et la croupe pareillement rebondie et toujours inspirée, elle était la dévorante, la ravageuse, la tempête, l'useuse d'hommes et la mangeuse de pucelages. A trente ans, mariée pour la quatrième fois au percepteur de Sénecières, elle l'avait réduit à l'ombre de lui-même, allant jusqu'à lui démettre l'épaule dans un orage d'effusions, et déculottant les contribuables, buvant la substance et la santé d'un commis de quinze ans qu'il avait fallu envoyer au sanatorium. Revenue dans sa famille depuis un mois, elle y attendait le divorce demandé par son mari. Tout en redoutant sa présence sous leur toit, les parents l'accueillaient avec une certaine faveur, car au travail, elle valait trois hommes et une paire de bœufs.

— Voilà plusieurs jours, la poule grise, je me pensais, mais enfin, bon sang, je me pensais, une poule qui mange bien, qui ne refuse pas le coq, elle doit pourtant faire des œufs. Plusieurs fois, hier, j'avais essayé de la suivre, mais elles sont rusées, elles voient bien si vous avez l'œil. Et c'est tout à l'heure, sans l'idée de rien, en sortant de la grange, qu'est-ce que je vois? ma poule grise qui sortait de la haie du verger en chantant son œuf.

— La haie du verger? s'étonna le père. Voyons, mais c'est pas possible. La haie du verger, on ne la voit pas d'ici.

Germaine se troubla et crut s'éviter de répondre en posant les œufs sur la table avec des précautions exagérées. Noël s'était levé et venait à elle sans la quitter des yeux.

— La grange? mais, bon Dieu, quelle grange? Ça ne peut-être que la grange aux Muselier, pas d'erreur.

— Tiens, dit Germaine avec un air bon enfant, j'en ai cassé un. Vous savez, les Muselier, au fond, pour celui qui veut réfléchir, ce ne serait pas du mauvais monde. Justement, je me suis trouvée de causer avec Victor.

— Dans sa grange?

— Oh! on n'a fait qu'entrer et sortir. Allez pas vous figurer...

Les époux Mindeur et Armand regardaient la dévorante avec l'horreur qu'inspire le sacrilège. Qu'à cinq lieues autour elle fût réputée la plus grande putain du canton, la famille y était faite. On portait le fardeau de cette humiliation comme une croix, avec une dignité mélancolique qui faisait dire dans le pays que les Mindeur avaient bien des peines avec leur aînée. En tout cas, ils croyaient bien n'avoir jamais eu à souffrir l'injure d'une complaisance à un Muselier. Jusqu'alors, et on en remerciait la Providence, les hommes de la tribu exécrée semblaient bien n'avoir été pour Germaine que des entités sans sexe. Juliette n'était pas moins affectée que les autres membres de la famille par l'aventure de sa sœur, mais pour elle, le scandale était que Germaine se fût donnée à Victor avec sa légèreté habituelle, sans accorder à son consentement plus d'importance que s'il s'était agi d'un autre homme. Cette étreinte fortuite se présentait à son esprit comme

96

un raccourci dérisoire qui lui semblait bafouer le sentiment sérieux et patient qu'elle vouait à Arsène. Il était aussi permis de supposer que la dévorante ne s'en tiendrait pas là. Les Muselier n'étant plus tabous, elle pouvait un jour s'en prendre à Arsène et les hommes sont assez inconséquents pour accorder d'un seul coup à n'importe quelle effrontée ce qu'ils ont décidé, par calcul et contre leur inclination, de refuser à une fille plus jolie et sans reproche. A la pensée que sa sœur pouvait épouser un jour le frère de Victor, Juliette frémissait de haine. Son beau visage mat prenait une teinte grise, ses yeux se cernaient de noir. Cependant, Noël et son fils s'empourpraient de fureur.

— La charogne! rageait Armand. La grue. La vouerie!

Le père leva sa main calleuse et la fit sonner sur la joue de sa fille. Elle n'eut pas un mouvement pour se protéger ou pour esquiver et ne parut pas avoir senti la gifle. Quoique le père fût d'une taille un peu au-dessus de la moyenne, elle le dominait d'une tête et le regard de ses grands yeux de vache se posait sur lui avec bonté, comme si elle considérait les ébats d'un enfant. Il eut la sagesse de ne pas s'entêter, sachant d'expérience que les claques la laissaient insensible et indifférente.

— Va me chercher ce qu'il faut, dit-il à Armand. Tu me prendras mon manche en épine.

La mère intervint pour que la chose fût remise à plus tard, après le repas, la soupe au bœuf était prête et, d'attendre, les légumes risquaient de se défaire. Mais Armand avait déjà quitté la cuisine et Germaine elle-même prenait ses dispositions.

— J'aime autant maintenant, dit-elle. Non pas que de se mettre en aria sur le dîner, mieux vaut d'en finir tout de suite.

Elle se tourna face au mur et, ôtant son corsage

qui aurait pu pâtir, découvrit son dos jusqu'à la ceinture. Le soleil des foins avait noirci la nuque et les bras, mais les épaules aux muscles durs et saillants et le dos énorme, modelé comme un torse d'Hercule, étaient à peine hâlés. La peau avait une couleur blonde qui se dégradait vers la descente des reins et le creux profond des aisselles d'où jaillissaient deux buissons noirs emperlés par la sueur. Sous les omoplates, des traces bleuâtres rappelaient la dernière volée de bâton, qui remontait à près d'une semaine, car de telles sanctions n'étaient appliquées que dans les cas les plus graves, lorsque la faute avait entraîné le scandale ou des démêlés avec une épouse, une mère de famille. Plutôt qu'un châtiment, c'était une sorte de pense-bête, un rappel d'avoir à mieux choisir ses complices. Cette fois, il s'agissait bien d'une punition. Les dieux du foyer criaient vengeance. Pourtant, Noël ne put se défendre d'un sentiment de fierté en regardant le dos athlétique de son aînée. Pour un peu, il eût été tenté de l'excuser. Il y avait dans cette musculature une abondance, une force barbare, qu'il semblait difficile d'aligner sur une humanité quotidienne. Juliette, pour sa part, en jugeait ainsi et ce lui était une raison supplémentaire de haïr sa sœur et de s'en méfier.

— Ça dure depuis quand, ton manège? demanda Noël.

Germaine se tourna vers son père en tenant à deux mains son corsage devant sa poitrine.

— Je te demande si ça dure depuis longtemps, avec Victor.

— Mais non, qu'est-ce que vous allez penser? Ce matin, c'était la première fois, je vous le jure sur la tête de Juliette.

Armand, une trique à la main et un mauvais sourire aux yeux, entra dans la cuisine. Il présenta l'instrument à son père qui le fit sauter plusieurs fois dans sa main pour mieux l'assurer. C'était un bâton assez mince, mais noueux, et le léger renflement de l'extrémité offrait des aspérités pénétrantes.

— Allons, dit Noël.

Germaine fit demi-tour au mur, la tête en avant pour offrir un dos arrondi et commode, les mains aux creux des épaules, pour maintenir son corsage. Noël préluda par deux coups, l'un de plein fouet, l'autre de revers, qui marquèrent la peau de deux traits rouges. Ce n'était encore qu'une mise en train, une recherche. Germaine tourna la tête avec un demi-sourire signifiant qu'elle savait apprécier le choix du nouveau gourdin. Les coups se mirent à tomber, plus réguliers et mieux appliqués. Les raies rouges se multipliaient, toute une région du dos en était empourprée et des gouttes de sang perlaient à de légères déchirures de la peau. Juliette s'approcha et du doigt, désigna à son père la pointe de l'omoplate où frapper un coup plus sensible, mais il ne voulut pas tenir compte de l'indication. Germaine ne se plaignait ni ne bronchait, mais sa respiration devenait plus bruyante et soulevait ses flancs à une cadence plus rapide. Voyant son père animé à la tâche, Armand découvrit une trique qu'il tenait cachée derrière lui et en assena un coup sur le vaste dos où il y avait place pour deux ouvriers. Le père faillit l'arrêter, mais étant donné le caractère exceptionnel de l'offense, il jugea son fils en droit d'en tirer réparation et le laissa faire. Germaine sentit pleuvoir les coups à une cadence plus alerte et, prise d'un soupçon, donna un coup d'œil par-dessus l'épaule. Armand relevait son bâton. L'œil en feu, elle se retourna d'un mouvement prompt et, en fonçant sur son frère, lâcha son corsage. Ses seins jaillirent dans la cuisine. Les deux énormes globes, durs et blancs, répandaient une clarté qui étonna Armand. Il n'eut pas le temps de reculer, ni de se protéger. D'une claque à la mâchoire, sa sœur l'envoya s'asseoir sur une chaise où il resta un moment affaissé, l'œil éteint et la tête ballante. Germaine ramassa son corsage et, se tournant vers son père, s'excusa pour la poitrine.

— C'est de sa faute. Je ne pouvais quand même pas supporter ça.

Elle reprit sa place devant le mur et Noël, pour ne pas que la séance finît en queue de poisson, lui assena encore quelques coups de bâton, mais sans entrain, presque à contrecœur. Sa fierté paternelle l'inclinait à une dangereuse indulgence. Maintenant qu'il avait vu la poitrine et son fils assommé d'une seule claque, il éprouvait un sentiment d'enthousiasme respectueux pour cette force de la nature dont les déploiements, quels qu'ils fussent, n'avaient peut-être pas de commune mesure avec les nécessités ordinaires de la vie et se situaient sur un plan de vérité esthétique. La notion d'une telle vérité échappait à Noël, mais il était troublé et, par un besoin de se ressaisir, il déchargea encore un coup de gourdin sur la croupe de Germaine qui achevait de se rhabiller. Elle y répondit par un regard curieux, ne sachant s'il fallait voir là un retour de colère ou une plaisanterie affable.

Céleste Mindeur, la mère, avait profité de la bastonnade pour tremper la soupe et apportait la soupière sur la table. C'était une personne triste et inquiète qui voulait toujours plusieurs choses à la fois et les moins conciliables. Au physique, solide et carrée comme sa fille aînée, mais dans un format beaucoup plus réduit. Ses contradictions intérieures et ses tiraillements la condamnaient à n'être jamais satisfaite de rien ni de personne. Le plus souvent, elle s'enfermait dans un silence malveillant qui pesait sur l'atmosphère de la maison et avait contribué à façonner l'humeur mélancolique et violente de la famille, sauf en ce qui concernait Germaine, laquelle dépassant les autres d'une tête, respirait un air plus léger.

Armand mangeait sa soupe au bœuf avec une douleur à la mâchoire, qui le faisait suer de haine. A chacune des cuillerées qu'il ingurgitait, ses rêves de vengeance devenaient plus cruels. Tout d'abord, il s'était contenté de voir sa sœur aînée mariée pour la cinquième fois à un homme sans apparence, mais exceptionnellement vigoureux et méchant, battant sa femme comme jamais le père n'avait osé et la faisant hurler de douleur et d'épouvante, si bien qu'elle se ratatinait, se voûtait, se parcheminait, et devenait bien avant l'âge une petite vieille craintive et ridicule que les gamins poursuivaient à coups de pierres. Mais il lui suffisait de couler un regard sur la dévorante pour se convaincre de la vanité de ses espérances. Sa carrure écrasait les convives, toute sa peau éclatait d'insouciante santé et, quoique reclose en son corsage, la poitrine regardait les gens droit aux yeux. Armand finit par s'arrêter à telle vision : La dévorante, rongée, pourrie par une maladie vénérienne (elle l'avait bien cherchée), agonisait dans de justes souffrances. Elle répandait une mauvaise odeur et la poitrine grouillait de vers. Avant d'en être là, elle avait contaminé les Muselier et particulièrement Arsène qui était pourri perdu, lui aussi. Et Arsène avait à son tour contaminé Juliette (la garce ne valait pas mieux que son aînée, et pendant qu'on y était) et les gens du pays étaient tous atteints. Même le père et la mère ne se sentaient pas bien. Armand seul avait bonne mine et prenait plusieurs kilos. Il voyait agoniser tout le monde. On venait le supplier. Rien du tout, il disait crevez, bande de vaches, etc.

La soupe au bœuf était mangée et on n'avait encore rien dit. Noël mordait sa moustache blanche et, tantôt un côté, tantôt l'autre, la lissait du revers de sa droite. C'était pour y essuyer le bouillon de bœuf, mais aussi pour aider sa pensée, la suivre et la fixer dans ses fuyants détours, rebonds et fourrés. Il n'y distinguait du reste rien de sûr, sinon qu'elle était toute incertitude. De temps à autre, pour s'informer ou pour s'inspirer, il regardait Germaine. Son dos endolori paraissait la gêner. Par de lents mouvements du col et des épaules, elle éprouvait ses muscles courbatus et parfois, une douleur plus vive lui arrachait un sourire de curiosité amusée. Soudain, le père la vit s'absenter. Les beaux et bons yeux de vache de la dévorante s'étaient illuminés et ses bras s'arrondissaient sur la poitrine insurgée pour y serrer, bien sûr, le souvenir d'un homme. Noël prit sa moustache à pleines mains et tira dessus pour s'aider à ravaler un rire de bonne joie qui, déjà, lui colorait les joues et comme le rire était toujours là, il donna un coup de poing sur la table et dit enfin, quoi.

— Enfin, quoi, comment que ça a bien pu faire d'arriver, ça ? Il n'est pourtant pas venu te chercher ici.

— Vous pensez bien, dit Germaine. Victor n'aurait jamais osé. Quoique Victor, vous savez, papa, il n'est pas tellement ce qu'il a l'air. Il serait peut-être plus porté que bien des que je connais. Victor, on a été en classe ensemble. Bien souvent, qu'on était de s'en revenir (re) rien que les deux, il se gênait pas de me demander. Mais moi, toujours non. Un Muselier, je pensais comme ça, même il aurait tout mieux que les autres, ce serait toujours un Muselier. C'est pour vous dire comme il était. Et depuis, il n'a pas changé. A force de causer à l'un et à l'autre, on apprend. Et j'en sais sur lui qu'on ne se douterait pas.

— On n'est quand même pas là pour entendre tes histoires de putain, coupa Armand.

La dévorante toisa son cadet. Sans doute allait-elle allonger le bras par-dessus la table et l'écraser sur sa chaise comme un gibus. On le craignit. Elle se contint. Noël la remit sur le chemin.

— Alors, vous vous êtes rencontrés?

Céleste posa sur la table le plat de bœuf du dimanche. Le père servit ses enfants, se servit lui-même et laissa vide l'assiette de sa femme qui affectait toujours de ne pas manger comme n'ayant pas la tête à se nourrir elle-même quand il était l'heure de nourrir les siens.

— Je me suis trouvée de passer à côté de chez eux, dit Germaine. Victor était tout seul dans la cour, les autres, bien sûr à la messe, et c'est leur charogne de chien qui a été la cause de tout. Il aboie, il me saute dessus, Victor arrive pour me défendre. A causer d'une chose, on vient à une autre. Si tu voulais venir dans la grange, que Victor me dit, je saurais bien quoi te montrer. J'aurais dû déjà commencer de me méfier, mais vous savez ce que c'est que la curiosité. Me voilà d'entrer avec lui dans la grange. Alors, n'est-ce pas?

Noël comprenait. Accablantes pour toute autre femme, les circonstances de la chute faisaient figure de fatalité persévérante du moment où il s'agissait de la dévorante.

— Mettons, dit Juliette. Mais qu'est-ce que tu faisais de passer à côté de chez eux? Un dimanche matin, tu n'avais rien à faire là-bas. Dis plutôt que tu y es allée exprès.

— Jamais de la vie. Je revenais du bois par le turquis à Léon Poutiot.

— Du bois? s'étonnèrent plusieurs voix.

— Oui, j'avais été jusqu'au bois. Oh! pas long-temps.

— Peut-être bien avec Arsène? ricana Juliette non sans anxiété.

Armand ricana aussi, tant pour l'aînée que pour la cadette dont l'inquiétude ne lui échappait pas. Les parents, à l'aperçu de cette nouvelle catastrophe qui consommait le déshonneur, n'osaient plus respirer. Germaine eut hâte de les rassurer.

— Mais non. Qu'est-ce que vous allez vous figurer? C'était avec Guste Beuillat. Je l'ai vu passer sur la lisière. J'ai été causer avec lui. Mais je vous dis, pas longtemps. Il était pressé.

Le nom de Guste Beuillat apaisa toute l'inquiétude des parents, mais le prestige de la dévorante y perdit. Beuillat était un gros garçon au teint rouge, qui portait un trait de moustache noire sur une petite bouche de poupée et, au-dessus d'un front court, des cheveux luisants partagés par une raie médiane. Fils d'une veuve de guerre, il s'était habitué à vivre sur la pension du gouvernement et ne cachait pas son aversion pour les travaux de la terre. Il se sentait une âme de citadin avec un fort penchant pour les complets-vestons, la popeline, les épingles de cravate et les bals de guinguettes. Maladroit de ses mains, il avait échoué dans son apprentissage de garçon coiffeur et n'avait pas mieux réussi dans le métier de garçon de café. Retenu loin de la ville par l'irritante nécessité du vivre et du couvert, il maudissait le sol nourricier auquel le ramenaient périodiquement ses échecs. Depuis des mois qu'il était rentré de Dôle où il avait pris vainement des leçons d'accordéon, Guste Beuillat courtisait la fille Voiturier avec l'arrière-pensée que, dès marié, il achèterait à Besançon, avec les écus du vieux, un café-bar élégant où des poules bien mises rencontreraient des industriels et des officiers supérieurs sur des banquettes de velours vert. Arsène, qui n'ignorait rien de ses entreprises auprès de Rose Voiturier, ne le considérait pas comme un rival sérieux. Le père ne donnerait jamais sa fille à un garçon qui bazarderait la ferme et les champs. La fille elle-même, instruite par l'aventure de ses premières fiançailles, devait être sur ses gardes. Les projets de Guste Beuillat avaient déjà inspiré à Juliette les mêmes réflexions, mais elle fondait des espoirs sur les cravates du coiffeur manqué, la coupe de son complet-veston et certaine aisance à tourner des compliments aux filles.

— Alors, tu avais rendez-vous avec lui? demanda-t-elle à sa sœur.

Germaine commençait à s'impatienter de ces questions sans fin. Beuillat appartenait à une catégorie de mâles où elle était libre de se donner carrière sans engager ni l'honneur, ni la tranquillité des siens. Elle répondit par non, avec violence.

— Ça m'étonne, insista Juliette. Qu'est-ce qu'il aurait bien pu venir faire dans les bois?

— Puisque tu veux le savoir, il cherchait la Vouivre, cria Germaine.

On se souvint alors que l'entrée de la dévorante avait interrompu Armand au début de son récit. On lui dit, à propos, dis donc.

— Je crois que personne ne pourra se vanter de l'avoir vue mieux que moi, la Vouivre.

— Comment qu'elle était?

— Qu'est-ce que vous voulez que je vous dise, moi. Elle avait deux bras et deux jambes, comme tout le monde.

— Quand même. Elle était brune ou blonde?

— Blonde. Ou plutôt, brune. Ou entre les deux. Je n'ai pas seulement fait attention. Vous pensez, elle avait son rubis posé par derrière elle, sur sa robe, je ne mens pas, il était gros comme un œuf. Ah! lui, alors je sais comment il est fait. Imaginez voir un serpent, une espèce d'aspic en argent et plié en rond, la gueule ouverte comme un four et les dents qui serrent le rubis.

— Elle le surveillait?

— Pensez-vous, mais non. Tout d'un coup, je la vois qui se lève et qui saute à l'eau. Le rubis, lui, il était là. J'en avais les yeux qui me sortaient de la tête. Je me trouvais caché à la pointe d'un taillis, à pas cinq mètres de l'endroit où elle l'avait posé. Son rubis, dites donc.

Armand ne sentait plus sa mâchoire meurtrie. Sa main, à demi ouverte, semblait prête à saisir.

— Alors? demanda Noël.

— Quoi, alors?

Armand était devenu un peu rouge. Son père le considéra d'un regard froid et détourna la tête avec un soupir discret.

— Tu n'as même pas essayé de lui prendre le rubis? dit Juliette avec un rire pointu.

— Il est courageux quand il ne risque rien, fit Germaine.

Armand injuria ses sœurs et déclara qu'il ne leur donnerait jamais, de propos délibéré, le plaisir de le voir crever.

— Mange, lui dit Noël. La journée n'est déjà pas belle pour toi. Ne laisse pas refroidir ta viande.

...ise, je n'y crois plus!» L'*Ami*
...endu cette réflexion amère. Au
...ris, on semble en tout cas vouloir
...image en proposant, le dimanche
...journée «portes ouvertes», pour

...autour de thèmes liés aux pro-
...que *la famille et les mineurs*, le
...l, *le droit à la consommation* et
...trats répondront également aux
...carrières de la justice.

...petite touche d'histoire, puis-
...la Première chambre, où
...rie-Antoinette et le maréchal
...es où se sont déroulés les
...u docteur Petiot à Mesrine et,
...cassation.

à l'ordre de ICI PARIS.
Tarifs par avion sur demande..
Pour tout changement d'adresse,
joindre la bande et 3 F en timbres.

Renvoyez vos bulletin
90, rue de Flandre 75

NOM : . . . .

Prénom : . . . .

Adresse : . . . .

. . . .

Durée de l'abonneme

II

A neuf heures du matin, Arsène eut vendu ses deux taurillons. Sa mère et son frère lui avaient laissé le soin de les mener à la foire de Dôle, car il s'entendait mieux que personne au trafic des bêtes. Il était servi par un grand sang froid, par une liberté à peu près complète à l'égard du point d'honneur et, malgré sa jeunesse, par une autorité tranquille dans la discussion. Les taurillons vendus, il lui restait à acheter des porcelets, mais ayant parcouru le champ de foire, il constata que l'article était rare, l'offre de beaucoup inférieure à la demande, et décida de s'abstenir. Louise et Émilie l'avaient chargé d'effectuer des achats en ville et lui-même avait à prendre des fournitures dans une quincaillerie et d'autres boutiques. Après avoir donné l'avoine à son cheval, il quitta le champ de foire et descendit vers le centre de la ville. En marchant par les rues, il essayait de retrouver un peu de ce sentiment d'effroi qui l'avait saisi lors de son premier voyage à Dôle, à l'âge de cinq ans. Louise l'y avait amené un matin d'automne pour le conduire à l'hôpital et lui faire extraire un caillou qu'il s'était fourré dans l'oreille. En débouchant sur la hauteur de la Bedugue au pas du cheval conduit par sa mère, il avait découvert la ville, l'enfilade des trois ponts et la montée des hauts toits au pied de l'église collégiale et de son énorme donjon portant sur sa plate-forme carrée la maison du guetteur, flanquée de quatre tours d'angle. Arsène avait souri à sa mère pour partager avec elle sa joie et son étonnement d'un paysage aussi nouveau. Mais la vue d'ensemble qu'il en avait ne pouvait lui en révéler le mystère essentiel. Ayant remisé le cheval et la voiture à l'hôtel de la Pomme-d'Or, ils s'étaient rendus à l'hôpital sans avoir à pénétrer dans la ville. Arsène avait béé de plaisir à la vue du beau bâtiment de l'hôpital dont l'immense balcon de pierre et les jardins surplombant le canal des Tanneurs précisaient en lui l'idée encore vague qu'il s'était faite d'un palais. Le caillou extrait, ils s'étaient rendus chez un parent lointain dont la profession d'employé à la sous-préfecture jetait un certain éclat sur la famille Muselier. Croyant tirer au plus court, Louise s'était perdue et, un long moment, ils avaient erré au hasard dans un enchevêtrement de rues, de passages, d'escaliers et de venelles, certaines si étroites qu'ils y pouvaient à peine marcher de front. Descendu aux entrailles de cette ville profonde, Arsène cheminait avec angoisse, sa petite main crispée dans celle de sa mère, et se sentait arraché au ciel. Ici, l'espace n'était plus l'immensité à perte d'esprit où reposent les champs et les bois et qui n'est rien par elle-même. Entre les hautes rangées de maisons à étages, l'espace devenait une réalité substantielle et prenait une forme, celle des rues qui l'enfermaient. Le ciel était prisonnier. Un dieu confiné et souffrant flottait parmi les odeurs de trognons, d'eaux grasses, de paillasses, les relents de couloir humide et d'épicerie-buvette.

Rue des Arènes, artère principale de la ville, où

se pressait la foule lente et bruyante des jours de foire, Arsène aperçut Requiem arrêté au bord d'un trottoir. Requiem traversa la rue pour l'interroger.

— Des fois, tu n'aurais pas rencontré la Robidet?

— Non. J'arrive directement du champ de foire.

— La carne! dit Requiem.

Un bourrelet d'inquiétude barrait son front bas. Sa petite tête de lapin, plantée au milieu des larges épaules, tournait sans cesse en tous sens.

— Tes taurillons, je vois, tu les as vendus. Un vrai temps de juillet, il fait. Je n'ai jamais eu aussi chaud.

— Je n'ai guère le temps, dit Arsène.

Requiem l'aiguilla vers un café obscur qui avait trois mètres de façade dans une ruelle malodorante. Une grosse femme dépeignée leur servit un litre de vin rouge, se plaignit de ses varices et essaya de se faire inviter, mais Requiem, rudement, l'envoya faire son ménage. Elle disparut dans l'arrière-fond en disant que les bonnes façons se perdaient de plus en plus.

— Ce n'est pas croyable, soupira-t-il après son départ. On était assis là, à la table qu'on est maintenant. C'est elle qui avait voulu qu'on entre. Moi, je ne suis pas buveur, mais elle disait qu'elle avait soif. C'est bon, nous voilà qu'on entre. On était là, on causait sans penser à rien. A la gare, je lui avais flanqué mon pied dans le cul, mais comme ça. Elle n'avait pas eu l'air de se vexer. On était là, et tout par un coup, elle se lève, elle me dit, je reviens. Qui c'est qui aurait pu se méfier? Son verre était plein aux trois quarts. Je ne mens pas, aux trois quarts.

— Tu vas la retrouver. Elle n'est sûrement pas bien loin.

— Non, Arsène, elle ne reviendra pas. Je la connais trop bien. Tu me diras, la Robidet, ce n'est personne. Je ne te répondrai pas là-dessus. Mais cette femme-là, vois-tu, ce n'était quand même pas n'importe qui.

Ayant porté son verre à ses lèvres, il le reposa sans y avoir bu et ajouta rêveusement :

— Depuis un temps, elle s'était mis dans l'idée qu'il lui fallait des vacances.

Il prit un temps et murmura pour lui-même, avec précaution et déférence :

— Des vacances.

— Elle aura été voir des gens de connaissance, dit Arsène. Tu la trouveras au train tout à l'heure.

— Non, Arsène, elle ne reviendra pas. Plus jamais. Sur là-dessus, je pourrais t'en dire long. Tel que tu me vois, j'ai quarante et des. Je suis né, je ne sais plus si c'est en quatre-vingt-six ou en quatre-vingt-seize. La vie, je la connais, la vie. Et l'amour, je sais peut-être ce que c'est aussi. Eh bien, moi, je vais te dire une vraie vérité, c'est que les hommes, ils ne savent pas ce que c'est que l'amour. Moi qui t'en parle, j'étais comme eux. Les torchées que je lui ai flanquées, à la Robidet, bien du monde pourrait t'en causer. Je ne suis pas buveur, mais quand on était d'avoir bu un peu, ce n'est pas qu'une fois que je lui ai mis la gueule en sang. Ce n'est pas qu'une fois. Les hommes, ils croient que l'amour c'est ça et aussi la chose de se vider ce que je pense. Mais ce n'est justement pas ça.

Requiem écarta sa veste, ouvrit sa chemise sur sa poitrine velue et enfonça la pointe de l'index sous son mamelon gauche.

— L'amour, dit-il, c'est là-dedans. Ce n'est pas ailleurs ni autre part.

Il attendait l'approbation d'Arsène, qui tarda un peu, et il ajouta :

— Les femmes, on croit qu'on en profite. Mais les femmes, elles ont des idées et les idées, ce n'est pas comme les poux, on ne peut pas les voir courir sur la tête.

Il se tut et s'absenta dans une certaine vision de l'éternel féminin. Arsène en profita pour se lever. Le litre de vin était payé et il restait un fond de bouteille. L'ayant vidé dans son verre, Requiem, les coudes sur la table, resta seul à considérer son destin.

Pour rattraper le temps perdu, Arsène se rendit au marché aux étoffes en coupant par de petites rues presque désertes. Rue des Vieilles-Boucheries, à l'entrée d'un couloir, il aperçut la Robidet qui fumait un mégot. Maigre, le ventre saillant et pointu, elle était vêtue d'une robe de tussor grisâtre, dérisoirement estivale, taillée sans aucune recherche dans des rideaux défraîchis. Appuyée au mur, le corps avachi, les yeux bordés de rouge à demi clos, elle paressait dans la fraîcheur feutrée exhalée de quelque arrière-cour par la bouche du sombre couloir. Sa face molle de vieille soularde, aux plis noirs de crasse, exprimait la béatitude des paradis citadins retrouvés et sa bouche sans dents dédiait un sourire à ce dieu étiolé dont la présence avait jadis angoissé Arsène. Méprisant les campagnards et s'étant toujours refusée à distinguer les uns des autres ceux de Vaux-le-Dévers, elle laissa passer sans le reconnaître le confident de Requiem.

Sur la place Nationale, au pied de la tour de l'église, une foule épaisse circulait lentement autour des tréteaux des marchands forains. Arsène avait à acheter douze mètres de toile à faire des torchons. Il s'approcha d'un éventaire où une paysanne marchandait de la toile et lorsqu'elle eut amené le marchand à l'extrême limite des concessions, il dit tranquillement : « Vous m'en donnerez douze mètres aussi. » En attendant son tour d'être servi, il regarda le lent écoulement de la foule et eut la surprise d'y apercevoir la Vouivre coiffée d'un chapeau sport gris clair. Jugeant la rencontre inopportune, il s'effaça derrière les chalands pour n'être pas vu. Elle passa près de l'éventaire et il eut le temps de la voir de dos et en pied avant que la foule se refermât sur elle. Vêtue d'un tailleur d'été à manches courtes, elle avait des bas, des gants, un sac à main et des souliers à hauts talons. Cet ensemble citadin, elle le portait avec une aisance remarquable et Arsène fut assailli par l'idée que la Vouivre était une jeune fille de Dôle cherchant à s'amuser de la crédulité des habitants de Vaux-le-Dévers, mais il se souvint aussitôt des serpents.

Quittant la place du marché avec son paquet de toile sous le bras, il alla faire des achats dans des boutiques de la rue principale. Dans un magasin de jouets, il fit pour ses neveux l'acquisition de deux balles de médiocre qualité, l'une en goudron, l'autre en caoutchouc vernissé avec des rayures de couleur. Il demanda ensuite à voir les poupées et passa un quart d'heure à les examiner. La marchande avait pu croire que la vente serait facile, car il n'avait pas hésité pour le choix des balles. Mais il retournait les poupées sous toutes les coutures, décelant les défauts de fabrication ou les éraflures, palpant les robes et s'attardant surtout aux physionomies. Tenté par l'un des modèles, il faillit l'acheter et le reposa en déclarant :

— Elle n'a pas l'air sérieux. On dirait déjà une petite peau.

Il refusa une autre poupée qui savait dire papa et maman et dont la voix de ventriloque lui parut ridicule. Enfin, il choisit l'une des plus grandes pour son visage particulièrement enfantin d'ange bouffi et optimiste. Elle portait une robe rose, des chaussettes, des escarpins et un bonnet également roses.

Il paya, non sans réprimer un mouvement de révolte intérieure, la somme exorbitante de quatre-vingt-cinq francs, après avoir obtenu un rabais de quatre cinquante en considération d'une éraflure à la cheville, qui avait fait hésiter son choix. La marchande plaça la poupée dans une boîte en carton, nouée d'un ruban.

La dernière boutique où s'arrêta Arsène fut une quincaillerie. D'abord, il acheta quelques objets pour la ferme : un fer de pioche, une burette, des écrous, une corde, et en fit faire un premier paquet. Ensuite, s'aidant d'une liste qu'il avait dressée lui-même et qui était longue, il fit d'autres emplettes, telles que serrures, boutons de portes, gonds, pointes à chevrons, fil de laiton, qu'il paya sur sa bourse personnelle. En sortant, sur le seuil de la quincaillerie, il se trouva en face d'Angèle Mérichaux, la femme du forgeron, qui l'entretint des courses qu'elle venait de faire.

— Tiens, dit-elle en montrant un couple qui passait sur le trottoir opposé, voilà la fille à Voiturier avec son nouveau fiancé.

Il jeta un coup d'œil vers les fiancés, mais rien, dans sa physionomie, ne trahit sa contrariété.

— Tu ne le savais peut-être seulement pas, poursuivait Angèle Mérichaux. La chose s'est décidée hier et bien sûr que Voiturier a dû se faire tirer l'oreille pour leur donner son consentement. Mais la petite savait ce qu'elle voulait, va, et peut-être mieux que le Guste Beuillat.

— A ce qu'on m'a dit, c'est pourtant bien lui qui la cherchait, fit observer Arsène.

— D'un côté, bien sûr. Mais moi, je me suis laissé dire autre chose. C'est que depuis une dizaine de jours, il cherchait aussi la Vouivre et que s'il avait pu mettre la main sur son rubis, la pauvre Rose Voiturier aurait toujours pu courir après lui.

— Vous y croyez, vous, à la Vouivre? demanda Arsène avec un sourire.

— Mon garçon l'a vue et ma fille aussi, elle l'a vue. Et bien d'autres. On est quand même bien obligé d'y croire. Tu n'y crois pas, toi?

— Oh! moi, vous savez, je ne dis rien. Autrement que ça, je ne veux pas vous mettre en retard de faire vos commissions, Angèle.

Chargé de ses nombreux paquets, il se dirigea vers le champ de foire en remâchant sa déconvenue. Le coup était rude. Depuis que Rose Voiturier avait été abandonnée par son premier fiancé, il caressait l'idée de ce mariage qui ferait de lui le plus gros propriétaire de Vaux-le-Dévers. Ses rêves de culture motorisée et d'engrais chimiques de choix avaient déjà pris figure de demi-réalités. Le plus irritant était d'être mis en échec par un niais, un mollasson, amateur d'alpaga et coiffeur manqué. A la réflexion, le choix d'un tel fiancé n'avait pourtant rien de surprenant, au moins de la part de Rose. L'image du couple déambulant par les rues de la ville avait suffi à éclairer Arsène. La joie qui transfigurait tout à l'heure ce pauvre visage ingrat le faisait songer au bonheur de la Robidet, quoiqu'il s'agît, dans le cas de Rose, d'une griserie assez superficielle, comme si la grâce de la divinité citadine ne l'avait encore qu'effleurée. Marchant au bras de son fiancé cravaté et vestonné de frais, la fille de Voiturier semblait naître à un monde nouveau et prendre pied au paradis. Pendant ces derniers mois, son imagination avait dû travailler et tenter de rejoindre le premier fiancé enfui à la ville. Ainsi s'expliquait la réussite de Guste Beuillat auquel son expérience et ses ambitions de citadin conféraient un prestige inégalable. Arsène se repentit d'avoir tardé, par bienséance, à commencer ses entreprises auprès de Rose. S'il n'avait pas cru devoir lui laisser le temps d'oublier son chagrin, il aurait été seul sur les rangs et, Voiturier lui étant favorable, il n'eût pas manqué d'être agréé.

Au champ de foire, il trouva Requiem assis sur une borne auprès de la voiture.

— Tu ne l'as pas rencontrée? demanda le fossoyeur.

Sans répondre, Arsène posa ses paquets dans la voiture. Sous la paille, il aperçut deux litres de vin rouge dont les goulots dépassaient.

— Je l'ai attendue jusque maintenant dans le café que tu sais, mais c'était plutôt pour dire que j'attendais. Je n'y croyais plus. Cette femme-là, elle était trop bien. Ce n'était pas quelqu'un pour moi. Je n'ai plus qu'à m'en retourner chez moi creuser pour mes morts. J'ai pensé que tu me prendrais peut-être sur ta voiture.

— C'est facile. Je te demanderai seulement de m'attendre un peu. J'ai encore affaire en ville. En attendant, garde-moi mes paquets. Si tu veux faire boire le cheval, ça m'avancera aussi.

Tandis qu'Arsène s'éloignait, Requiem, un peu ivre, alla détacher le cheval et l'emmena à la fontaine en l'entretenant de la Robidet, une femme comme on n'en rencontrait pas deux dans sa vie, confiait-il, et née pour la couche d'un préfet.

Arsène arpentait les rues de la ville en flâneur, mais l'œil attentif. En passant pour la seconde fois sur la place aux Fleurs, il vit se former un rassemblement autour d'un chanteur ambulant qu'accompagnait un accordéoniste et distingua, parmi les badauds, la silhouette de la Vouivre. S'étant approché, il mit la main sur son épaule et la salua d'un sourire qu'il voulut avenant. Ravie d'une rencontre qu'elle avait désirée, elle l'entraîna aussitôt hors de la foule. Quelques minutes plus tard, ils s'asseyaient à l'une des trois tables qui meublaient la terrasse d'un petit café proche du champ de foire. Attablée devant des bouteilles de bière, une famille de paysans mangeait des provisions tirées d'un sac en tapisserie verte aux soufflets rouge vif. Le patois parlé à cette table-là était très différent de celui de Vaux-le-Dévers. Arsène le trouvait cocasse et en était presque choqué.

— Des gens d'Offlanges ou de Moissey, murmura la Vouivre. C'est le parler de là-bas.

— Tu connais donc tous les patois?

— Je ne les parle pas, mais je les connais tous, oui. Depuis le temps, tu penses. Dans le Jura, je suis partout chez moi.

— Même à Dôle, fit observer Arsène. Je ne m'attendais pourtant guère à t'y rencontrer.

— Pourquoi?

— Je ne sais pas, moi. Je pensais que tu n'en avais que pour les bois, la campagne. La nature, quoi.

— La nature est partout, aussi bien à Dôle qu'à Vaux-le-Dévers. Je me demande même si elle n'est pas plutôt ici. Pour moi qui ai connu le pays autrefois, je trouve la campagne bien fade avec votre bête de blé, vos champs de pommes de terre et tout ce vert plat à faire lever le cœur. Si tu avais vu, il y a seulement cinq mille ans, ce fouillis, cet emmêlement du bois mort et du bois vif, cette bataille des plantes pour se pousser à la lumière, quelle pagaïe! Aujourd'hui, vos rasibus à blé et à pommes de terre, le village bien assis au milieu, et les prés à vaches et les vues filées à travers deux rideaux de peupliers, c'est fait comme un jardin. Et la forêt : des arbres plantés comme des asperges, les coupes, les futaies, les taillis, tout bien ordonné, divisé, et les allées droites, les carrefours, les sentiers. C'est le parc au bout du jardin. La nature, je la vois bien mieux dans les villes, je t'assure. La ville, c'est la vraie forêt. Des sentiers profonds, des fourrés, des corridors sombres, les maisons qui s'accolent toutes, une mêlée, et des vies tapies, d'autres pressées, l'aventure, les femmes guettées, les batailles, les foules, les vices et tous les instincts. Hier soir, en arrivant à Dôle, je suis entrée dans un café de la rue du Vieux-Château. Des Polonais, des voyous de la ville, des filles sales, des voix éraillées, piano mécanique, une odeur de gibier et d'urine, et moi, trop bien habillée, le teint riche, les hommes me regardaient, les filles aussi, me regardaient tous comme des bêtes surprises, sans savoir s'ils devaient mordre, et je sentais tout autour de moi hésiter une vie triste et sauvage comme il n'y en a plus, même dans les monts. Je me rappelle une autre fois, c'était à Valentigney, un métingue des ouvriers de chez Peugeot, les hommes faisaient une forêt serrée qui hurlait comme une tempête. La nature ne se perd pas. Ce qui se défait d'un côté se refait d'un autre. Comment me trouves-tu avec mon chapeau?

Arsène la complimenta, lui dit qu'elle avait l'air d'une fille de marquis. Elle sourit de plaisir et ouvrit son sac de cuir pour se mirer dans la glace. Curieux, il jeta un coup d'œil de côté pour voir l'intérieur du sac. A première vue, il ne contenait qu'un poudrier, un peigne, un mouchoir et un porte-billets mais il remarqua que la poche du milieu était gonflée et animée comme d'un mouvement de vague. Le fermoir de la poche ayant cédé, une tête de vipère émergea lentement. A la table des mangeurs, une fillette poussa un cri et manqua s'étrangler. Arsène n'avait pu s'empêcher de reculer sa chaise. Du bout des doigts, la Vouivre appuya sur la tête du reptile, la fit réintégrer la poche et referma le sac.

— Je te vois de plus en plus rarement, dit-elle doucement, et toujours pour me dire que tu n'as pas le temps de t'arrêter. Est-ce que tu me trouves moins jolie?

Arsène protesta d'un sourire qui n'était pas seulement de politesse. Le tailleur clair, les bas de soie, le chapeau souple qui adoucissait le visage de la Vouivre, la poudre, le rouge à lèvres, les gants, ajoutaient à sa beauté un mystère de féminité qui manquait à la fille des bois. Le regard de ses yeux verts semblait venir de plus loin. Il en était un peu intimidé.

— Tu sais ce que c'est, dit-il. En ce moment de l'été, on est dans le plein du travail. On n'a pas fini d'un côté qu'on se trouve déjà qu'on nous appelle d'un autre. L'amour, on a beau y penser, la besogne est là qui commande et qui vous tient par les deux mains. Mais quand même, à partir de demain, je trouverai bien moyen de m'arranger.

La Vouivre lui prit les mains, les pétrit dans les siennes et se pencha pour y appuyer ses joues l'une après l'autre. Arsène en était contrarié. Parmi les gens qui passaient dans la rue, il pouvait se trouver quelqu'un de connaissance. Et quand bien même la rue et la terrasse auraient été désertes, la chose en soi était ridicule. Il retira ses mains. Elle posa la tête sur son épaule.

— Reste tranquille, dit-il en la repoussant. Ce n'est pas des façons de se tenir.

Elle sourit et l'enveloppa d'un long regard tendre et collant qui l'irrita encore plus que la tête sur l'épaule. Elle se mit à l'appeler, coup sur coup, mon lapin, mon chevreuil, mon sanglier, ma couleuvre dorée.

— Tu es venue à Dôle à pied? demanda-t-il d'une voix sèche.

— Non, j'ai pris le train hier soir à la gare de Mont.

— Tu avais donc de l'argent?

— Bien sûr. On ne m'a pas fait cadeau de mon billet.

— Je m'en doute, mais l'argent, ça ne pousse pas dans les bois, ni sur les étangs.

La Vouivre détourna les yeux et laissa paraître un peu d'embarras et même d'impatience.

— Je m'arrange, répondit-elle d'un ton bref qui invitait Arsène à plus de discrétion.

Les voisins mangeaient des gâteaux à la crème, achetés dans une pâtisserie de la ville. La fillette qui avait vu la vipère dans le sac à main avait dû en parler à ses parents, car ils observaient la Vouivre d'un œil méfiant. Elle n'en parut pas gênée et à certain propos d'Arsène, qui engrenait sur ses souvenirs, elle dit à haute voix.

— Je me rappelle, il y a trois cents ans.

Elle parla du siège de Dôle en 1636. Par hasard, elle se trouvait dans la place quand les Français vinrent l'assiéger. C'était assez amusant. Les bourgeois de la ville, d'ordinaire ennuyeux et compassés, avaient tout d'un coup le diable au corps, estoquant et arquebusant comme des furieux, mais buvant sec et courant les filles sans guère se gêner de leurs épouses. Un jour qu'il était venu à la tranchée, elle avait vu un nommé Condé qui commandait l'armée française. On disait qu'il était d'une bonne maison. N'empêche qu'il n'avait pas pu prendre Dôle et qu'il était reparti l'oreille basse. Son fils, qu'on appelait le Grand quoiqu'il fût d'une taille moyenne, devait mieux réussir quelques années plus tard.

— Les temps étaient durs pour les Comtois. Il y avait toujours trois ou quatre armées qui tenaient la campagne, des Français, des Allemands, des Croates, des gens des Cantons, tous pillards, paillards et coupeurs de gorges. Mais les plus mauvais étaient les Suédois. Ils emmuraient les paysans dans les grottes et les souterrains où ils se cachaient. J'en ai vu de ces malheureux errer dans les bois. J'en ai sauvé plus d'un des griffes des Suédois.

— Il est l'heure que je m'en aille, coupa Arsène. Voilà qu'il va être midi.

— Tu m'emmènes sur ta voiture?

Arsène n'osa pas refuser, car il pensait avoir bientôt besoin d'elle. Ils trouvèrent Requiem endormi dans la voiture, la tête reposant sur un oreiller de paille. Les deux litres vides gisaient à côté de lui.

12

Arsène arrêta la voiture à l'embranchement de la
route d'Arcières et la Vouivre descendit. Avant de
s'éloigner vers les bois, elle faillit lui rappeler une
promesse qu'il lui avait faite, mais s'avisant que
Requiem venait de s'éveiller, elle se contenta de
remercier. Il souleva cérémonieusement sa casquette
comme s'il avait eu affaire à une étrangère et expli-
qua à Requiem :

— C'est une femme qui va à Arcières. Elle m'a
demandé de l'amener jusque-là.

Requiem, agenouillé dans la voiture, regardait la
fine silhouette s'éloigner sur la route.

— On dirait la Robidet, fit-il observer. C'est bien
son allure et tout. Tout de suite que je me suis
réveillé, quand j'ai vu sa tête, tu vas me dire que je
déraisonne, mais j'ai cru que c'était la Robidet. Je
ne sais pas si tu as remarqué, mais c'est la même
petite bouche, hein, et le nez et les airs de sourire.
Tu penses d'un coup que j'en ai eu.

Cependant, il s'était levé et s'asseyait à l'avant sur
la planche, à la place laissée par la Vouivre. Arsène
secoua les guides et remit le cheval en marche. Le

village n'était plus qu'à un kilomètre et il pensait être chez lui vers deux heures après midi. Peu après la sortie de Dôle, le ciel s'était couvert, un vent presque frais s'était mis à souffler et le cheval avait pu soutenir sans fatigue un train assez vif. La Vouivre, après avoir humé le vent et regardé les nuages, avait déclaré : « Il vient de faire un orage dans la forêt de Chaux, en plein sur la Vieille-Loye. » Elle savait prévoir le temps un et deux jours d'avance, disait-elle, et sur question d'Arsène, elle avait annoncé une journée de pluie pour le surlendemain. Mais ce qui l'avait le plus surpris au cours de leur longue conversation de la voiture, c'étaient les paroles qu'elle avait prononcées à propos de la sœur de Juliette.

— Cette grande fille qui habite chez les Mindeur et qui a l'air d'un grenadier suédois, tu es bien avec elle ?

— C'est la fille aînée des Mindeur et on est brouillé avec toute la famille.

— Tu es en train de me dire un mensonge. Dimanche matin, je l'ai vue sortir de la grange de ta maison.

— Ça se peut. Dimanche matin, j'étais à la messe, je ne peux pas dire. Mais ça m'étonne.

— Elle s'est même baissée en passant sous la porte. Pour une femme, c'est ridicule d'être aussi grande. Et cette poitrine.

Pendant que Requiem lui parlait de la Robidet, il avait encore l'esprit occupé de cette visite du dimanche matin. D'elle-même, il en était sûr, Germaine n'aurait pas pris la liberté de pénétrer dans la grange. Il fallait qu'un complice l'eût introduite et ce ne pouvait être que Victor. Urbain, qui était d'ailleurs insoupçonnable, devait bricoler au jardin comme il faisait ordinairement le dimanche matin. Bien qu'elle pût être l'amorce d'un rapprochement peu souhaitable entre les deux familles, Arsène ne prenait pas l'aventure au tragique, mais son frère commençait à lui apparaître sous un jour nouveau. Jusqu'alors, il n'avait jamais pensé à former un jugement sur sa personne. Sans se tenir aux seules apparences, il n'éprouvait pas non plus le besoin d'aller jusqu'au bout de ses observations ou de ses intuitions et encore moins de les réunir pour en méditer. Il s'était habitué à voir en lui un homme sérieux, mais de peu d'énergie, bon enfant, un optimiste timoré, et ce qui l'agaçait bien souvent, bavard et judicieux. La rencontre de la grange attirait son attention sur des attitudes de Victor, des réflexions et de menus faits qui prenaient maintenant un sens évident. Arsène en avait la certitude, cette sagesse raisonneuse de son frère, ce parti pris constant d'équité et de bonté dissimulaient et servaient des faiblesses qui allaient loin. Il s'agissait aussi bien de cupidité, d'avarice, de gourmandise, que d'un penchant actif pour les filles. Par exemple, il se rappelait certaine façon d'être auprès de Belette, qu'avait eue Victor les premiers temps qu'elle était à la ferme et qui s'expliquait soudain très clairement, à se demander comment le manège avait pu lui échapper. A la pensée que son frère avait pu alors imposer ses volontés à la gamine, Arsène sentait monter en lui une colère qui lui faisait serrer le poing sur le manche de son fouet.

— Je pense tout d'un coup, dit Requiem. Elle m'attend peut-être à la maison?

Arsène répondit par un grognement. Les probabilités s'imposaient à son esprit. En entraînant Germaine Mindeur dans la grange, Victor obéissait peut-être à une habitude qu'il n'avait pas encore eu le temps d'oublier. Sans doute avait-il conduit la grande Mindeur dans la chambre aux outils où était le lit de Belette. Cependant Requiem s'enfiévrait à l'idée de retrouver la Robidet chez lui.

— Je ne l'ai pas revue dans les rues de Dôle, mais c'est qu'elle avait couru reprendre le train de neuf heures à la gare de la Bedugue. Ou bien elle aura trouvé une voiture pour l'emmener et elle n'a pas eu le temps de venir me chercher au café. A ton idée, Arsène?

— Tout se peut.

Sans nécessité, Arsène cingla les jambes de son cheval d'un coup de fouet. Surprise, la bête fit un écart qui manqua mettre la voiture au fossé, et partit au galop. Honteux, il l'apaisa de la voix et lui fit reprendre le pas.

— Je suis là que je me monte la tête, poursuivait Requiem, mais dans mon fond, je sais bien qu'elle n'est pas revenue. Le train, il était trop tard, et monter en voiture avec des gens de par chez nous, elle est bien trop fière. Qu'est-ce que c'est, pour elle, que des campagnards? Trois fois rien, de la vouerie. Et moi, qu'est-ce que je suis pour elle? Moi Requiem. Moins qu'un vara. Une peau de cochon. A quoi bon tourner autour. Moi, je suis l'homme grossier, je le sais bien. Quand on est ce qu'elle est, qu'on a les manières et tout le reste, on ne va pas s'embarrasser d'un Requiem. Je suis l'homme grossier. Elle, c'est la femme aux vacances. Le travail, elle ne connaît pas. Elle est de son monde, quoi. Un monde que nous autres on ne sait seulement pas. Donnez-lui un litre, un paquet de tabac, la voilà de rêver pour toute la journée. Moi qui parle de la retrouver, pauvre clodot. A l'heure de maintenant, elle m'aura déjà oublié.

Pourtant, Requiem conservait une lueur d'espoir et s'il se défendait de croire que la Robidet pût être rentrée, c'était un peu pour apaiser les dieux jaloux et conjurer le mauvais sort. A mesure qu'approchait le terme du voyage, il devenait plus impatient et, dans la dernière montée avant Vaux-le-Dévers, ayant mis pied à terre, il poussa au cul de la voiture pour aider le cheval. Aux premières maisons du village, il interpella une femme qui passait.

— Loïse! tu n'aurais pas vu passer la petite, tout à l'heure?

— Quelle petite?

— La Robidet, quoi!

— Ah! la Robidet! s'esclaffa Loïse. Je n'y étais pas. Tu m'aurais dit la petite vieille, j'aurais compris. Non, je ne l'ai pas vue.

Blessé, Requiem détourna la tête sans un mot de remerciement. Mais un peu plus loin, il ne put se tenir d'interroger un vieux.

— Dites voir, Ernest, vous n'auriez pas vu passer la Robidet?

Le vieux, qui jugeait inconvenante une question ayant trait à une fille de mauvaise vie, répondit sévèrement :

— Non, mon garçon, j'ai bien vu passer une truie avec la gueule noire de purin, mais c'était une truie qui allait sur quatre pattes.

Arsène fit presser le pas à son cheval pour que le dialogue en restât là, mais Requiem n'avait pas envie de riposter. Il était triste. Il avait le sentiment que la beauté et la grâce étaient persécutées. Ne trouvant pas les mots pour l'exprimer, il interrogea :

— Enfin quoi, ton idée à toi sur la Robidet?

— Mon idée à moi, si tu veux savoir, c'est qu'elle n'a pas sa pareille au monde, répondit Arsène.

Requiem sourit, délivré et vengé. Il aurait voulu embrasser Arsène pour avoir prononcé aussi justement.

— Arrêtons-nous chez Judet, proposa-t-il. On ira boire une bouteille ensemble. C'est moi qui paie.

— Ce ne serait pas de refus, mais on m'attend chez moi et je suis déjà en retard. Tu vois, c'est sans façons. A une autre fois, puisqu'on est de se revoir.

Requiem regretta. Son cœur débordait de reconnaissance. Ému d'un sentiment paternel à l'égard d'Arsène, il voulut le lui témoigner et déclara :

— Si tu es que tu doives crever avant moi, Arsène, tu auras une fosse comme pas bien du monde en aura eu. Retiens bien ça.

Tout en disant, avec les deux mains en couperets, il dessinait les pans de la fosse et leur fuite rectiligne.

— Je te remercie, répondit Arsène sans ironie. A l'occasion, je ne dis pas non.

Il arrêta la voiture au carrefour de la Croix et Requiem descendit. Le fossoyeur avait quelque trois cents mètres à faire à pied pour arriver chez lui, dans la petite maison qu'il habitait, en contrebas du cimetière. Avant de se mettre en route, il se signa devant la grande croix en fer forgé, plantée sur un socle de pierre et, exceptionnellement, fit une prière au Seigneur : « Jésus, dit-il à mi-voix, faites que je trouve la Robidet en arrivant chez moi. Si elle est à la maison, je vous promets de tuer un lapin et de le porter au curé avec un litre de vin rouge. Je ne suis pas l'homme à se dédire. Le vin, je passe le chercher tout de suite chez Judet. Au nom du Père et du Fils et du Saint-Esprit. Ainsi soit-il. » Requiem fit très bien les choses. Chez Judet, il prit un grand ordinaire à cent sous, afin de mettre toutes les chances de son côté. Malheureusement, sur le chemin du retour, il fut dévoré d'une grande soif et, par humanité pour soi-même, s'accorda une petite gorgée du vin de l'offrande. Il pensait simplement s'humecter le gosier, mais sa soif le trahit. D'une lampée, il but un tiers de la bouteille. Ayant constaté le dommage, il but les deux autres tiers, car il avait compris que le Seigneur ne pouvait plus l'exaucer. Et en effet, la Robidet n'était pas chez lui.

Il était un peu moins de deux heures quand Arsène arriva en vue de sa maison. Dans la cour des Mindeur, le chien se mit à aboyer et courut après la voiture. Arsène essaya de le cingler d'un coup de fouet, mais sans insister. Il était de bonne humeur et ses jugements sur Victor lui paraissaient maintenant excessifs, en tout cas trop sévères. Il admettait qu'un homme pût avoir des faiblesses sans qu'il y eût lieu d'incriminer autre chose que les circonstances. A considérer sa propre conduite avec la Vouivre, lui-même n'était pas irréprochable vis-à-vis des siens et si l'aventure venait à être connue dans le village, elle ne manquerait pas de faire du tort à toute la famille. Quant à Belette, les manœuvres de Victor n'étaient après tout que des suppositions sans fondement véritable.

Chez lui, on avait déjeuné tard et la cour de la ferme commençait seulement à s'animer. Les enfants, qui avaient mangé seuls, étaient depuis longtemps partis pour l'école. Pendant que les femmes faisaient la vaisselle, Victor devait lire son journal derrière les persiennes entrouvertes. Urbain venait de tirer au puits un seau d'eau qu'il portait à l'écurie. Des poules picoraient des miettes de pain sur le seuil de la cuisine. D'autres dormaient sur le fumier, à l'autre bout de la maison. Au retour de la ville, Arsène, sans s'en rendre compte, était sensible au spectacle de cette vie tranquille de la ferme et il éprouvait quelque chose qui ressemblait à de l'attendrissement.

Belette faisait sortir les vaches de l'étable pour les conduire à la Vieille Vaîvre où on les mettait à brouter depuis une semaine, et Léopard s'affairait au milieu des bêtes. Laissant son troupeau, elle courut au-devant de la voiture et il s'amusa de sa mince silhouette d'écolière, de ses mèches de cheveux jaunes, ébouriffés par la course, du petit visage pointu qu'animait une curiosité joyeuse. Il arrêta la voiture près de la mare, sur le côté de la route. Le chien des Mindeur, qui avait suivi en aboyant, parut s'apaiser à la vue de Léopard et entra dans la cour d'un pas prudent. Belette s'informa auprès d'Arsène s'il avait fait bon voyage. Il la regardait en souriant et sa main tâtait un paquet sous la banquette, d'un geste qui se laissait aisément deviner. Belette avait les yeux brillants.

— Neuf fois neuf? demanda Arsène.

— Quatre-vingt-un.

— C'est bon. Je vois ce que j'ai à faire.

Il prit le paquet enrubanné et se pencha pour le lui mettre dans les mains. La boîte était lourde. Belette, qui n'attendait pas un cadeau de cette importance, devint rouge. Heureux, Arsène restait penché sur elle, attentif à sa joie. Elle dénoua le ruban, ôta le couvercle et, après avoir développé le papier de soie, découvrit la poupée en robe rose, qui dormait dans sa boîte. Son visage pâlit et, levant les yeux sur Arsène, elle demanda d'une voix étouffée que l'émotion rendait tremblante.

— C'est pour moi que tu as acheté cette poupée-là?

— Oui. Parce que tu sais bien ta table.

Les lèvres pincées par la colère, Belette prit la poupée par une jambe et, de toutes ses forces, la jeta dans la mare. Des larmes de rage lui mouillaient les joues. Reprenant son bâton de bergère qu'elle avait posé sur la voiture, elle poussa devant elle son troupeau de vaches qui arrivait sur la route et s'éloigna sans un regard en arrière. Stupéfait, Arsène regardait sa poupée de quatre-vingt-cinq francs flotter sur la mare. Rapidement, l'eau imbibait la robe rose et s'infiltrait dans le corps même par les articulations. Deux canards qui cherchaient pitance près du bord vinrent tourner autour de l'épave qui n'avait plus que la tête hors de l'eau. Lorsque le bonnet de satin rose eut sombré à son tour, Arsène remit l'attelage en marche et tourna sous les deux noyers. Les persiennes de la cuisine étaient ouvertes et Victor, dans l'encadrement de la fenêtre, regardait venir son cadet avec un sourire au coin des lèvres. Tandis que Louise et sa bru apparaissaient sur le seuil, une bataille s'engageait entre les chiens. Léopard et Saigneur, après de prudentes manœuvres d'approche, s'étaient jetés l'un sur l'autre en grondant. Arsène, calme, arrêta son cheval devant les deux combattants trop absorbés par la fureur du premier assaut pour penser à se déranger. Sautant à bas de son siège avec son fouet à la main, il prit Saigneur par le collier et se mit à le frapper à coups de manche. Il cognait avec méthode, sans colère apparente, à une cadence commode. Le chien des Mindeur hurlait d'une manière satisfaisante. On l'entendait à coup sûr de la maison de ses maîtres. Léopard, qui n'avait pas le sens de la symétrie, regrettait qu'on lui eût ainsi confisqué son adversaire. Le spectacle de la correction et les piaulements du supplicié éveillant en lui de pénibles souvenirs, il s'éloigna sans joie pour aller rejoindre son troupeau de vaches. Lorsqu'il estima que l'animal était convenablement abîmé, Arsène le laissa aller. Sa mère et sa belle-sœur s'étaient approchées et Victor lui parlait dans le nez, l'appelant goujat, brute, salopiot et croque-miteux.

— Qu'est-ce qu'elle t'avait fait, cette bête-là? Tu ne serais pas foutu de me le dire. Mais taper sur une bête qui ne peut pas se défendre, c'est bien dans ton caractère de sournois.

Arsène ne répondit pas et se mit à dételer le cheval. Victor, qui avait l'habitude de ménager son frère et de lui parler avec circonspection, n'était plus maître de retenir sa bile. Son indignation du traitement infligé au chien des Mindeur n'était sûrement pas feinte, mais Arsène sentit que la vraie raison de sa colère était ailleurs. Victor avait vu la somptueuse poupée rose et ne pardonnait pas à son frère d'avoir fait cette dépense pour Belette alors qu'il se montrait toujours si serré pour ses deux neveux. Victor se sentait injurié dans sa postérité. A cet accès d'humeur jalouse, Arsène apercevait d'autres raisons qu'il préférait ne pas approfondir.

— Ne viens pas me dire que c'est la faute aux Mindeur, rageait Victor. Ne viens pas me dire que c'est eux qui ont commencé.

— Je ne dis rien, fit observer Arsène.

— Voyons, intervint Louise, vous n'allez pas vous disputer pour une affaire de chiens, quand même.

— Je n'en ai guère envie, je vous assure bien, dit Arsène.

Victor crut percevoir dans cette réponse une intention dédaigneuse à son égard.

— Ça on le sait. Tout ce qu'on peut lui dire, il s'en moque, avec ses airs de commander. Monsieur nous méprise, tous autant qu'on est. Que ce soit sa mère, son frère ou bien les enfants, on est moins que rien. Il n'y a que sa Belette qui compte, même quand elle se fout de lui à son nez, comme c'est arrivé tout à l'heure. Nous autres, à ce qu'il se figure, on est juste bon à lui obéir.

Urbain, qui sortait de l'écurie, vint chercher le cheval et l'emmena par la bride. Il était encore à portée de l'entendre, lorsque Victor lança :

— C'est comme avec Urbain. Tu nous as fait voir de quoi t'es capable.

— Si tu continues, dit Arsène, je pourrais bien m'énerver aussi.

Dressés face à face, les deux frères, pour la première fois se mesuraient d'un regard lucide. Jusqu'alors, chacun d'eux, pour la commodité du travail commun et la paix de la famille, s'était appliqué à se tromper sur le compte de l'autre et à ne rien faire qui l'obligeât à se découvrir. Bien élevés par leur mère dans le respect humain et dans le sentiment des limites utiles, ils pratiquaient sans y penser l'art de vivre en famille, consistant à ne connaître de ses proches qu'une simple façade. Victor, qui s'abritait lui-même sous les apparences d'un homme pondéré et judicieux, avait toujours observé les règles du jeu et s'était contenté de considérer Arsène comme un garçon froid et volontaire, légèrement borné par son entêtement. Jamais il n'avait cherché à deviner sous cet abord ce qui parfois se laissait entrevoir de dureté implacable et de tendresse chaude, fidèle. Soudain, sans que rien dans leurs paroles, ni dans leurs attitudes, ne fût de nature à les éclairer, ils découvraient l'un chez l'autre ce qu'ils savaient depuis toujours et qu'ils avaient feint d'ignorer.

— Brute avec les bêtes, brute avec les gens, dit Victor. Un homme qui a tout fait pour nous, et pour toi plus que pour personne, le renvoyer comme un chien le jour où les forces commencent de lui manquer après trente ans de services. Si tu osais, tu le renverrais bien à coups de manche de fouet, lui aussi. Quand l'affaire viendra à se savoir dans le pays, on aura bonne façon, nous, devant les gens.

— C'est vrai, soupira Émilie, ce pauvre vieux, il pouvait rester encore sans gêner personne.

Louise trouva mauvais que sa bru eût une opinion sur la question et la renvoya à sa vaisselle. Victor s'emportait, signifiant à son frère qu'il était trop jeune pour prétendre imposer sa volonté.

— C'est fini de se laisser mener par ce gamin-là. Moi, je suis ton aîné. Et d'abord, Urbain, il ne partira pas d'ici.

— Moi, je te réponds qu'il partira en octobre et plus tôt si je veux. Je sais bien que ça ne te convient pas. Ce que tu voudrais, c'est profiter d'Urbain tant qu'il pourra encore aller et, si peu que ce soit, gagner sur lui jusqu'à tant qu'il crève comme une bête dans son fond d'écurie. Mais, moi ici, on ne verra pas ça. Tu auras beau dire des raisons, tu n'y changeras rien. Ici, c'est maman qui commande et avec sa permission, c'est moi qui décide. Toi, tu es là pour prendre des airs et pour t'occuper dans les coins. Autrement que ça, tu ne comptes pas.

— Ça, c'est plus fort que tout! Je ne compte pas, maintenant! Je voudrais bien savoir pourquoi tu te crois plus que moi dans la maison.

— Pourquoi, je serais en peine de te le dire. Mais c'est comme ça et, dans ton fond, tu le sais aussi bien que moi. Alors, ce n'est pas la peine de venir m'aboyer que tu décides ci ou bien ça. A pisser contre la bise, tu en seras toujours de mouiller tes sabots.

Arsène tourna le dos à son frère et alla prendre dans la voiture ses achats du matin, qu'il porta à la cuisine. Resté seul avec sa mère au milieu de la cour, Victor se plaignait amèrement de l'attitude d'Arsène à son égard. Elle essayait de l'apaiser et s'y prenait adroitement.

— Il aura toujours sa tête de bois, personne n'y peut rien. Avec lui, c'est de savoir le prendre, comme tu fais si bien d'habitude. Quand tu le prends comme il faut, sans te mettre en colère, tu finis toujours par avoir raison, et c'est lui qui fait ce que tu veux.

Victor savait qu'il n'en était rien, mais ces paroles lui étaient douces et il faisait semblant d'y croire.

13

Le curé de Vaux-le-Dévers, devant la nef pleine de fidèles, officiait distraitement en pensant à la Vouivre et se sentait déborder d'une sainte allégresse de lutteur. Il savait maintenant qu'elle n'était pas un mythe, car il l'avait vue. La veille au soir, dans le jardin de la cure, après avoir arrosé un carré de fraises, il marchait le long de la haute haie d'épines et de prunelliers qui le séparait de la route. Ainsi qu'il lui arrivait trop souvent, il rêvait à une situation matérielle confortable qui eût affirmé et augmenté l'autorité de son ministère. L'esprit souffle où il veut, il y consentait, mais la grâce, don exceptionnel, n'est qu'un appoint, et la culture méthodique des âmes campagnardes veut des moyens solides, substantiels. Il croyait qu'en sa possession, de bonnes terres au soleil et une bécane nickelée à changement de vitesse auraient fait plus pour la cause de Dieu que le sermon le plus touchant et le mieux envolé. Il ne trouvait là rien de choquant, au contraire. Dieu aime les moyens humains, humblement humains, même bassement humains, et son plus beau triomphe est d'obliger le diable à porter pierre. Dieu estime que la piété des gens riches est d'un bon exemple. Dans la Bible, le Seigneur bénit les bons bergers et multiplie le bétail de leurs troupeaux. Le curé de Vaux-le-Dévers songeait avec tristesse aux visites qu'il faisait aux indigents du village. Les secours spirituels, les seuls qu'il eût à offrir, étaient accueillis froidement. Sa soutane usée et ses godillots déformés faisaient mauvais effet sur les pauvres. Mais le maire, qui disposait des secours de la commune, pourtant bien maigres, pouvait compter sur les bulletins de vote des nécessiteux et leur bonne volonté anticléricale. Il était dans ces rêveries quand il entendit un bruit de pas. De l'autre côté de la haie, un couple murmurant s'avançait sur la route : « Il fait doux comme jamais de la vie, suggérait la voix de la grande Mindeur, c'est bien le soir à se causer dans l'herbe. » A quoi répondait une voix oppressée et fluette qui était peut-être celle de Voiturier : « Touche pas mes bretelles, je te dis. » Le curé avait plongé dans les épines pour essayer de voir à travers la haie, mais en vain et, s'avisant aussitôt qu'il venait de commettre un péché de curiosité, s'était transporté, dans un vague esprit de pénitence, de l'autre côté du jardin, face à la prairie où la vue s'étendait par-dessus la clôture de branches sèches. La campagne s'endormait dans le crépuscule au chant des crapauds, la lumière de la fin du jour s'évaporait de la terre et montait vers le ciel où flottait un croissant de lune transparent. La Vouivre, en robe blanche, marchait sur les prés fauchés derrière sa vipère. Elle était passée près du jardin à quelques pas de la haie, et dévisageait le curé sans la moindre gêne. En faisant le signe de la croix et en invoquant le secours d'en haut, il avait eu loisir d'examiner la maligne créature que le signe rédempteur ne semblait pas émouvoir. Il avait vu sa trompeuse beauté, ses yeux verts, son joyau rougeoyant des lueurs de l'enfer et, rampant à ses pieds, le serpent symbolique. D'abord, il s'était félicité de l'abominable vision qui tendait soudain les ressorts de son âme et mettait en œuvre les meilleures ressources de sa foi et de son amour. Mais le soir, en se retournant dans son lit sans pouvoir dormir, il s'était laissé tenter. Revenant à ses rêveries du jardin et sous couleur de travailler ainsi à ses œuvres de foi, il avait caressé le désir et même le projet d'entrer en possession du rubis. Le trésor de la Vouivre devait lui permettre de distribuer de grasses aumônes qui ramèneraient les brebis nécessiteuses, et de relever le prestige de la religion par d'importantes acquisitions, entre autres celle d'une bicyclette perfectionnée qui prouverait Dieu. Il y puiserait aussi de quoi soudoyer les consciences radicales et les remettre insidieusement dans le bon chemin. Le diable portera pierre précieuse, pensait-il, et dans les ténèbres où il s'empiégeait, ce bon mot l'avait fait rire tout haut. Aussitôt, il avait entendu, faisant écho à son propre rire, un rire aisément reconnaissable, même quand on l'entend pour la première fois. C'était d'ailleurs une maladresse du démon. S'il avait su résister au plaisir de triompher bruyamment, le pauvre curé risquait de s'enferrer jusqu'au bout dans ses déplorables projets.

L'officiant, qui n'en était encore qu'à l'*Introït*, ne pouvait détacher sa pensée du combat qu'il se préparait à mener contre le prince des ténèbres. Il ne doutait pas que la Vouivre eût pris pied dans la paroisse pour le prendre au piège et il pensait avec un peu d'orgueil que sa fonction sacerdotale et la pureté de son cœur, en faisant de lui le champion de Dieu à Vaux-le-Dévers, le désignaient tout naturellement à la haine et aux entreprises du malin. Mais avec l'appui du Seigneur, il était sûr de triompher et s'en réjouissait déjà. Chaque fois qu'il se tournait vers les fidèles, il s'attendrissait à l'idée de sa victoire qui ferait resplendir son troupeau de foi et d'espérance. Dans le chœur, devant l'autel, étaient agenouillés les enfants, garçons et filles se faisant face de part et d'autre de l'allée, et le curé se sentait fort de la charge de ces âmes innocentes qui lui incombait. Derrière les bancs des fillettes, les quatre hommes qui composaient le chœur chantaient, la tête haute, les paupières presque closes pour lire dans les gros livres ouverts sur le pupitre : *Sicut erat in principio et nunc et semper...* plus loin, dans la nef, était le gros du troupeau, les âmes lourdes et perméables, dont le diable ferait peut-être une masse de manœuvre et qu'il faudrait lui disputer. Plusieurs fois, le curé chercha Arsène Muselier parmi les hommes qui se tenaient debout au fond de l'église et pensa qu'il ferait bien de prendre contact avec un garçon qui avait déjà une connaissance assez intime de l'ennemie.

Arsène, lui, ne pensait pas à la Vouivre. Il avait d'ailleurs cessé de voir en elle une fille du démon. Sa santé joyeuse, ses propos sans détours et une franche saveur d'eau vive et de matin en faisaient une créature si transparente et si dépourvue de mystère qu'elle contredisait justement l'idée qu'il s'était formée des artifices et des subtilités ténébreuses de Satan. Peu curieux des raisons des choses, il se contentait de tenir la Vouivre pour un spécimen singulier de l'espèce humaine. Parmi tant de phénomènes élémentaires et de bon usage qu'il admettait, comme tout le monde, sans explication, il ne lui coûtait pas d'accueillir celui-là.

Arsène suivait la messe presque sans distraction et y puisait même des joies profondes qui n'étaient pas précisément d'une qualité mystique. Le village, qui constituait son univers comestible, se trouvait là condensé dans un ordre peut-être artificiel, moins vrai et moins subtil que celui de la vie courante, mais un ordre commode pour l'esprit et agréable à l'œil. Dieu reconnaissait facilement les siens, les bons travailleurs qui s'appliquaient à la prière comme à la charrue et qui portaient des habits soignés et du linge propre. Séparé de ses bêtes, les visages et les mains lavés au savon, le village renaissait des fatigues de la semaine, oubliait la terre en regardant le gros œil de Dieu, peint sur la voûte de l'abside. Dans les moments où l'harmonium et le plain-chant lui gonflaient la poitrine, Arsène se transportait en esprit dans le chœur au banc des enfants. Comme au premier dimanche qu'il y avait pris place, à l'âge de quatre ans, il s'émerveillait de l'incroyable vision. Le forgeron, qui lui apparaissait ordinairement dans les lueurs de la forge, les bras nus et le ventre ceint d'un tablier de cuir, se tenait à son pupitre en veston noir, chemise empesée, et chantait en latin. Oui, en latin. Et Noël Mindeur, Léon Geindre et Julien Maitrot chantaient aussi en latin. Au banc des fillettes, il revoyait Juliette, plus jolie et plus grave que ses compagnes et leurs regards se rencontraient encore. Parfois, il lui semblait y apercevoir Belette, si petite qu'elle aurait bien pu compter parmi les élèves du catéchisme.

En réalité, Belette était dans les grands bancs de la nef avec Louise et sa bru. D'habitude, elle se retournait souvent pour chercher le regard d'Arsène, malgré les remontrances de Louise. Mais depuis le jour de la poupée, ils étaient un peu séparés par le souvenir de l'incident. Leurs promenades du soir étaient presque silencieuses et les rares paroles qu'ils échangeaient ne faisaient qu'augmenter leur embarras, car elles n'exprimaient rien de ce qui leur occupait l'esprit. La messe ennuyait Belette, mais ce matin-là, elle priait la Vierge avec une ferveur que Louise ne soupçonnait pas. « Sainte Marie, Mère de

Dieu, faites que je grandisse, disait-elle tout bas. Tellement je suis petite, ma tête ne dépasse pas le dessus du banc. Faites que je grandisse au moins d'une demi-tête. Je ne vous demande que mon dû. J'ai eu seize ans du mois passé et tout le monde dit que j'en parais douze. Sainte Marie, Mère de Dieu, laissez-moi grandir, je vous revaudrai ça dans mes prières. Ce qu'il me faudrait aussi, c'est une bonne paire de nichons. C'est peut-être ce qui me manque le plus. Je suis restée plate comme le dos de la main. Il y en a plus d'un pour me le dire. Les garçons, vous savez ce que c'est, pas gênés de vous mettre les mains n'importe où. Alors, moi, de quoi j'ai l'air. J'aurais seulement un bon corsage, je paraîtrais facilement seize ans. Je vous salue, Marie pleine de grâce.»

De l'autre côté de l'allée, Juliette Mindeur remerciait la Vierge de l'avoir exaucée en faisant obstacle au mariage d'Arsène et de Rose Voiturier et lui confiait toutes ses espérances. Céleste Mindeur, sa mère, agenouillée à l'extrémité du banc près d'un pilier, la tête à hauteur des orteils roses de saint François-Xavier, priait le bon saint de vouloir bien empêcher Germaine de rejoindre Victor Muselier. Comme chaque dimanche matin, il avait fallu laisser la dévorante à la maison, car sa présence à la messe était un scandale. Elle mangeait les hommes des yeux et une fois même elle avait dévisagé saint François-Xavier d'une manière qui avait fait rougir ses parents. Le pire était qu'à la sortie de l'église, échappant à toute surveillance, elle se saisissait d'un homme et l'emportait au galop. Le curé lui-même avait prié Noël, dont la qualité de chantre l'inclinait pourtant à l'indulgence, de ne plus amener sa fille aînée à la messe du dimanche. Une telle interdiction ne s'inspirait peut-être pas de l'esprit évangélique, mais la discipline d'abord. Jésus semait le bon grain d'une main généreuse, mais n'avait pas le souci de surveiller la récolte dans une paroisse aux trois quarts radicale et, d'autre part, sa pécheresse n'était pas un tambour-major, une bacchante, une jument embrasée, une force de la nature, ignorante du bien et du mal. Le curé était bien obligé de faire son office de curé. Même, il avait dû interdire à Germaine l'accès au confessionnal, car elle s'exaltait en confiant ses péchés, horribles par le nombre, et les décrivait avec une grande voix d'ouragan qui emplissait l'église, saisissant dans son tourbillon les pécheurs de peu, qui attendaient leur tour, le sacristain quand d'occasion, et le confesseur lui-même suant à son guichet.

A la sortie de la messe, Arsène accompagna sa mère et sa belle-sœur dans le cimetière et les laissa devant les tombes de la famille. Belette, selon l'habitude, était aussitôt partie pour la ferme où l'attendaient des occupations et il craignait de la laisser seule avec Victor. En se penchant sur les tombes de ses garçons, Louise ne sentait rien qui ressemblât, même de loin, à de la douleur, à peine éprouvait-elle un attendrissement furtif, qui était presque un plaisir, en pensant à Denis, celui qui était doux comme une fille et qui reposait là, dans son uniforme bleu horizon, avec un trou dans la tête, et à Vincent, qui avait perdu son corps dans les falaises de la Champagne. Et le souvenir d'Alexandre, le mari défunt depuis vingt ans, ne l'émouvait plus. Elle ne pensait pas à se reprocher d'être oublieuse et trouvait naturel que les chagrins vieillissent plus vite que les vivants. Dans une maison, à s'occuper des gens et des bêtes, on se trouve d'avoir toujours à faire, et les morts ne viennent pas vous aider. Depuis dix ans, elle voulait planter autour des trois tombes une bordure de buis, mais les jours n'étaient jamais assez grands pour la besogne qui réclamait, le temps de planter manquait toujours.

Les deux femmes remuaient des pots de fleurs et des boîtes de conserves rouillées où se desséchaient des fleurs du dimanche passé. Émilie s'affairait avec la bonne volonté d'un chien battu qui cherche à rentrer en grâce. Louise lui fit observer d'un ton pincé :

— Vos deux garçons ont encore filé sans se montrer. Ça les aurait dérangés de venir sur les tombes.

— Vous savez ce que c'est, plaida Émilie, ils se sont trouvés à la sortie avec les autres. Alors, hein?

— Avec ces raisons-là, on pardonne Judas. Moi, si j'avais élevé les miens comme ça, j'en aurais fait des jolis sujets. Il faut quand même n'avoir pas grand-chose de cœur. C'est vrai que du moment qu'ils se sentent encouragés, ils en font à leur tête.

Émilie, courbée au chevet de la dalle de son beau-père, se mit à pleurer en silence. Aveuglée par les larmes, gênée par son chapeau fleuri qui lui tombait aux sourcils, la bru faillit casser un pot d'hortensias. Louise ricana et poursuivit :

— Je ne sais pas ce qu'ils deviendront plus tard. En tout cas, ils commencent bien. N'avoir pas seulement la chose d'être à ses morts cinq minutes par semaine, c'est honteux. Comme disait ma tante Anaïs : « Qui manque à ses morts se prépare des torts. » Quand je pense. Leur pauvre grand-père...

Louise faillit dire : « Leur pauvre grand-père qui les aimait tant », et se souvint à temps qu'il était mort plus de dix années avant la naissance de ses petits-enfants. S'avisant alors des larmes d'Émilie, elle la pressa d'aller puiser de l'eau à la source afin qu'en passant parmi les groupes éparpillés dans le cimetière, son visage en pleurs témoignât publiquement de la douleur et de la fidélité aux morts, qu'on entretenait dans la famille. Elle-même n'eût pas consenti à en donner la comédie, mais en l'occasion, elle obéissait à l'habitude de ne rien laisser se perdre.

La source coulait au pied du cimetière, devant la petite maison de Requiem, qui se dressait au bord de la prairie, au milieu d'un bouquet d'arbres et de haie sauvage. Requiem, sur le pas de sa porte, se tenait debout, les regards au ciel.

— Te voilà donc que tu es tout seul, à présent, mon pauvre Requiem? dit Émilie.

— Il a bien fallu qu'elle s'en aille, soupira Requiem. Dans son monde, on ne fait pas ce qu'on veut. Ici, elle n'était que de passer.

Il s'avança vers elle et lui prit des mains son récipient, pour aller l'emplir à la source. Émilie remercia. Son corset, dit-elle, la gênait pour se baisser. Il mit un genou en terre et plongea l'ustensile dans l'eau froide. En se relevant, il regarda sa maison et la montra de la main à Émilie.

— Je ne reconnais plus la maison. Quand elle était là, il poussait des fleurs partout. Du matin au soir, c'étaient des chansons. Elle chantait comme un oiseau. Il fallait la voir, toujours dans des robes de princesse et des airs comme personne d'ici. Ce qui la gênait, c'est que moi, j'étais loin d'avoir son éducation. Les premiers temps qu'elle était là, je buvais bien souvent plus que mon compte, je peux le dire à présent que je me suis rangé. Alors, elle, elle avait de la peine. Tu t'es encore saoulé la gueule, qu'elle me disait. Mais gentiment. Avec ses manières de demoiselle que, moi, je me trouvais honteux. C'est comme ça que l'habitude de boire m'a passé. Elle était si belle. Une princesse, que c'était. Une madone.

— Chacun a bien ses peines, dit Émilie.

Requiem l'accompagna quelques pas et lui remit sa charge en arrivant au sentier qui montait au cimetière.

— Je vais quand même aller jusque chez Judet, dit-il en la quittant.

En été, le dimanche, Judet disposait dans la cour de son établissement deux longues tables de bois à l'ombre des acacias. Pendant la messe, les hommes sans Dieu venaient s'y asseoir et, à l'occasion, les bons chrétiens s'y arrêtaient après l'office. Pour la plupart, les uns et les autres se réservaient d'ailleurs de venir s'attabler l'après-midi plus à loisir. Les buveurs du dimanche matin étaient rarement plus d'une douzaine. En arrivant en vue du café Judet, Arsène aperçut Voiturier assis au bout d'une table en compagnie de Beuillat, le fiancé de sa fille. Les deux hommes ne se parlaient pas et paraissaient presque embarrassés de se trouver ensemble. A l'autre bout de la même table était assis un groupe de quatre hommes, mais Voiturier répugnait à introduire Beuillat dans la société de ses compagnons habituels et préférait s'ennuyer en tête à tête. Arsène eut le temps de délibérer s'il s'arrêterait ou non chez Judet. Malgré son désir de rentrer, il fit halte dans la cour du café et manœuvra habilement à engager la conversation avec Beuillat. Le maire saisit l'occasion d'aller se mêler aux autres buveurs qui lui surent gré de ne pas leur imposer la compagnie d'un garçon qu'ils jugeaient sévèrement. Du reste, on put supposer que Voiturier regrettait le choix d'un tel gendre, car il resta presque silencieux, l'air absent et soucieux. En effet, il était très loin d'eux et du café Judet, mais Beuillat n'était pour rien dans cette absence. La tragédie antique, la shakespearienne et les drames d'Alexandre Dumas ne proposent que des situations d'une horreur médiocre, comparées à celle où se débattait Voiturier depuis qu'il avait vu la Vouivre. Les vérités éternelles de la religion resplendissaient à ses yeux, et l'apparition de la Vouivre, par un enchaînement logique et inexorable que sa raison saisissait trop bien, ruinait son idéal républicain, anticlérical et progressiste. Mais lui, adossé à l'enfer, se jurait de lutter contre Dieu pour la République laïque et démocratique aux côtés de son député radical. Comme tous les héros, il connaissait des moments de détresse et de défaillance. Souvent, il avait soif de Jésus, de la Sainte Vierge, et enfourchait sa bécane pour aller se jeter aux pieds du Sauveur, baiser la robe de sainte Philomène ou les sandales de saint François-Xavier. Mais sur le chemin, il se reprenait en pensant au triomphe insolent de la clique réactionnaire, au désarroi de ses fidèles électeurs et à sa propre confusion en face de son député qui le regarderait tristement en caressant sa barbe noire. Se résignant alors à un compromis, il allait faire son signe de croix derrière un buisson et se rafraîchissait d'un *Ave* murmuré les mains jointes, parfois même se recommandant à Dieu et plaidant une cause qu'il savait désespérée. « Mon Dieu, disait-il, ce que j'en fais, c'est pour la justice. » Le soir, chez lui, après dîner, quand les domestiques étaient partis et qu'il se trouvait seul avec sa fille, il retrempait ses résolutions en évoquant les luttes et les humiliations d'autrefois. « Ces cochons-là, ils voulaient nous dominer. De ce temps-là, il n'y en avait que pour la soutane. On n'était pas seulement chez soi. Le curé fourrait son nez partout, jusque sous vos couvertures. Et il emmerdait la mairie et les conseillers, il tenait le maître d'école, le garde champêtre, le cantonnier, le percepteur, le juge de paix. Ceux de la clique avaient tous les droits, et nous, on était de fermer nos gueules. Mais bon Dieu, on reverra pas ça. » Il sentait remuer en lui des raisons philosophiques qu'il essayait de faire surgir sous la lampe, mais qui restaient prises dans un bloc informe et n'arrivaient pas à s'exprimer. Rose, observant chez son père un changement d'humeur dont la cause lui échappait en partie, en avait profité pour lui découvrir les prétentions de Beuillat. Dans un autre temps, Voiturier n'eût jamais consenti à un gendre bagué et pommadé qui renâclait à la glèbe. Mais, la conscience torturée, l'esprit absorbé par la lutte impie, il voulait au moins avoir la paix dans sa maison. Après une faible résistance, il avait donné son agrément.

Sur la route, les sœurs Moineau passèrent devant le café et les compagnons du maire échangèrent des sourires à la vue de ces trois vieilles filles réputées les plus pieuses de la paroisse. Voiturier, empoignant son verre, prit une mouche qui était en train de s'y noyer et l'éleva en l'air à la façon d'une hostie en récitant : *Agnus Dei, qui tollit peccata mundi, miserere nobis.* Pendant qu'il se livrait à cette facétie, son visage devenait livide, ses narines se pinçaient. Le simulacre parut audacieux, mais fit rire. Quoique un peu choqués, les buveurs reconnaissaient dans cette plaisanterie un humour vigilant qui était comme une garantie. Pour Voiturier, il ne s'agissait pas d'une plaisanterie, mais d'un blasphème proféré délibérément, dont il mesurait les conséquences avec une horreur lucide. Il voyait le glaive du Seigneur pointé sur sa poitrine, et la Vierge, sainte Philomène et saint François· Xavier s'écarter de lui avec dégoût pendant que le diable mettait une chaudière à bouillir sur le feu éternel. Avec un héroïsme surhumain, il choisissait de se damner sans rémission pour rester fidèle à son idéal de laïcité et mériter ainsi l'estime du député de l'arrondissement. « Voiturier, lui dirait le député, vous êtes un martyr de la cause radicale, mais vos souffrances éternelles n'auront pas été inutiles, car c'est avec des lapins de votre espèce qu'on arrivera un jour à foutre les curés à la porte. » Et peut-être qu'il lui ferait avoir la Légion d'honneur.

A l'autre bout de la table, Arsène n'avait presque rien à dire. La faiblesse de Beuillat résidait dans un tempérament sanguin, une fatuité d'incompris et une certaine facilité à discourir. Il suffisait, par une parole adroite, d'offrir une pente à ses confidences. Arsène n'apprit du reste rien de plus que ce qu'il savait déjà. Rose Voiturier n'était pour Beuillat qu'un pis-aller. Il craignait que ce mariage, au lieu de l'affranchir, ne le mît sous la tutelle du beau-père et ne le condamnât au travail de la terre. D'autre part, Rose n'était pas belle et ne lui inspirait qu'un sentiment des plus tempérés. Arsène le laissa venir de lui-même à la Vouivre. Beuillat, feignant l'incrédulité, lui demanda en riant s'il l'avait vue.

— Je la vois souvent, répondit Arsène. Je lui ai même causé. Je te dis ça entre nous.

Le visage rouge de Beuillat prit une couleur rouge plus foncée et ses yeux brillèrent.

— Son rubis?

— Un beau morceau. J'ai pu le regarder de près. Il en vaut la peine, mais pour mettre la main dessus, ce n'est pas une besogne qu'on peut mener tout seul. L'autre jour, tiens, j'ai eu une belle occasion. Si je n'avais pas eu mal au pied, je me risquais quand même. Seulement, tu t'en doutes, il s'agit de courir.

— Pour ce qui est de courir, fit observer Beuillat, tu me connais. Des qui courent comme moi, je n'en vois guère dans le pays.

Arsène hocha la tête sans répondre et, après avoir regardé sa montre, se leva de table.

14

Le samedi suivant, vers huit heures du soir, au
retour des champs et après avoir dîné de pain et de
fromage, Arsène et Urbain quittèrent la ferme avec
une voiture chargée de briques, de tuiles, de pièces
de bois et d'autres matériaux de construction. Elle
était si lourde que le cheval eut de la peine à démar-
rer. Arsène, qui avait depuis longtemps passé commande au charpentier et au menuisier, ne s'était
décidé que l'avant-veille à faire connaître chez lui
ses projets. Il s'agissait de bâtir une maison à Urbain
sur le terrain communal de la Reveuillée. A Vaux-
le-Dévers, l'usage accordait à tout homme sans toit,
qu'il fût résident ou étranger, le droit de construire
une maison sur les terrains communaux, et les jouissances et prérogatives de propriétaire, pourvu qu'elle
fût élevée en une seule nuit. Cette condition n'était
pas seulement une précaution restrictive. Elle servait aussi d'alibi à la commune, car on ne saurait,
sans honte, aliéner une partie de son bien, même en
faveur d'une personne sans abri. Lorsqu'une maison
venait de se bâtir dans la nuit, la commune n'avait
pas à se reprocher la faiblesse d'un abandon chari-

table. Elle se trouvait en face d'un fait accompli. Arsène avait choisi un bout de pré communal en bordure de la route, à une centaine de mètres de chez Mindeur. Urbain pourrait apercevoir, à travers les arbres, la maison où il avait travaillé pendant trente ans. Le choix de l'emplacement offrait aussi l'avantage de contrarier les Mindeur qui avaient l'habitude d'y lâcher leurs cochons.

Dans l'ensemble, la famille avait accueilli fraîchement la décision d'Arsène. On y voyait une hâte indécente et presque injurieuse pour le vieux. On avait l'air de lui forcer la main, comme si l'on craignait de le voir s'incruster à la ferme. C'était d'autant plus gênant que Louise n'avait cessé de répéter au vieux que son départ ne pressait pas, qu'il eût à prendre son temps pour se préparer à une nouvelle existence et qu'il trouverait toujours à la ferme le vivre et le couvert. Cette mise en demeure soudaine le vexait et le chagrinait. En outre, on trouvait saugrenue l'idée de construire une maison de quatre sous, nécessairement réduite, alors qu'il y avait à Vaux-le-Dévers plusieurs maisons à louer où, moyennant une faible dépense, Urbain trouverait plus d'espace et de commodités. A toutes ces objections, ouvertement formulées, Arsène n'avait pas cru devoir opposer ses raisons et s'était borné à déclarer : « Ce qui est décidé est décidé. Si la maison ne lui plaît pas, il sera toujours libre d'aller s'installer ailleurs. »

Victor, de la fenêtre de la cuisine, assista au départ de la voiture avec une muette indignation. Il s'interdisait de prêter la main à ce qu'il considérait comme une exécution inique, vexatoire, et plus encore, une sottise. Depuis l'avant-veille, il ne s'était pas fait faute d'éclairer Urbain sur les sentiments qui incitaient Arsène à cette entreprise et les inconvénients matériels qu'elle offrait. A plusieurs reprises, il l'avait pressé de se déclarer fermement contre le projet. Le vieux n'avait pas répondu. Pourtant, lui aussi, et plus que personne, il était hostile à l'entreprise. La maison elle-même lui importait peu. Il ne s'arrêtait pas à en peser les avantages et les inconvénients. Mais l'empressement d'Arsène à l'écarter de la ferme et surtout sa constance dans la dureté emplissaient son cœur d'amertume. En pensant aux soins et à la tendresse qu'il avait prodigués au garçon dès son plus jeune âge, il lui semblait avoir donné son affection à un monstre. Il se disait qu'il eût mieux fait d'aimer un chien.

Arsène menait le cheval par la bride. Il n'y avait pas plus de trois cents mètres à marcher. On apercevait le buisson d'églantines poussé au bord du terrain, près de la route. Urbain suivait à côté de la voiture, les yeux fixés sur la silhouette courte et puissante du garçon au cœur sec. Sans lui, pensait-il, nul n'aurait jamais songé à le renvoyer, et il eût fini ses jours là où s'était écoulée une moitié de sa vie. Urbain n'avait jamais ignoré que le jeune maître fût dur, mais jusqu'alors, il avait cru à son amitié, et sa désillusion lui était plus douloureuse que l'idée de la séparation et de la solitude. Tout à l'heure, dans l'écurie, en posant le harnais sur le dos du cheval, et comme Arsène s'approchait pour lui donner un coup de main, il avait failli lui demander pourquoi il lui en voulait, mais sa fierté l'avait étranglé.

Il faisait encore jour, mais comme le soleil était couché, on pouvait se mettre au travail. Jouquier, le maçon, venait d'arriver avec une voiture à bras transportant ses outils et des sacs de chaux. Son fils devait le rejoindre dans la soirée. Le maçon promenait déjà son mètre pliant sur le terrain et plantait des jalons dans la terre. La maison d'Arsène devait se composer de deux pièces, l'une regardant la route et les haies, l'autre la rivière. Arsène avait voulu que la façade vînt s'encadrer entre un frêne et un cerisier distants de huit à dix mètres. Comme le temps était mesuré, on avait décidé d'économiser sur la maçonnerie qui était le travail le plus long et de multiplier les ouvertures. Chacune des pièces aurait deux grandes fenêtres que le menuisier n'aurait qu'à poser le moment venu. Les murs seraient constitués par une forte ossature de bois, la brique comblant les intervalles. La première besogne fut de creuser quatre trous afin de planter les montants qui soutiendraient la carcasse aux quatre coins de l'édifice. Ayant dételé le cheval qui rentra seul à la maison, le vieux, plein de rancœur, se mit à creuser avec la conscience qu'il apportait à toute espèce de besogne. La terre n'avait jamais été remuée, sinon en surface par les cochons de Mindeur, et la sécheresse de l'été l'avait encore durcie. Pendant qu'Arsène et Urbain piochaient, Jouquier creusait une rigole le long d'un cordeau tendu entre les trous. Comme il s'agissait d'une construction légère, les fondations devaient être peu profondes. Le menuisier et le charpentier arrivèrent ensemble avec une voiture chargée de pièces de charpente, de fenêtres, de portes et de planches. Sans prendre le temps d'un bonjour, ils se mirent à décharger en rangeant les pièces dans un ordre commode et profitèrent du reste de jour pour procéder à certains assemblages. Pressés par l'heure, les six hommes travaillaient en silence, sauf Jouquier qui s'emportait contre le retard de son garçon. « Vous verrez que ce feignant-là, il sera resté à traîner chez Judet. Un samedi soir, il n'y a plus moyen de les tenir, à présent. » Quelques curieux s'arrêtaient au bord du chemin et, gênés d'être eux-mêmes inactifs, s'éloignaient presque aussitôt. Beuillat vint offrir ses services à Arsène, mais sans chaleur et en ayant soin de faire observer qu'il n'était pas en tenue de travail. Arsène déclina et, profitant d'une minute où ils se trouvaient un peu à l'écart des autres, lui dit à mi-voix : « Demain après-midi à cinq heures à l'étang des Noues, près du déversoir. » Beuillat n'était venu que pour s'assurer de ce rendez-vous.

— Ça m'aurait fait plaisir de vous aider, dit-il, mais je n'insiste pas.

Les Mindeur étaient à table et voyaient le chantier par la fenêtre de la cuisine. Ce n'est pas nos affaires, disait Noël, mais lui-même ne pouvait s'empêcher de surveiller les progrès des travaux. La carcasse de la façade était déjà ébauchée et se dressait comme un portique dans la lumière du soir. Armand espérait que la bâtisse s'écroulerait avant peu et peut-être sur la tête d'Arsène.

— Et d'abord, ils ont vu trop grand. Avant qu'il soit jour, je suis sûr qu'ils n'en auront pas seulement fait la moitié.

— S'ils vont de ce train-là, fit observer Juliette, je croirais plutôt que leur maison, elle sera finie au milieu de la nuit.

— Toi, quand il s'agit de parier pour Arsène, tu n'es jamais en retard. Mais ce n'est pas de le regarder avec des yeux de carpe qui l'avancera.

— Finie ou pas, dit Noël, c'est du pareil. Personne qui viendra chicaner là-dessus. Il y a trois ans, je me rappelle quand le magasin a bâti la sienne, il y avait juste deux murs debout au soleil levé. On n'a pas été lui chercher des poux dans la tête.

— Ça se peut, répliqua Armand, mais moi, je suis citoyen de la commune, et si tout n'a pas été fait comme il faut, je ne me gênerai pas de réclamer. A chacun son droit. S'ils veulent nous empêcher de mettre nos cochons dans le terrain, qu'au moins ils fassent leur travail comme ça se doit. Autrement, ce serait trop commode. Je ne vois pas pourquoi j'irais faire un cadeau à Arsène. Il ne m'en fait pas, lui.

— Tu me feras le plaisir de rester tranquille. On aurait bon air d'empêcher Urbain de se faire un logement. Moi, ça ne me gêne pas qu'il vienne là.

— Vous ferez comme vous voudrez, mais moi, j'empêcherai qu'on vole la commune. Et il faudra bien que les autres m'écoutent et me donnent raison.

Noël faillit s'emporter, mais Juliette lui dit avec un air de quiétude qui mit son frère en fureur :

— Laissez donc, papa, la maison sera sûrement finie demain matin. Il en sera de s'être monté la tête pour rien.

Germaine était restée étrangère à la dispute et le regard de ses beaux yeux de vache ne quittait pas la fenêtre. La vue de tous ces hommes s'affairant à portée de voix lui avait mis le sang en mouvement. Vers le milieu du dîner, elle ne put tenir sur sa chaise.

— Il me semble d'avoir entendu rejinguer le cheval dans l'écurie, répondit-elle à une question de sa mère. Je vais voir s'il ne se serait pas détaché.

— Reste à ta place, ordonna le père.

La dévorante se laissa retomber sur sa chaise. La poitrine se gonfla jusqu'au milieu de la table et exhala un soupir qui rabattit une moustache de Noël contre son oreille et alla dresser les poils du chat dans un coin de la cuisine.

Le charpentier avait pris la direction des travaux, distribuant et coordonnant les efforts. La disposition des pièces de bois qui formaient l'ossature des murs relevait de sa spécialité. Bien qu'elle eût été prévue, calculée, elle laissait place à l'inspiration et posait à chaque instant des problèmes. Pendant qu'il mettait les éléments en place et les ajustait, le menuisier clouait, rognait des ais, enfonçait des coins. Jouquier garnissait les intervalles de briques et de mortier. Arsène et Urbain faisaient besogne de manœuvres, apportant les matériaux à pied d'œuvre, creusant des trous et modifiant, selon les besoins, l'inclinaison des phares à acétylène. Belette arriva vers dix heures et s'employa utilement à l'éclairage en se transportant avec un phare sur tous les points du chantier où on la réclamait. En se déplaçant dans la nuit noire, le faisceau de lumière blanche faisait brusquement surgir un homme dans le champ des projecteurs, ou découvrait de l'autre côté de la route des gerbes de blé alignées sur le chaume. Belette prenait plaisir à ces revanches sur la nuit et était tentée de suivre sa fantaisie, mais les hommes n'avaient égard ni à son sexe, ni à sa jeunesse et la rappelaient à l'ordre en jurant mille dieux. Peu après son arrivée, on entendit un énorme galop de savates sur la route et Germaine Mindeur déboucha dans la lumière des phares qui la laissa d'abord éblouie. Elle s'était arrêtée court, mais ses yeux clignotants cherchaient déjà une proie. La poitrine et la croupe se donnaient un mouvement lent qui prenait de l'amplitude. Arsène, occupé avec Urbain à porter un lourd poteau, mesura le danger. Il eut l'inspiration de confier son fardeau à la dévorante et lui demanda de le remettre aux mains du charpentier. Elle prit le poteau à deux mains, équilibra habilement la charge et s'ébranla d'un pas ferme et prudent. Ses ardeurs étaient déjà assoupies. Lorsqu'il exigeait une grande dépense musculaire, le travail la fascinait. Arsène n'eut pas besoin de lui proposer d'autres tâches. Elle se mit aux ordres du charpentier et, ne sachant plus pourquoi elle était venue, abattit le travail de plusieurs machines à vapeur. Certains problèmes de mise en place s'en trouvèrent notablement simplifiés. Les hommes s'en émerveillaient. Belette s'oublia plus d'une fois à considérer la poitrine qui lui arrachait des soupirs d'envie.

Urbain s'était laissé prendre à la fièvre de ses compagnons et en oubliait sa rancœur. Comme les autres, il jouait contre l'heure et contre la nuit et, les nerfs tendus par la course, ne pensait plus qu'à gagner le pari. Le sens et la destination de l'entreprise s'étaient presque effacés de son esprit. Pourtant, à plusieurs reprises, il lui arriva de s'arrêter en face de la maison pour en avoir une vue d'ensemble. Dans la lumière des phares, l'ébauche se précisait, prenait forme. Il en éprouvait chaque fois un léger saisissement et se remettait à l'ouvrage avec le sentiment confus et fugitif qu'un changement s'opérait dans sa personne. Peu à peu, un lien semblait se nouer entre la maison et lui.

Il était plus d'onze heures quand René Jouquier, le fils du maçon, arriva sur le chantier. Il avoua sans la moindre gêne s'être attardé chez Judet en nombreuse compagnie et comme son père le lui reprochait en termes vifs, il répondit que pour avoir passé deux heures au café, il ne serait pas plus pauvre le lendemain. En effet, le maçon n'avait pas voulu que ce travail de nuit lui fût payé. Et le charpentier et le menuisier ne l'avaient pas voulu non plus. Il ne s'agissait pas seulement d'un service amical, mais encore d'un pari tenu en commun. Une rétribution n'aurait pas été dans l'esprit de cette course contre le temps et la victoire escomptée eût paru moins belle. La réflexion du garçon parut à Jouquier si indécente qu'il lâcha sa truelle et se jeta sur lui en criant cochon, tu me fais honte. Mais le charpentier fut assez prompt pour l'empêcher de se faire justice.

— Demain matin, dit-il à Jouquier, tu lui flanqueras la correction qu'il mérite. Mais pour ce soir, on n'a pas le temps.

— C'est bon, acquiesça le maçon en reprenant sa truelle. Mais tu vas me foutre le camp, tout de suite. Ici on est tous des gens qui savent les manières. Un goret, on n'en a pas besoin. Hors d'ici, mal poli.

Le garçon s'effaça dans la nuit, le temps de laisser s'apaiser la colère paternelle, et quelques minutes plus tard, revint furtivement prendre sa part de l'effort. Jouquier voulut bien ignorer sa présence jusqu'à ce qu'il se fût racheté par un zèle persévérant. L'apport d'une deuxième truelle se fit heureusement sentir. La maçonnerie montait plus vite entre les intervalles de bois, et la carcasse des murs prenait corps. A une heure du matin, les travaux étaient assez avancés pour que le charpentier se désintéressât des murs et amorçât la mise en place de la charpente. Arsène distribua des casse-croûte et fit circuler des bouteilles de vin. La pause ne dura pas plus de cinq minutes, mais on s'aperçut que Germaine Mindeur en avait profité pour s'enfuir en emportant le fils du maçon. Il avait suffi de ce court répit pour que la dévorante, échappant à la fascination du travail, sentît se réveiller ses ardeurs. Heureusement, le garçon, à la faveur de la nuit, put s'échapper au bout d'un quart d'heure et reprendre la truelle. Cette fois, Jouquier ne lui fit aucun reproche. On ne saurait reprocher à personne d'avoir été surpris et roulé par la tempête. Quoique inassouvie, Germaine vint reprendre sa place au chantier.

Quand le ciel commença à blanchir sur la forêt, les maçons en avaient fini avec les murs extérieurs et travaillaient à la cloison intérieure. Ayant déjà mis en place les fenêtres et les persiennes, le menuisier posait les serrures des portes. Sur le toit, il restait à consolider l'assemblage des pièces de charpente. Le charpentier y mettait la dernière main. Arsène clouait les lattes où devaient s'accrocher les tuiles de la toiture. On avait encore une heure devant soi jusqu'au lever du soleil. La surface à couvrir n'était pas grande, mais Arsène avait fait choix de petites tuiles plates qui faisaient nombre à la rangée. Il fallut mettre quatre couvreurs au travail. Les autres faisaient la chaîne pour passer les tuiles. A cheval sur l'arête faîtière, et retroussée jusqu'au haut des cuisses, la grande Mindeur recevait les charges de tuiles que Jouquier lui tendait du haut de l'échelle et les distribuait entre les quatre compagnons. La besogne allait vite, mais le ciel se dorait déjà sur les bois, la rosée brillait sur les haies, sur les chaumes, et un merle se mit à siffler. Chez les Mindeur, Armand apparut à la fenêtre de la cuisine, tenant ostensiblement sa montre à la main, prêt à accourir et à constater, le cas échéant, que la maison n'était pas achevée au lever du soleil. L'un des arbres qui l'encadraient lui dissimulant une partie du bâtiment, il sortit pour en avoir une vue plus complète et faillit s'étrangler de rage en découvrant, au sommet du toit, les cuisses de sa sœur, toutes ruisselantes des feux de l'aurore.

La dernière tuile posée, les compagnons ramassèrent leurs outils et s'éloignèrent sans donner seulement un coup d'œil à la maison. Aussi fraîche que si elle fût sortie de son lit et ne comprenant pas qu'ils étaient exténués, la dévorante leur emboîta le pas. Arsène, resté seul sur le toit, entendait résonner son grand rire gourmand. Finis donc, grande salope, gémissaient les hommes avec des voix dolentes. Belette, titubant de fatigue, cheminait vers la ferme et la voyant si chétive et frileuse dans la lumière de l'aube, il fut pris d'un remords et d'une tendre inquiétude. Lui-même était harassé, les membres gourds, et le froid du petit matin le fit frissonner. Comme il mettait le pied à l'échelle, il vit le soleil émerger derrière la ligne des bois dans un ciel de rose et de paille. Tous les oiseaux de l'été chantaient. Une cheminée se mit à fumer au milieu du village.

Les entours de la maison étaient jonchés de briques, de tuiles, de morceaux de bois et de débris de toutes sortes. Arsène eut la coquetterie de déblayer les abords de la façade, mais il dut se mettre seul à la besogne. Urbain ne prenait même pas garde à lui et semblait avoir oublié sa présence. Sans cesse, il sortait de sa maison pour en faire le tour, y rentrait, arpentait les deux pièces, ne se lassant pas d'ouvrir et de fermer les fenêtres. Arsène dut l'appeler trois fois pour qu'il consentît à venir se réchauffer d'un coup d'eau-de-vie. Pressé de retourner à sa maison, il avala son tord-boyau comme on expédie une corvée. Pour sa part, il ne sentait ni le froid, ni la fatigue et piaffait d'impatience.

— Attendez donc, lui dit Arsène. La maison, ce n'est pas tout. Il faut penser aussi au reste qui ne se fera pas dans une nuit.

Arsène se mit à parler jardin, clôture, basse-cour, porcherie. Urbain, devenu attentif, opinait en silence.

— Quand vous serez chez vous, ce n'est pas l'ouvrage qui vous manquera. A l'automne qui vient, je vous en vois déjà sur les bras. Je demanderai à ma mère de vous laisser le champ des Jacriaux. Vous en serez de labourer avant de faire vos semailles. Cet hiver, vous n'arrêterez pas non plus.

A la pensée de tout ce travail qui l'attendait, Urbain sentait son cœur s'élargir. Il lui semblait voir fleurir sa maison.

— Maintenant, si vous voulez, on va s'en aller prévenir Voiturier. Je crois qu'on ferait bien de fermer la maison, hein?

— C'est ce que je pensais aussi, dit Urbain.

Il entra encore une fois dans la maison pour se donner la joie de tirer les persiennes. En sortant, il ferma la porte à double tour et, après avoir ôté la clef de la serrure, hésita sur ce qu'il convenait d'en faire. Arsène l'attendait sur la route et adressait un signe d'amitié à Juliette, apparue sur le pas de la porte. Le vieux se décida à mettre la clef dans sa poche et eut un large sourire. Sur la route, il se retourna vingt fois pour voir sa maison. La distance rendait plus sensible le changement qu'elle introduisait dans un paysage familier. Lorsqu'elle eut cessé d'être visible, il saisit le bras d'Arsène et se mit à le serrer. Il ne pensait plus à sa maison, mais au grand bonheur qu'il avait cru perdre et que l'aube lui rendait. Soudain, il sentit la fatigue du travail de la nuit peser à ses épaules et dans tous ses membres. Il lui sembla porter encore un fardeau et sa haute taille se voûta un peu. Posant la main sur l'épaule d'Arsène, il s'y appuya lourdement et goûta la joie de cet abandon.

Voiturier était seul dans la cuisine de la ferme où il achevait de se raser en face d'un miroir pendu à l'espagnolette de la fenêtre. Sa fille et ses domestiques, profitant du dimanche, étaient encore au lit. Pour lui, l'heure du matin était la plus redoutable, celle où ses angoisses métaphysiques, dépouillant toutes espèces solides, flottaient dans sa conscience comme des pâleurs de linceul et des tranches de ciel froid. Dieu, incorporel, ayant déposé jusqu'à sa barbe, n'était qu'une volonté sourde sans chemins de prière ni paliers de pitié. C'était l'heure blanche et glacée où la Vierge et les saints intercesseurs, figés sous une chape d'aube, regardaient durcir les crimes des pécheurs dans l'horreur boréale de l'église paroissiale. Voiturier sentait des nébuleuses et des éternités dériver dans sa tête. L'infinité de Dieu, de sa colère et de son indifférence, lui donnait la gueule de bois. Et la Laïcité ne répondait plus. Sur la photo suspendue au mur de la cuisine, le visage ordinairement si expressif du député de l'arrondissement se fermait, sa barbe noire semblait être en poils de balai. Soudain, le maire se tourna vers lui, le rasoir en l'air, et murmura : « A la fin, moi, j'en ai plein le dos! » Il revint à sa barbe, mais en essuyant son rasoir, il se tourna encore un coup : « Avec vos

conneries, vous finirez par me faire tout manquer. »
Et une troisième fois : « Vous m'emmerdez, monsieur Flagousse. C'est moi qui vous le dis. » Dans la
cour, un coq se mit à chanter. Voiturier, qui atta-
quait les derniers piquants de sa barbe, devint très
pâle et le rasoir trembla sur sa gorge. Il alla se planter devant la photo et, joignant les mains, s'humilia
d'une voix mourante : « Monsieur le Député, monsieur le Député. » L'arrivée d'Arsène et d'Urbain
fut pour lui la délivrance. L'horloge de son univers
se remettait en marche. Il se porta au-devant d'eux
avec un sourire cordial. Quant à la maison d'Urbain,
il était informé depuis la veille, mais par courtoisie,
pour leur laisser le plaisir de l'étonner, il feignit de
ne rien savoir et Arsène lui en sut gré.

— On est du matin pour venir vous dire le bonjour, mais comme je disais tout à l'heure, Faustin,
il commence sa journée avec les oiseaux.

— Toujours levé pour les amis, c'est bien ce
qui est de vrai. Entrez donc, vous prendrez la
goutte.

Il précéda les visiteurs dans la cuisine et mit des
verres sur la table. Arsène, par savoir-vivre, ne se
pressait pas de venir au fait. Ils échangèrent des nouvelles de leurs familles et parlèrent longuement de
la moisson. Voiturier disait n'en avoir jamais vu
d'aussi belle. Les épis étaient lourds comme des
balles de plomb. Avec l'été qu'il avait fait, ce n'était
guère étonnant. Été sec et pourtant des pluies
comme à Dieu demandées.

— Et la chance qu'on a, c'est qu'il n'a pas fait
le même temps partout. Je lisais ça hier dans le
journal, ailleurs, ils ont eu trop de pluie. Le blé
restera cher quand même. Cette année, on n'aura
pas eu à se plaindre. Même pour rentrer la moisson,
on aura eu le temps rêvé. Si ça continue, je suis
d'avoir fini dans moins d'une semaine.

— C'est comme chez nous, dit Arsène, on peut dire que la moisson n'aura pas traîné.

— Avec des garçons comme ceux de la Louise, je me doute que la besogne doit marcher. Et quand il y a besoin, vous avez Urbain pour vous en remontrer.

— Je n'en fais pas plus qu'à ma taille, protesta modestement Urbain.

— Urbain, vous savez comme il est, dit Arsène. Il n'a jamais su faire le compte de ses peines et sur la besogne, toujours allant. Si on l'écoutait, aux journées, il faudrait coudre des rallonges. Tiens, pendant que j'y pense, puisqu'on est de causer, je crois qu'Urbain aurait auquoi à vous dire.

Voiturier joua l'étonnement et haussa les sourcils, l'air intrigué. Urbain ne put s'empêcher de sourire en pensant qu'il allait bien l'étonner.

— C'est pour te dire que je viens de me faire une maison.

— Une maison? dit Voiturier, et ses yeux s'écarquillaient.

Voyant ses yeux ronds, le vieux se mit à pouffer, d'un petit rire entrecoupé et maladroit qui avait perdu l'habitude de passer.

— Oui, cette nuit, sur un communal, je me suis fait ma maison. A la Reveuillée, si tu vois. Juste avant le soleil on a eu fini.

— Nom de Dieu! éclata Voiturier. Si jamais je me serais douté de ça! Une maison sur les communaux! Vous m'en faites deux beaux, tous les deux! Me laisser causer pour me garder le coup de la maison! J'avais bon air, moi! Tiens, allons voir ça.

Voiturier passa un paletot et alla prévenir sa fille qu'il sortait. Urbain ne tenait pas en place. Il ne sentait plus la fatigue et aurait trouvé naturel que le maire se mît à courir. Il était six heures du matin. Le village commençait à secouer sa rosée dans une lumière de vin blanc. Dans les cours des fermes, des hommes traînaient lentement leurs sabots. Des meuglements sortaient d'une écurie. Derrière une vitre apparaissait le visage d'un enfant triste et pensif, accablé par l'obligation dominicale de se débarbouiller au savon et peut-être de se laver les pieds. Voiturier avait perdu son entrain. La marche lui donnait la sensation de l'écoulement de son destin et il lui semblait à chaque pas descendre un degré de l'enfer. Chemin faisant, il entretint Arsène du mariage de sa fille. Sans rien dire de désobligeant à l'égard de Beuillat, il en parlait en hochant la tête, avec une mine dégoûtée. Urbain, qui marchait à côté de lui, n'entendait pas la conversation et regardait le bout de la route, impatient de voir surgir sa maison. Ils y furent en même temps que Victor qui les avait vus venir et accourait de la ferme. Cette fois, l'étonnement de Voiturier fut à peine forcé.

— Tu m'avais parlé d'une maison, mais c'est un château! après ça, vous viendrez me dire que les miracles n'existent pas.

Il fit le tour de la maison, affectant de tâter les murs et de s'assurer qu'on ne l'abusait pas, mais ne trouvant que prétexte à s'extasier. Victor, qui était venu pour attiser la rancune d'Urbain, eut l'esprit de comprendre que la situation était retournée. Le visage du vieux brillait de joie et de fierté. On ne pouvait douter qu'Arsène eût gagné la partie. Victor, après s'être contraint aux compliments, ne put résister au désir de prendre une modeste revanche.

— Maintenant, dit-il, voyons voir le dedans du château.

Le dedans était loin d'être fini. Il restait à faire les plafonds, les planchers, à maçonner la cheminée, à couvrir les murs, à les peindre. La visite ne pouvait manquer d'être décevante. Mais Voiturier fut parfait jusqu'au bout et s'excusa sur ce qu'il était attendu chez lui.

— Ce sera pour une autre fois, déclara-t-il. Maintenant que j'ai vu ce qu'il fallait voir, je peux m'en aller. Pour ton jardin, comme le communal n'est pas grand, tu peux le prendre dans son entier. Ce n'est pas de se garder une langue de terrain qui ferait profit à la commune.

15

— Non, dit Requiem avec sérénité, tu n'es pas
assez belle. Les femmes, j'aime bien leur faire plaisir, mais tu n'es pas assez belle.

La dévorante le regardait fixement, les joues et
les yeux enflammés par l'impatience de son désir.
Ils étaient seuls face à face dans un sentier tordu,
entre deux haies sauvages, à l'heure d'après vêpres.
Elle dégrafa son corsage d'un geste rageur, en fit
sortir un de ses seins qu'elle lui présenta à deux
mains. « Et ça ? »

— Je ne dis pas, convint Requiem, je ne dis pas.
Mais quand on a connu les siens, les autres, on
dirait des betteraves. Celui qui n'a pas vu, il ne
peut pas se représenter. Deux pigeons blancs, qu'elle
avait dans son corsage. Et ses deux pigeons, ce
n'était pas la femme à vous les sortir comme ça.
Remarque, je ne dis pas ça pour toi. Chacun sa
nature, n'est-ce pas. Toi, c'est d'être la grosse
paysanne, avec les fesses qui te mènent le caractère.
Elle, au contraire, c'était toujours la politesse en
premier. Comme toutes les femmes, elle était que
l'amour la travaillait, mais jamais elle ne m'aurait
demandé. Seulement, elle avait une façon de me

regarder je te dirais bien où, que moi je la comprenais tout de suite. Quand on a été élevé par des parents millionnaires, ça se connaît toujours, va.

— Allons, viens. On n'est pas là pour causer.

— J'ai été aimé par une princesse, dit Requiem. Il faut pourtant comprendre ça. Ses parents, ils étaient de la société et peut-être nobles. Elle, elle est retournée dans son château, c'est entendu. Mais celui qui s'est habitué les dents à la brioche, le gros pain, il ne peut plus le manger.

— Dis plutôt que tu es encore saoul, ragea la grande Mindeur.

— Je ne bois pas, répliqua Requiem. Tu te trouves bien attrapée.

— Je ne vois pas pourquoi je discute, coupa Germaine.

Ayant remis son sein en place, elle saisit Requiem par le bras. Un peu ivre, il vacilla et se mit à rire.

— Et après, dit-il

— C'est ce qu'on va voir.

On ne vit rien, car le curé de Vaux-le-Dévers surgit à l'instant dans le sentier. Il avait pris la traverse pour aller chercher sa vieille bécane que le forgeron avait emportée après les vêpres aux fins de rafistolage. Les intentions de la grande Mindeur à l'égard de Requiem étaient évidentes. Le sourcil froncé, la bouche pincée de dégoût, il passa devant eux sans les regarder. Germaine, rougissante, avait lâché sa proie. Elle rattrapa le curé et le suivit en murmurant :

— Monsieur le Curé, n'allez pas vous imaginer. Je vous jure que je faisais rien de mal. On causait sans penser à rien, monsieur le Curé.

— Taisez-vous, grondait le curé. Vous devriez rentrer sous terre. Quand je pense que Noël Mindeur chante à l'église depuis trente-cinq ans... Mais ça ne vous fait rien.

— Oh! si, monsieur le Curé, justement je voulais

vous dire que l'église me manque bien. Mes parents, ils ne veulent plus me laisser aller à la messe. Et vous, vous ne voulez plus m'entendre à confesse. Alors, moi, si je n'ai plus droit au bon Dieu, comment voulez-vous que j'aie de la conduite?

— Si vous n'étiez pas un sujet de scandale dans l'église même, vous n'en seriez pas là. Et d'abord, je n'ai jamais refusé de confesser personne, mais pour vous, j'y ai mis certaines conditions. La confession doit être un secret entre Dieu, le prêtre et le pécheur. Et vous, vous criez dans l'église, vous beuglez des horreurs!

— Je sais bien. Mes péchés, je les ai tellement à regret que la colère m'empoigne à les raconter. Je vous prends par exemple le coup de Requiem, quand vous êtes venu. Vous ne savez pas ce que j'allais lui faire. J'allais...

— C'est bon, c'est bon, nous ne sommes pas à confesse. Gardez vos histoires pour vous. Tenez, je veux bien essayer de vous aider. Venez vous confesser quand vous en aurez le désir, mais n'ouvrez pas la bouche. Apportez-moi une liste de vos péchés, simplement. Je m'en arrangerai.

— Merci, monsieur le Curé. Si vous saviez comme je suis contente. J'aime tellement le bon Dieu, et Jésus, et les saints aussi. Saint François-Xavier, je pense souvent à lui. Je le trouve si joli avec sa barbe et ses petites joues roses. Il n'est peut-être pas bien gras, mais ça ne veut rien dire, allez. C'est comme vous, monsieur le Curé, vous êtes rudement gentil. Je vous ai toujours bien aimé. Ah! oui, alors. Ah! oui, je vous aime bien.

Penchée sur lui, la grande Mindeur l'examinait, le détaillait, l'évaluait du regard, et une lueur fauve dansait dans ses grands yeux de vache.

— Allons, murmura-t-il d'une voix un peu tremblante, je ne suis pas en avance.

Ayant pris son clou chez le forgeron, le curé dévala en roue libre la pente de Vaux-le-Dévers. Cette descente du village, qui ne lui coûtait pas d'effort, était toujours un plaisir. Il lui était loisible d'imaginer qu'il roulait sur la bicyclette de ses rêves, aux nickels flatteurs et persuasifs. Ce dimanche après-midi, il n'y pensait guère. Il était soucieux et déçu. Depuis une semaine, il n'avait presque plus entendu parler de la Vouivre. Certains l'avaient encore rencontrée, mais la fièvre des premiers jours, suscitée par l'idée de ce voisinage, était déjà tombée. On y était à peu près habitué. Le curé, qui avait compté sur une pesante atmosphère d'inquiétude mystique pour ressaisir sa paroisse et confondre l'imposture radicale, en voulait à la Vouivre de ne pas faire des siennes. Elle semblait être à Vaux-le-Dévers comme en villégiature et y faisait certes moins de bruit que la grande Mindeur. En roue libre dans la descente, le curé se prenait à rêver qu'après avoir fait crever quarante bêtes à cornes dans le village, la Vouivre s'introduisait dans l'église à la faveur de la nuit pour dérober le ciboire et y broyer des œufs de serpents; mais lui, il la surprenait, l'enfermait à clef et rassemblait la paroisse au son du tocsin; tandis que la foule se pressait aux portes pour regarder, il entrait seul dans l'église pour y combattre la Vouivre; elle essayait de le séduire et se mettait nue devant lui, la vouerie; mais d'une potée d'eau bénite bien dirigée, il la défigurait horriblement; elle se ruait sur lui griffes dehors, essayant de le percer de sa langue qui était un dard aiguisé et empoisonné et il lui sortait aussi plusieurs flammes de la bouche; alors, il lui liait la langue avec des mots latins, lui flanquait un bon coup de pied dans le ventre et lui présentait le crucifix; elle poussait un grand cri de bête et, avant de s'évanouir en fumée, confessait que Dieu seul est vrai; le peuple de Vaux-le-Dévers, témoin de ces belles choses, entonnait un cantique et c'était une récompense bien douce d'entendre Voiturier lui-même chanter de sa petite voix de tête. Vers le bas de la descente, le curé revint à la médiocre réalité. La Vouivre n'était qu'un pauvre mythe défraîchi que sa présence charnelle, constatée, ne parvenait même pas à reclasser. Les ennemis de la foi valent ce qu'elle vaut elle-même. Avec ces campagnards qui se mouvaient à ras de terre, il n'était pas de surprise possible. Si Dieu lui-même venait habiter la maison commune avec son tonnerre et ses légions, les gens s'y habitueraient au bout d'une semaine comme ils s'étaient habitués au voisinage de la Vouivre.

Le curé, qui allait faire une visite au notaire de Roncières, avait formé le projet de s'arrêter, en passant, chez les Muselier. Comme il arrivait à la maison neuve d'Urbain, il vit Arsène qui s'engageait dans le sentier menant à la forêt et lui fit signe de l'attendre.

— J'allais justement chez toi, dit-il en posant pied à terre.

— Vous trouverez tout le monde à la maison. Moi, je m'en vais jusqu'à la Vieille Vaîvre. Tous ces temps, on y a mis nos vaches. Je voudrais voir s'il reste auquoi à brouter. Mais les bêtes, de l'herbe, je me doute qu'il n'y en a pas pour les engraisser.

Le curé regarda autour de lui et demanda en baissant la voix, car la maison des Mindeur était toute proche :

— Est-ce que tu as eu l'occasion de revoir la Vouivre depuis que tu es venu m'en parler?

— Vous y croyez donc, monsieur le Curé?

— Je l'ai vue. Il y a huit jours, sur le soir, elle est passée dans les prés, à côté de la cure. Sa vipère allait devant elle. J'aurais eu mauvaise grâce à ne pas la reconnaître. C'était bien la créature que tu m'avais décrite. D'ailleurs, cette façon de se faire précéder d'une vipère m'en disait assez.

— Ce n'est pas une preuve.

— On dirait maintenant que c'est toi qui n'y crois plus, fit observer le curé.

— Ce n'est pas ce que j'ai voulu dire. Bien sûr que c'est la Vouivre que vous avez vue.

Arsène n'alla pas au bout de sa pensée, mais le curé crut comprendre qu'il s'était habitué, comme tout le monde, au voisinage de la Vouivre et avait perdu la notion du péril qu'elle lui faisait courir. Voulant savoir où il en était au juste, il le pressa de questions précises.

— Bien entendu que ce n'est pas une fille comme les autres, finit par répondre Arsène. Une fille qui passe son temps à ne rien faire, elle ne peut ressembler à personne d'ici. Mais ce que je peux vous dire, c'est qu'elle n'est pas du diable pour un sou. A mon idée, c'est comme une espèce de garçon manqué, toujours à courir dans les bois, à rejinguer, avec point de souci en tête, et des vouloirs sur la chose de vous savez quoi.

Arsène eut l'impression qu'il n'avait pas su se faire entendre clairement. Le curé avait l'air attentif et maussade des gens qui butent sur les propos de l'interlocuteur.

— Tenez, monsieur le Curé, pour causer, je vous suppose qu'il m'arrive de faire avec la Vouivre ce que vous pouvez penser. Bien entendu que je m'en confesserais un jour, mais ça ne me presserait plus comme la première fois. J'attendrais aussi bien un mois ou deux et même plus.

— Malheureux! voilà bien ce que je craignais! Le poison de l'habitude! Le plus sûr poison que puisse nous verser le démon! Si tu ne te ressaisis pas tout de suite, tu es perdu. Au fait, tu ne m'as pas dit si tu l'avais encore rencontrée.

— Comme ça, de temps en temps. Ce n'est pas une mauvaise fille, vous savez.

— Décidément, tu la défends. Arsène, je te vois en mauvaise posture. Est-ce qu'elle t'a fait d'autres propositions? Tu me comprends, n'est-ce pas?

Mais Arsène ne répondit pas à la question du curé et lui désigna Urbain qui s'avançait sur la route.

— Depuis ce matin, il n'arrête pas d'aller et venir entre chez nous et sa maison. Vous avez peut-être appris qu'il s'est bâti une maison cette nuit? Tenez, là tout près.

— C'est vrai, on m'en a parlé, mais je viens de passer devant sans la voir. Où avais-je la tête?

Pendant que le curé complimentait Urbain, Arsène salua et s'éloigna sans hâte vers la forêt. Il s'arrêta, comme il l'avait dit, à la Vieille Vaîvre pour constater l'état du pré. Les vaches l'avaient mis à ras, ne laissant que des touffes de jonc. Du seigle des Mindeur, depuis longtemps moissonné, il ne restait qu'un chaume bruni par le soleil. Comme Arsène se demandait s'il labourerait le pré à l'automne, il vit surgir Beuillat et en fut contrarié. Il avait été convenu que le fiancé de Rose Voiturier se rendrait directement à l'étang des Noues sans qu'ils eussent besoin de se voir. Beuillat, en manches de chemise et chaussé d'espadrilles, ne paraissait nullement ému.

— Je suis un peu en retard, mais je n'ai pas voulu m'essouffler à courir. C'est la faute à Requiem. Tout à l'heure, chez Judet, il m'a cherché des crosses.

Depuis longtemps, Beuillat avait renoncé au patois et parlait un français truffé d'expressions argotiques qui déroutait un peu Arsène.

— Il était déjà rétamé. Il s'est mis à beugler dans le bistrot qu'on était tous des culs-terreux, que la Robidet elle était marquise et fille de notaire et qu'elle avait dix mille francs de rentes. Ça me ferait mal, que moi je lui ai dit : Ta Robidet, je l'ai connue à Dôle, qui faisait le Polonais à cinquante sous, vers la place des Carmes, la nuit. Vieille comme elle était, en plein jour, elle n'aurait trouvé personne pour dix sous. Cochon, il me dit, c'est la jalousie qui te fait baver. Et le voilà parti à gueuler que la Robidet avait vingt ans, qu'elle était pucelle en janvier, qu'elle avait un trousseau comme une femme de sous-préfet, et que le premier qui dirait le contraire, lui, Requiem, il l'enterrerait vivant. Alors, moi...

Ils marchaient côte à côte sur le pré. Beuillat bavardait, brodant des commentaires insignifiants sur sa querelle avec Requiem, et semblait avoir oublié la partie difficile qui allait se jouer. Pourtant, il y vint de lui-même. Ce ne fut d'ailleurs pas pour faire le compte de ses chances ou arrêter un plan. Dans sa présomption, il voyait le succès de l'entreprise assuré et l'idée d'un échec ne l'effleurait même pas. L'aventure ne commençait pour lui qu'au moment où le rubis serait en sa possession. Après l'avoir vendu, il achetait le plus grand café de Besançon, le plus grand salon de coiffure, une voiture américaine, entretenait une actrice du Théâtre Municipal qu'il avait vue l'hiver dernier dans *Les Mousquetaires au Couvent*, et se réservait de coucher avec ses employées qu'il choisirait jeunes. Arsène était choqué par l'insignifiance de ces bavardages et plus encore par l'incapacité où il voyait Beuillat de fixer son esprit sur la difficulté ou seulement de l'entrevoir. Cette absence de vue perspective, quant à l'ordre et à l'importance des différentes phases d'une entreprise, lui semblait, chez un homme, une tare grossière et dégoûtante. Il se prenait à haïr Beuillat.

— Je ferai peut-être le voyage de Paris pour le vendre. En tout cas, aussitôt vendu, je t'envoie ta part. Moitié-moitié. Je suis régulier, moi, tu sais.

— Pas question de moitié-moitié, répliqua Arsène. Tu me donneras le quart, comme on a convenu.

C'est toi qui vas courir le risque, ce n'est pas moi.

— Oh! le risque! Avec mes espadrilles aux pieds, j'enquiquine tous les serpents du monde.

— Attention, il en sortira de partout. C'est plus dangereux que tu te le figures. Je te répète, si tu vois qu'il n'y a rien à faire, jette le rubis.

— Moi, jeter le rubis? Ah! salut. Tu me connais pas encore, mon petit pote.

Arsène comprit qu'il ne réussirait pas plus cette fois que les autres à le persuader de l'importance du danger et se reposa sur le sentiment d'avoir fait le nécessaire.

— Tu t'es confessé?

— Oui, répondit Beuillat, en souriant comme à un aveu gênant, je me suis confessé et j'ai communié ce matin. Mais c'est bien pour te faire plaisir.

Pleinement rassuré, Arsène cessa de s'intéresser à son compagnon et à ses propos. Bientôt, il lui fit signe de se taire, car l'étang des Noues était proche, et il marcha devant lui. En débouchant de la forêt, il n'eut même pas un regard en arrière pour s'assurer de l'endroit où s'embusquait Beuillat.

Exacte au rendez-vous, la Vouivre était allongée au bord de l'étang, à quelques pas de sa robe et de son rubis. Au fort de l'été, son corps avait pris la couleur du pain d'épice. La tête reposant sur son bras, elle le regardait s'approcher, l'œil rieur. Il sourit sans se forcer, avec sympathie. En la retrouvant, il lui semblait aborder à un monde heureux et futile, pourtant robuste, où l'eau, les arbres, le ciel méritaient de retenir l'attention et il découvrait que la campagne et la forêt peuvent être un plaisir pour les yeux.

— Bonjour, dit-il. J'arrive un peu en retard. J'ai rencontré du monde qui m'a tenu en chemin.

La Vouivre sauta sur ses pieds et, rieuse, jeta ses bras autour du cou d'Arsène qui voulut bien rire aussi. Il n'aimait pas beaucoup ces démonstrations, mais une fois en passant, c'était quand même amusant. Je t'aime, disait-elle en lui mordillant les oreilles. C'est comme moi, répondait Arsène, et cependant, il la repoussait doucement en lui coiffant les seins avec ses mains.

— Viens, dit-il en lui prenant le bras. J'ai envie qu'on s'en aille par là-bas, et il eut un geste vague qui semblait balayer l'espace devant eux. Elle ne fit pas de résistance à le suivre et ils marchèrent le long de l'étang, en direction de la vanne. Arsène n'était pas très fier en pensant que Beuillat pouvait le voir déambuler avec une fille nue accrochée à son bras. C'était bien là le comble de l'absurde et du ridicule.

— J'aime bien ton complet des dimanches, disait la Vouivre. Tu es mieux qu'en semaine quand tu as ton pantalon de coutil avec le fond qui te tombe aux jarrets. Tu fais tout de même plus propre. Ce qui me plaît le plus, c'est ton petit chapeau rond en feutre noir. Tu parais moins méchant qu'en casquette. Ton costume noir, il est un peu triste, mais je crois qu'il t'amincit et tu en as besoin. J'aimerais bien te voir tout nu, un jour.

— Je ne vois pas à quoi ça t'avancerait, fit Arsène d'un ton assez maussade.

Ils avaient franchi la vanne et, toujours suivant le bord de l'eau, marchaient sur un lit de roseaux secs qui craquaient sous leurs pas. Un grand cri les fit s'arrêter pile et tourner la tête, un hurlement prolongé, de terreur et d'appel. La levée de la vanne leur masquait la vue de l'endroit qu'ils venaient de quitter. Entre l'étang et la forêt, des serpents filaient dans l'herbe en direction du bief.

— Encore quelqu'un qui en a après mon rubis, dit la Vouivre paisiblement.

— Rappelle tes serpents, ordonna Arsène.

— Mais non, voyons, je ne peux pas. Je ne vais tout de même pas me laisser prendre mon rubis.

— Siffle tes serpents, je te dis. On entendit encore un cri, plus faible et plus bref que le premier et qui semblait être la plainte d'un agonisant. Il saisit la Vouivre à l'épaule et la secoua rudement. Rappelle tes serpents tout de suite, tu m'entends.

— Ce n'est plus la peine, dit-elle, il est sûrement mort. Néanmoins, elle pinça les lèvres et fit entendre un long sifflement. Arsène l'ayant lâchée, elle vit le regard dur de ses petits yeux gris clignant dans le soleil et courut jusqu'à la vanne. Au haut du tertre, son corps nu s'immobilisa sur le ciel. Aux arrondis, sa peau brune fondait dans une lumière dorée et le disque du soleil semblait poser sur ses cheveux noirs comme un joyau d'un éclat insoutenable.

— Il est mort, dit-elle. Il n'a plus de figure.

Arsène tourna les talons et se dirigea vers la forêt. Où vas-tu? Sans répondre, sans même un regard en arrière, il entra dans un sentier. Où vas-tu? La voix avait un accent de tendresse inquiète. Il marcha d'un pas vif et soudain s'arrêta court. Devant lui, deux vipères traversaient le sentier sans se hâter. D'autres suivirent immédiatement. En quelques secondes, il en compta une quinzaine et, derrière lui, elles n'étaient pas moins nombreuses. Il pensa que tous ces serpents revenaient de la curée interrompue par le coup de sifflet de la Vouivre. Peut-être restaient-ils animés d'une férocité qui n'avait pas eu le temps de se satisfaire. Ils allaient d'une allure paresseuse, tournant la tête et regardant aux yeux l'homme immobile au milieu du sentier. L'un d'eux s'arrêta presque à ses pieds et, sans cesser de le fixer, se mit à balancer la tête. Sous la mâchoire palpitait un renflement mou ayant la couleur d'un mal blanc. Arsène avait le cœur serré de dégoût, mais gardait tout son sang-froid. Le souvenir du combat qu'il avait soutenu contre la harde des reptiles le préservait de la peur et l'entretenait dans un sentiment de fierté agressive. Il avait ouvert son couteau dans sa poche et guettait du coin de l'œil dans un buisson de noisetiers, une branche cassée, encore verte, qui ne tenait plus que par l'écorce. Et, il y pensa, plutôt crever que d'appeler la Vouivre à son secours. Il sentait que le moindre mouvement de sa part réveillerait la fureur des bêtes attentives et encore prudentes, mais à la vue d'un serpent maculé d'un sang rouge et qui débouchait mollement sur le sentier à trois pas de lui, il faillit céder à une impulsion de violence et allongea la main vers le bâton de coudrier. Enfin, le serpent qui dodelinait du chef à ses pieds se coula lentement sous les fougères et, en moins d'une minute, le sentier se trouva nettoyé. Arsène était pâle de colère. Après avoir cueilli un bâton souple et solide, il se remit en marche. Quelques serpents isolés traversèrent encore le sentier, assez loin de lui. Il tenait son arme derrière son dos pour la dissimuler à leurs regards vigilants. Le dernier qu'il vit, un peu avant d'arriver à la Vieille Vaîvre, fut une grosse vipère trapue aux reflets rougeâtres, qui passait à trois pas de lui, sans se presser, en le regardant d'un air de tranquillité provocante. Comme il continuait à marcher, elle se tourna vers lui, le col dressé avec un sifflement de colère. D'un coup prompt et précis, asséné sur les reins, il lui cassa l'épine dorsale. Elle fit un saut et, en retombant, eut quelques mouvements courts qui trahissaient un effort désespéré. Les yeux restaient vifs, la peau des mâchoires frémissait. Arsène demeura une minute à la torturer du bout de son bâton et à jouir de son agonie, puis il la jeta dans les fougères.

Sur le chemin de la ferme, il réfléchit à la mort de Beuillat. Elle lui inspirait quelque tristesse, mais nul sentiment de remords. Avant de classer l'aventure dans un tiroir de sa conscience, il prit le temps d'y mettre de l'ordre. En toute cette affaire, il se jugeait irréprochable. Ce n'était pas lui qui, le premier, avait parlé de la Vouivre. Sur question de Beuillat, il s'était borné à répondre qu'il la rencontrait souvent. C'était la simple vérité. Quand le malheureux lui avait proposé l'expédition du rubis, Arsène lui avait représenté avec précision tous les dangers qu'elle comportait. Comme l'autre s'entêtait, il n'avait négligé de lui indiquer aucune des précautions utiles. Quand je lui ai dit que j'avais mal au pied, que je ne pouvais pas courir, c'était vrai. Tellement vrai, que je me ressens encore du coup que je m'étais donné la veille à la cheville. Ce matin, après la fatigue de la nuit, je boitais. Non, je n'ai rien à me reprocher. Et tout à l'heure, j'ai fait ce que j'ai pu pour le sauver en forçant la Vouivre à rappeler ses serpents. Même sans moi, tôt ou tard, il aurait risqué le coup avec moins de chances de réussir. Il n'est pas le premier qui ait essayé. A examiner les choses sous un autre aspect, Arsène ne croyait pas que la mort de Beuillat fût en soi bien regrettable. Paresseux, incapable, inutile à qui et à quoi, sa disparition était plutôt un bienfait et il y aurait eu hypocrisie à se le dissimuler. S'il eût vécu, le malheureux aurait dilapidé sottement la fortune de Voiturier, fait le malheur de sa femme et traîné une existence de vaniteux ulcéré dans la misère et la bassesse. Au lieu de quoi, cette vie manquée d'avance, il avait eu le bonheur de la finir audacieusement dans une entreprise périlleuse et par là honorable. Pour comble de bonheur, il avait, grâce aux soins prévoyants d'un ami, communié le matin même de sa mort. En fournissant une carrière plus longue, il n'eût certainement pas quitté ce monde avec d'aussi belles chances pour l'autre. Arsène referma le tiroir de sa conscience et ne pensa presque plus à Beuillat.

Le curé était encore chez les Muselier, attablé devant un verre de vin blanc et une assiette de biscuits à la cuiller. Sans se découvrir, il avait amené la conversation sur la Vouivre et en parlait comme s'il n'en eût été instruit que par la rumeur du village. Victor lui prouvait que la Vouivre était une invention puérile et, en homme habitué à réfléchir, invoquait sans gaucherie la vraisemblance, la science, le recul de la superstition, les lois de la nature, l'antiquité commode des miracles dont s'autorise la crédulité des simples. Le curé, qui feignait d'examiner ses raisons avec désintéressement, n'avait toutefois aucun mal pour les réfuter. Victor avait assez de finesse pour sentir qu'il ne gagnait rien, la réalité se trouvant toujours trop courte pour expliquer la réalité, tandis que les arguments trop poussés l'en faisaient sortir. Mais la vanité même de ses efforts l'irritait. Il se sentait appuyé dans sa conviction par une humanité innombrable et imposante qu'il n'arrivait pas à faire peser utilement sur la discussion, et il en avait chaud aux oreilles. Peu à peu, il en venait à s'exprimer avec une violence embarrassée, affirmant, sans plus, que la chose, nom de nom, n'était pas possible. Arsène, survenu à cet instant, considérait avec une pitié malveillante les efforts de son frère, pauvre cervelle avide et inquiète, n'ayant plus, bien sûr, ni compartiments, ni cloisons, devenue incapable de supporter le voisinage de deux idées contradictoires et cherchant l'unité comme un alcool. Pour la première fois, il observait que Victor avait un visage triangulaire, et la flamme fuyante de la raison blessée brillant dans son regard lui fit découvrir une ressemblance avec la vipère qu'il venait de tuer.

16

La veuve Beuillat, ayant passé une nuit blanche
à attendre son fils, alla s'informer chez les Voiturier
dans l'espoir qu'il avait confié quelque projet à sa
fiancée, mais ni le père ni la fille ne purent lui
fournir le moindre renseignement.

— L'idée l'aura pris d'aller faire un tour à Dôle,
dit Voiturier, et il se sera trouvé empêché de rentrer hier soir.

— Il n'avait pas pris sa bicyclette. Non, il n'a
pas pu quitter le pays. Il lui est sûrement arrivé
quelque chose.

La veuve avait des yeux égarés. Voiturier regardait avec compassion cette petite vieille de quarante-
trois ans, naguère encore l'une des rares jolies filles
du pays, et que l'attente du malheur avait tassée en
quelques années. Rose aurait voulu la rassurer en lui
faisant partager ses soupçons. Elle ne doutait guère
que Beuillat, à l'exemple de son premier fiancé, l'eût
plantée là pour suivre une autre fille, mais le besoin
d'espérer l'empêcha de livrer sa pensée.

— Il lui est arrivé quelque chose, j'en suis sûre,
murmura la mère. C'est le bon Dieu qui me punit.

L'idée d'une punition du ciel qui semblait à Voiturier l'évidence même, le mit pourtant hors de lui.

— Ne raconte pas de bêtises! Le Bon Dieu, c'est
des idées de femmes, c'est du gagne-pain pour les
curés. Le Bon Dieu, y en a pas, tu m'entends, pas
plus que sur la main.

Mais la veuve Beuillat secouait la tête. D'une voix
plus ferme, elle répéta que le bon Dieu la punissait.
La faute à laquelle elle faisait allusion était connue
des Voiturier comme de tout le village. Un soir de
l'hiver 1917, le caporal Beuillat, du 60e d'infanterie,
arrivant en permission sans être attendu, avait trouvé
chez lui Nestor Glingois, le marchand de cochons
de Sénecières, attablé avec sa femme et sablant le
mousseux. Reprenant aussitôt le chemin de la gare,
il se faisait tuer trois semaines plus tard dans un
coup de main pour lequel il s'était porté volontaire.
Devenue veuve, l'épouse avait vécu des années fort
tranquilles, sans que le moindre débat se fût jamais
élevé dans sa conscience. L'inquiétude n'était venue
que beaucoup plus tard, à mesure que se révélaient le
caractère de son garçon et son inaptitude à l'exercice
d'une profession régulière. Tandis qu'elle luttait
sans autorité pour le défendre contre lui-même, le
souvenir de la faute s'imposait peu à peu et, en
même temps, l'idée d'une échéance qu'il faudrait
payer un jour.

— Raisonnons, dit Voiturier. S'il n'a pas quitté le
pays, puisque c'est ton idée, il n'a rien pu lui arriver.
On le saurait déjà.

— Plusieurs fois, je l'ai entendu parler de la
Vouivre. Je sais qu'il y pensait. J'ai peur qu'il ait
essayé de lui prendre son rubis. Hier matin, il avait
communié.

Voiturier s'emporta encore un coup, protestant
que la Vouivre était une autre invention des cléricaux pour troubler les esprits arriérés. Il finit par

promettre d'envoyer aux recherches, mais tint à faire observer qu'il les jugeait inutiles et n'en faisait que pour rassurer la pauvre femme. N'ayant qu'un seul valet de ferme sous la main, il lui donna mission d'aller explorer la rivière sur une longueur de deux kilomètres. Lui-même se rendit à bicyclette chez le garde champêtre qu'il comptait envoyer aux étangs. N'ayant pu mettre la main sur lui, il rencontra Requiem qui, assis au bord d'un fossé, effeuillait une marguerite. Il mit pied à terre et l'interpella, mais l'autre, sans lever les yeux, lui fit signe de se taire.

— Un peu, beaucoup, passionnément. Passionnément, qu'elle m'aime. Voilà bien cent fois que je le demande depuis qu'elle est partie et ça me répond toujours qu'elle m'aime. Aussi, tu peux croire que j'en ai sur le cœur. Se dire qu'elle est là-bas dans son château, bien sûr à se promener dans son parc avec des chiens de plaisance, et qu'elle n'arrête pas de penser à moi, c'est dur quand même.

— Elle reviendra un jour ou l'autre. Elle viendra te chercher pour t'emmener dans son château, pardi.

— Non, Faustin, ce n'est pas possible. Un fossoyeur, ses parents ne voudront jamais. Parce qu'enfin, je suis fossoyeur, il faut bien se dire ça. Tiens, pour supposer. Même toi, si je te demandais ta fille en mariage, tu ne voudrais peut-être pas seulement me la donner.

Voiturier se dispensa de répondre autrement que par un geste vague.

— Tu vois, tu ne me la donnerais pas. Et pourtant, toi, qu'est-ce que tu es? Maire de la commune, affaire entendue, avec de l'argent, du bien qui rapporte. A côté de ses parents à elle, tu n'es quand même que moins que rien. Et moi qui suis fossoyeur, par le fait, je suis encore moins que toi.

— Je vais quand même te demander un service. Cette nuit, Guste Beuillat n'est pas rentré chez sa mère, que la pauvre femme elle s'est mis en tête qu'il est mort en essayant de prendre le rubis de la Vouivre. Tu vois ce que c'est, une idée de femme, mais dans l'état qu'elle est, on ne peut pas lui refuser d'aller voir.

— Si ce n'était pas de sa mère, dit Requiem, je donnerais bien une bouteille pour que les serpents l'aient mangé, ton Guste Beuillat. Je ne suis pas méchant, tu me connais, mais un cochon comme voilà lui, j'aurais plaisir à l'enterrer. Ce n'est pas croyable ce qu'il a pu me dire hier chez Judet. Moi, n'est-ce pas, j'étais allé au café comme ça, pour dire que j'allais au café. Je ne bois pas.

— Pour en revenir à ce que je disais, ce serait d'aller à l'étang de la Chaînée et d'en faire le tour. De mon côté, je vais demander à Arsène d'aller voir à l'étang des Noues. C'est tout près de chez lui.

En arrivant à la maison neuve d'Urbain, Voiturier aperçut les Muselier qui moissonnaient à la lisière du bois et alla leur exposer son affaire. Les moissonneurs lâchèrent leur besogne pour l'écouter. Les craintes de la veuve Beuillat firent sourire Victor qui les déclara sans fondement. Pour une seule nuit d'absence, il trouvait prématuré de parler de disparition. On pouvait imaginer mille circonstances pour l'expliquer sans avoir recours à des contes de bonne femme. Il y eut à ce propos un échange de vues assez animé et Urbain lui-même trouva l'occasion de placer quelques mots. Arsène n'émit aucune opinion sur l'affaire, se contentant d'approuver l'un ou l'autre par des monosyllabes à peine articulés. Cette économie dans la conversation lui était assez habituelle pour ne surprendre personne. Il paraissait d'ailleurs très calme. A peine aurait-on pu observer, par instants, un peu de fixité dans le regard de ses petits yeux d'acier.

— Puisque j'ai tant fait que de venir jusqu'ici,

lui dit Voiturier, je pourrais aussi bien pousser à l'étang des Noues sans déranger personne, mais voilà si longtemps que je n'ai pas été par là que je ne suis plus bien sûr des sentiers.

En réalité, il connaissait les parages aussi bien que personne. Ses fonctions municipales l'amenaient assez souvent à visiter les bois de la commune et il venait plusieurs fois par an à l'étang même dont il avait, pour une part, affermé la pêche. Mais son regard, devenu fuyant, et les contractions de son maigre visage trahissaient le trouble et la peur qu'il ressentait à l'idée de s'y risquer : la peur d'une rencontre avec la Vouivre et plus encore celle de se trouver seul dans le silence des bois en face du Dieu terrible, maître des destins et des échéances. Arsène n'aurait eu qu'un mot à dire pour envoyer Urbain à sa place, mais il ne crut pas devoir se dérober.

— Je vais vous mener, dit-il au maire. Ce sera l'affaire de cinq minutes.

Ils arrivèrent à l'étang par le sentier qu'avait pris Arsène la veille en quittant la Vouivre. Sur le rivage, la végétation était maigre, mais suffisante pour dissimuler au regard le corps d'un homme allongé. Arsène aurait pu s'accorder un répit en faisant le tour de l'étang avant d'arriver sur le lieu tragique. Il préféra en finir et entraîna Voiturier du côté de la vanne. Entre l'eau et la forêt, dans la fraîcheur du matin, l'été était un printemps. Voiturier, pour qui tout devenait symbole, soupira en pensant que ce rivage heureux cachait peut-être un cadavre. Il y voyait l'image de la vie ornée et prospère sous le couvert de laquelle se nouait le drame de sa damnation éternelle. Du haut du tertre de la vanne, au premier regard, Arsène découvrit Beuillat près d'un buisson, là où lui-même s'était couché au côté de la Vouivre, le premier jour de leur rencontre, après l'assaut des serpents. Les derniers tronçons des reptiles tranchés par la faux avaient disparu depuis plusieurs jours déjà, enlevés par les buses, les tiercelets et autres mangeurs de charogne. Voiturier n'avait rien vu. Par égard pour lui et pour soi-même, Arsène obliquant habilement entre les ronciers, manœuvra à lui dissimuler le mort jusqu'au dernier moment. Ils n'en étaient plus qu'à trois pas lorsqu'il leur apparut, et Voiturier poussa un cri d'effroi. Beuillat était couché sur le dos, recroquevillé, les genoux et les coudes au ventre, les avant-bras serrés sur sa poitrine. Le visage, dévoré, était une plaie informe d'où pendaient des lambeaux de chair et un morceau d'oreille. Des mouches, immobiles, se gavaient de sang noir et une colonie de fourmis commençait à envahir cet amas de chair. Les deux poings, fermés sous le menton, portaient les marques de morsures autour desquelles la peau restait gonflée et noircie. A quelques pas du mort brillait la lame de son couteau de poche avec lequel il avait tué une vipère dont les deux tronçons gisaient un peu plus loin. Beuillat, il n'était pas difficile à Arsène de l'imaginer, s'était vu perdu, mais la certitude d'une mort dégoûtante ne l'avait pas détourné de combattre et, avant de mourir, il avait eu la satisfaction de tuer une vipère. Arsène était plus ému par l'idée de cette lutte que par la vue du mort.

— Nom de Dieu, dit Voiturier, il n'est pas plaisant à regarder, le pauvre garçon. Ce qu'il ne faut pas, c'est que sa mère le voie. Elle n'en dormirait plus de ses nuits.

Les deux hommes s'étaient signés et avaient ôté leurs casquettes. Arsène recouvrit de son mouchoir le visage de Beuillat. Il essaya d'allonger les jambes du cadavre, mais les membres roidis résistaient à son effort. Du reste, Voiturier l'arrêta.

— Laisse-le comme il est. Tant que les gendarmes

ne l'ont pas vu, il ne faut toucher à rien. Je vais téléphoner à Sénecières.

— Ce n'est pas une affaire pour les gendarmes, fit observer Arsène. Ils diront que Beuillat s'est fourré dans un nid de vipères. Voilà tout.

— N'importe. Je serai plus tranquille de les avoir avertis. Il faut aussi que j'aille apprendre la nouvelle à sa mère. Et ensuite de ça à ma fille.

Il était convenable que le mort ne restât pas seul. Voiturier laissa Arsène sur les lieux et s'enfonça dans la forêt. Il ne pensait plus à la colère de Dieu, mais aux devoirs ingrats qu'il avait à remplir et à l'émotion de ses administrés que le curé n'allait pas manquer d'exploiter. Cette dernière éventualité lui mettait déjà le sang en mouvement. Tandis qu'il cheminait dans la forêt, ses angoisses de l'au-delà se trouvaient reléguées par la menace des menées cléricales et Dieu lui-même n'était plus qu'un degré haut placé dans l'échelle de la clique réactionnaire.

Resté seul auprès de la dépouille de Beuillat, Arsène, sans hypocrisie, fit une prière pour le repos de son âme. L'idée qu'il avait été le complice de la fatalité n'était pas sans l'effleurer. Il ne se cachait pas qu'il avait tracé au malheureux le chemin qui devait le mener à la mort, mais le sentiment de sa propre loyauté le rassurait entièrement. L'avant-veille de l'expédition, il avait poussé le scrupule jusqu'à dire à Beuillat : « Si tu viens à mourir, ça m'arrangera. Je demanderai en mariage la fille à Voiturier. » L'autre en avait ri. C'était son affaire.

Le prière dite, Arsène, en considérant le pauvre corps torturé, essaya d'imaginer ce que devenait Beuillat dans un autre monde. Mais ses efforts ne le menaient pas loin. Il ne tarda pas à s'avouer son indifférence à l'égard de l'âme du défunt. S'il a perdu le goût et les moyens de courir les filles, pensait-il, si l'idée lui a passé d'avoir un café en ville et de s'acheter des complets, qu'est-ce qui peut bien rester de Beuillat? En se référant à des images de piété, Arsène se voyait lui-même au paradis, vêtu d'une toge à grands plis et déambulant une fleur à la main. Dans les champs du ciel, il cherchait un coin à labourer, mais les anges disaient mais non, c'est fini de gagner son pain à la sueur de son front. Le paradis devenait un pré pelé, sali de lumière grise et se noyait finalement dans un océan d'éternité incolore.

— Arsène! dit la Vouivre qui arrivait derrière lui avec un sourire d'incertitude, un sourire très féminin qu'il ne lui connaissait pas et qui le rendit furieux.

— Qu'est-ce que tu viens foutre? demanda-t-il d'une voix dure.

— Tu m'en veux, dit la Vouivre en regardant le cadavre, mais ce n'est pas de ma faute. Je ne pouvais pas deviner qu'il était là, prêt à sauter sur mon rubis. C'est probablement un de tes amis? Je comprends que tu aies de la peine.

— S'agit pas de ça, coupa Arsène.

— Alors? pourquoi m'en veux-tu?

Il n'aurait su répondre à sa question. En tout cas, il ne lui en voulait nullement de la mort de Beuillat. Une image, qui n'expliquait rien, s'associait à la colère et au dégoût que lui inspirait sa présence. C'était l'image du couple qu'il formait avec elle, la veille, tandis qu'ils marchaient sur les roseaux secs.

— Va-t'en vite, dit-il d'une voix plus calme. Il va venir du monde. Si on nous voyait tous les deux près du corps, on dirait je ne sais pas quoi.

La Vouivre consentit à s'éloigner. Elle admettait qu'Arsène, n'ayant pas l'éternité devant lui, eût quelque souci de l'opinion des gens avec lesquels il lui fallait vivre. Elle prit encore le temps de lui demander s'ils se verraient bientôt. Maîtrisant son impatience, il répondit mais oui, bien sûr. A peine venait-elle de le quitter que Victor, informé par Voiturier, arrivait sur les lieux. Il prétendit vérifier que le cadavre était bien celui de Beuillat, quoiqu'il n'en eût pas douté une seconde, et réduisit avec soin les objections qu'il se faisait à lui-même. Ayant soulevé le mouchoir qui voilait le visage du mort, il fit observer :

— Je n'ai jamais vu que des serpents aient dévoré un homme. Qu'il ait été piqué par des vipères, c'est probable, mais qu'il en soit mort sur place, c'est déjà autre chose. Il peut aussi bien avoir été tué par quelqu'un. En plein bois, ni vu ni connu et s'il a reçu un coup en pleine figure, vas-y voir maintenant. Il sera venu des rats dans la nuit, qui l'auront moitié dévoré. En tout cas, je ne vois pas ce que la Vouivre aurait à faire là-dedans.

Arsène goûtait une certaine satisfaction dans la certitude que son frère se trompait. Pressé d'une opinion, il répondit simplement :

— On peut toujours s'imaginer n'importe quoi.

— Bien sûr, riposta Victor avec une ironie orgueilleuse. Celui qui ne pense rien, il ne risque pas de se tromper.

Il échafauda encore d'autres hypothèses qui excluaient toutes l'intervention de la Vouivre. Certaines étaient ingénieuses et, voyant que son cadet était loin de leur prêter l'attention qu'elles méritaient, il finit par lui demander s'il croyait à l'existence de la Vouivre et à la fable du rubis. Arsène, agacé, laissa échapper :

— Je l'ai vue.

Victor, méfiant et déjà irrité, posa cent questions. Quand, où et comment? Tu n'en as jamais rien dit. Hier soir encore, devant le curé, tu n'en as rien dit. Arsène, regrettant déjà d'avoir parlé, répondait avec mauvaise humeur : oui, non, ça me regarde, t'occupe pas.

— Je vois ce que c'est, dit Victor. Tu es comme Requiem et ceux qui se vantent de l'avoir vue. Une fille qui passait, que tu ne connaissais pas et tu as décidé que c'était la Vouivre. Comme si, moi, je rencontrais un chien qui n'est pas d'ici, un danois ou un lévrier, et que je me figure avoir vu la bête faramine. La preuve...

— Tu as raison, coupa Arsène, la Vouivre, c'est des histoires. Mais finis de me casser les oreilles. J'en ai jusqu'au bord.

— Maintenant, il va peut-être falloir que j'enlève ma casquette pour te parler?

— Je me fous bien de ta casquette et de ce qu'il y a dessous. Ce que je veux, c'est que tu me laisses tranquille.

Depuis le jour où Victor, dans la cour de la ferme, avait pris à partie Arsène qui rentrait de la foire de Dôle, les deux frères s'étaient appliqués à ne rien laisser paraître de leurs sentiments à l'égard l'un de l'autre et rien n'était changé dans la forme de leurs rapports. Mais ils n'avaient pas réussi à endormir la méfiance et l'hostilité qu'avait fait naître en eux cette courte dispute. Ce désaccord profond se trahissait souvent dans le regard de l'un ou de l'autre. Parfois, c'était un silence d'Arsène là où les paroles de son frère appelaient un témoignage d'intérêt. Ou bien c'était une façon soutenue qu'avait Victor d'exprimer un avis qu'il savait déplaire à son cadet. Louise, qui ne se trompait guère aux apparences et qui avait été avertie longtemps avant eux d'une opposition foncière entre ses garçons, espérait pourtant que leur sens des nécessités familiales et du travail en commun empêcherait cette incompatibilité de prendre de la pente.

— Dis tout de suite que tu ne peux plus me supporter, ragea Victor.

Arsène ne répondit pas. En vérité, depuis

quelques jours, la société de son frère lui devenait pénible. Le son même de sa voix l'agaçait. Mais ce qui l'irritait le plus, c'était le ton des paroles, tantôt celui de la sagesse consciente d'elle-même, tantôt d'un roquet aboyeur. Impatienté par le mutisme d'Arsène, Victor le saisit, entre le pouce et l'index, par la manche de sa chemise.

— Dis donc, j'ai quand même le droit que tu me traites autrement qu'un galopin... Non, mais, dis donc...

Arsène s'était dégagé d'une secousse brutale et comme son frère essayait de le ressaisir, il lui donna un coup sur le bras. Victor, sans intention précise, lui mit les mains aux épaules et un réflexe de défense amena aussitôt Arsène à en faire autant. Arc-boutés, l'échine arrondie, affrontés comme deux béliers, chacun s'efforçait de faire reculer l'autre, et le combat pouvait encore passer pour un jeu. Ils étaient à peu près de force égale, mais Victor, qui était le plus grand, avait aussi les bras plus longs, ce qui lui assurait l'avantage d'une prise commode. Arsène, pour compenser l'infériorité de sa taille, était légèrement haussé sur la pointe des pieds. Comme il donnait un effort violent, son frère lâcha prise brusquement et se déroba par un saut de côté. N'ayant plus rien devant lui et emporté par son effort, Arsène faillit tomber le nez contre terre et ne reprit son équilibre qu'après une gymnastique assez ridicule. Furieux, il revint à Victor et, se jetant sur lui, l'étreignit à pleins bras. Cette fois, les deux garçons s'employaient à la lutte de tous leurs moyens. Ils se ménageaient néanmoins, conscients d'une limite décente qu'imposait le lien du sang et évitaient de se porter des coups. Ils roulèrent plusieurs fois l'un sur l'autre, jusqu'à venir heurter les pieds de Beuillat. Par déférence pour le mort, ils cessèrent le combat et se relevèrent, un peu gênés. L'empoignade leur avait détendu les nerfs, mais ni l'un ni l'autre ne put se résigner à prononcer une parole qui eût ponctué la détente. Victor s'éloigna pour accueillir le garde champêtre qui venait d'apparaître sur le haut de la vanne. Resté seul, Arsène se demanda s'il n'allait pas retourner à sa moisson sans les attendre. Il hésitait encore en pensant à ce qu'il devait à Beuillat, lorsque Belette, à vingt ou trente pas, sortit de la forêt. La nouvelle, répandue par Voiturier, avait dû la toucher sur le pré où elle gardait les vaches. Éblouie au sortir du sous-bois par la vive lumière du matin, elle cherchait à s'orienter. Arsène courut à sa rencontre et la repoussa de force dans la forêt avant qu'elle eût seulement pu apercevoir le cadavre. Elle se débattait en protestant :

— Lâche-moi, bon Dieu, mais lâche-moi donc. Je veux le voir. Je suis venue pour le voir.

— Reste tranquille. Ce n'est pas une chose à faire voir aux filles. Allons, viens.

— C'est vrai qu'il a la figure dévorée? Je voudrais voir, dis, rien qu'une minute.

Toute frémissante d'impatience et les yeux allumés par une curiosité féroce, elle essayait encore de se libérer.

— Huit fois neuf? demanda Arsène.

— Tu me fais suer. Tu ne veux jamais ce que je veux.

Il rit et, tout en marchant, la prit par le cou. Belette, qui boudait encore, le poussa d'un coup d'épaule.

Oubliant le cadavre de l'étang, elle se mit à rire et à bavarder. Ils marchaient sans hâte à travers les bois, jouant à se quereller, à chercher leur chemin comme s'ils se fussent égarés, à secouer sur leurs têtes la rosée des basses branches ou à imiter le chant du coucou. Arsène se sentait d'une légèreté d'humeur qu'il n'avait jamais connue. Il lui semblait boire à la joie et à la fraîcheur de la forêt matinale et ses petits yeux gris brillaient comme deux gouttes de rosée. Pour traverser une zone de hautes fougères où Belette se fût mouillée jusqu'à la ceinture, il la prit à cheval sur ses épaules. Elle n'en voulut plus descendre et lui mit deux doigts dans la bouche pour le gouverner comme un vrai cheval. En débouchant sur la Vieille Vaîvre, ils riaient si fort que Belette prit le temps d'avoir un peu peur en pensant que le mort pouvait encore les entendre.

17

Quand le curé entra sur son clou dans la cour de Voiturier, celui-ci était encore en conversation avec les gendarmes de Sénecières qui tenaient leurs vélos à la main. Ils avaient mené consciencieusement leur enquête et non sans sagacité. Après examen du cadavre, ils n'avaient pu douter que Beuillat eût été victime des serpents. Les nombreuses morsures dont le corps portait la marque l'attestaient suffisamment. Toutefois, ils se proposaient de faire procéder à un examen complémentaire par le médecin de Sénecières. Ce qui leur donnait à réfléchir, c'était que le portefeuille du mort ne contînt pas le moindre argent, alors qu'il était garni de plusieurs billets de cent francs au moment où Beuillat, la veille, quittant le café Judet, avait réglé ses consommations. Sur ce dernier point, les témoignages de Judet et des consommateurs étaient concordants. Leur attention avait été attirée sur les faits et gestes de Beuillat par son altercation avec Requiem qui n'avait cessé de l'injurier jusqu'à ce qu'il fût sorti du café. Le vol était donc probable et on ne pouvait pas l'imputer aux vipères. Les gendarmes ne s'expliquaient pas non plus pourquoi Beuillat s'était rendu dans cet endroit écarté de la forêt. Ils trouvaient également singulier qu'un dimanche après-midi, il eût quitté son domicile en manches de chemise et en espadrilles. Non seulement ce débraillé était contraire à l'usage, mais l'enquête révélait que la victime, ordinairement soucieuse d'élégance, n'était jamais sortie dans cette tenue un dimanche. Les habitants de Vaux-le-Dévers auraient pu expliquer sans peine pourquoi il s'était rendu à l'étang des Noues et pourquoi en manches de chemise et en espadrilles, mais au cours de l'enquête, les gendarmes n'entendirent pas une seule fois prononcer le nom de la Vouivre. Le brigadier était un méridional et son accent trahissait suffisamment son origine pour ôter aux indigènes toute envie de lui parler d'elle. Son subordonné, un Jurassien nommé Badiot, n'en aurait d'ailleurs pas appris davantage s'il avait été seul à mener l'enquête, les gens du cru comprenant d'instinct qu'il n'y avait pas de place pour un personnage tel que la Vouivre dans l'univers d'un agent de la maréchaussée. En raison de sa querelle avec Beuillat et des menaces qu'il avait proférées contre lui, les gendarmes s'étaient enquis de l'emploi du temps de Requiem, mais il était prouvé que le fossoyeur n'avait quitté le café Judet qu'à dix heures du soir et saoul comme plusieurs bourriques.

— Ce que je crois, disait à Voiturier le brigadier méridional, c'est qu'il y a pouffiasse là-dessous.

Voiturier, qui n'avait pourtant pas le cœur à la joie, ne pouvait s'empêcher de sourire en l'écoutant et était un peu au spectacle. Comment peut-on parler avec cet accent-là? Et avec cette lenteur du parler jurassien, agaçante pour le brigadier qui aurait eu le temps de réciter quatorze articles du Code, Voiturier répondait :

— Oh! pardi, bien sûr que ça n'aurait rien d'étonnant.

— Qu'elle avait rendez-vous avé lui, poursuivait le brigadier, que la garce vous l'a poussé dans un nid de vipères qu'elle savait bien et que de lui une fois mort, elle aura été à la poche pour lui faire le portefeuille.

— Oh! pardi, ça ne serait pas des choses impossibles non plus.

Le curé avait rangé sa bécane contre le mur du grangeage. Rose Voiturier se détacha du groupe des gendarmes et vint à sa rencontre.

Elle avait pleuré, ses yeux étaient rouges, son visage à la fois maigre et bouffi paraissait meurtri de coups et de fatigue, et son grand corps mal étoffé se voûtait un peu plus qu'à l'accoutumée. Le curé la considérait avec une espèce de concupiscence apostolique. Deux chagrins d'amour en moins d'un an, autant dire deux faillites et singulièrement menaçantes pour l'avenir, c'était un bon ferment. Il n'y avait plus qu'à brasser la pâte pour ramener à Dieu et à l'autel une brebis oublieuse. Le curé présenta ses condoléances. Une bien douloureuse épreuve où elle n'avait pas la part la moins rude.

— Ah! Monsieur le Curé, je n'ai pas de chance, dit-elle un peu crûment.

— Mon enfant, nous parlons souvent de notre chance sans penser que Dieu dispose des événements pour répondre à nos prières et à nos œuvres.

— Ce n'est pas de le prier qui m'aurait rendue jolie ni mieux faite. Et si j'avais été moins laide, Guste Beuillat n'aurait pas eu l'idée d'aller au bois courir la Vouivre.

— Ce qu'il retire d'un côté, Dieu le donne d'un autre et s'il ne vous a pas accordé la beauté, c'est qu'il vous réserve...

Mais le curé perdait son temps. Rose voulait un

mari et croyait savoir que dans la chasse à l'homme, un parfum de piété ne vaut pas un joli visage ni une taille bien faite. Cependant, les gendarmes prenaient congé de Voiturier. Avant de repartir pour Sénecières, le brigadier s'approcha du curé et s'excusa de devoir lui poser une question.

— Tout à l'heure, j'ai appris que Beuillat avait communié hier matin et qu'il ne l'avait pas fait depuis plusieurs années. Pensez-vous qu'il ait communié parce qu'il se croyait en danger?

Le curé n'était pas fâché de se donner un peu d'importance et, avec des airs d'en savoir long, il se retrancha derrière le secret de la confession, quoique celle de Beuillat ne lui eût laissé aucun souvenir particulier.

— Je n'ai pas le droit de vous répondre.

Le brigadier n'insista pas et s'éloigna en compagnie de son collègue.

— Alors, monsieur le Curé, dit Voiturier, il est arrivé une chose bien triste dans la commune.

— Oui, monsieur le Maire, bien triste et bien angoissante aussi. La paroisse en est bouleversée.

Par ce seul mot de « paroisse », le curé prenait déjà position. Voiturier le comprit aussitôt, mais répondit paisiblement :

— Sûrement qu'il va falloir faire attention. On est dans une année à vipères. Avec les chaleurs qu'il a fait, ce n'est guère étonnant. Je me rappelle, mon grand-père disait que les années à vipères, ça revenait tous les vingt-cinq ans.

— Peut-être. En tout cas, monsieur le Maire, je peux vous assurer que pour les gens, il ne s'agit pas d'un simple accident. On ne parle que de la Vouivre. J'ai pu me rendre compte par moi-même de l'état des esprits. Partout, on semble très effrayé et, pour mieux dire, angoissé. Sous la menace qui les oppresse, les gens interrogent leur conscience et en reçoivent la réponse qu'ils pressentaient.

Le curé exagérait. En apprenant la mort de Beuillat, il avait parcouru le village pour sonder l'opinion et provoquer certaines réactions, mais une fois de plus, ses paroissiens l'avaient déçu. Dans l'ensemble, ils croyaient que Beuillat était mort en essayant de ravir le rubis et ne manquaient pas d'être émus par la fin tragique d'un des leurs. La plupart acceptaient même de voir dans l'aventure le doigt de Dieu comme aussi la griffe de Satan. Pourtant, ils n'étaient nullement oppressés par la sensation du péril. Personne n'était obligé, disaient-ils, d'aller faire la chasse au rubis. S'y risquait qui voulait. Au cours de sa tournée, le curé s'était attaché à représenter le pouvoir du démon sur les pauvres âmes toujours prêtes à succomber à la tentation. On le suivait, on voulait bien qu'il en fût ainsi et les parents n'étaient pas sans frémir pour leurs fils. Mais il en allait de la tentation du rubis comme des autres tentations dangereuses telles que le bien d'autrui et les mauvaises filles, chacun restant libre de sa conduite. Le curé avait dû constater, la rage au cœur, qu'il n'y avait chez ces gens-là pas la moindre trace d'un effroi sacré. C'était bien toujours la même chanson. Ils s'étaient habitués à la Vouivre, ils l'avaient déjà digérée. Sur le plan pratique, ils s'en accommodaient avec une indéniable sagesse, une sagesse conforme à l'esprit du dogme chrétien, c'était bien le plus enrageant. D'autre part, ils avaient rangé leurs certitudes à l'égard de son existence dans une cloison étanche de leur conscience, là où elles ne risquaient pas de provoquer un accès de fièvre religieuse : et ce, avec la même aisance des générations passées conciliant, dans un ordre inverse, superstition et religion. Rien à espérer de ces paysans. C'était la pente mystique qui manquait. Du reste, ils ne s'étaient pas montrés hostiles à l'idée d'une procession. Mais ils ne s'y étaient pas attachés non plus. Au plus fort de la moisson, ils avaient des préoccupations autrement importantes. En fait, le curé n'avait réussi qu'à effrayer et stimuler quelques vieilles filles, quelques malades et idiots du village, qu'il considérait comme le déchet de la paroisse.

— La Vouivre, dit Voiturier, avec une feinte tranquillité, c'est de la foutaise. Vous, monsieur le Curé, vous êtes comme moi, vous ne l'avez pas vue?

— Bien sûr que non, répondit le curé malgré lui et sans l'ombre d'un remords, car si la vérité est la vérité, il ne pouvait, simple prêtre, prendre sur lui d'affirmer en face des pouvoirs publics une réalité qui, à coup sûr, n'aurait jamais l'estampille de l'évêché.

— Du moment que la Vouivre n'existe pas, reprit Voiturier, le mieux est de la laisser où elle est et de ne pas s'en casser la tête.

A l'entendre parler avec cette sérénité de ruminant, le curé ne pouvait guère se douter que Voiturier était, à Vaux-le-Dévers, le seul homme que la mort de Beuillat eût jeté dans des transes sacrées.

— Monsieur le Maire, vous avez peut-être raison, mais ce n'est pas à moi à vous apprendre qu'il est parfois raisonnable de compter avec l'opinion des gens. A vous désintéresser de leur volonté, vous risquez de provoquer un orage auquel il me semble que vous n'avez rien à gagner.

— Leur volonté? Mais qu'est-ce qu'ils veulent, les gens?

— Ils pensent beaucoup à une procession et c'est une idée qui devait leur venir tout naturellement. Elle est dans la logique de leur conviction à l'égard de la Vouivre.

Voiturier ne le comprenait que trop bien. La mort dans l'âme, il se défendit de vouloir favoriser la superstition.

— L'affaire n'est pas là, répliqua le curé. Si les gens réclament une procession, je ne peux pas la leur refuser, parce que je ne peux pas affirmer que la Vouivre n'existe pas. Après tout, les faits sont troublants et il ne manque pas de gens qui ont vu cette créature. La question est donc de savoir si vous prendrez la responsabilité d'interdire cette cérémonie contre la volonté de vos administrés.

— Ma responsabilité... J'imagine que dans le coup, vous en avez bien une aussi. Est-ce que vous êtes seulement d'accord avec vos autorités à vous? Pour moi, ça a bien son importance aussi. Je les connais, vos oiseaux. A l'occasion, ils sauraient bien s'arranger pour que tout me retombe sur le dos.

Voiturier avait touché juste. Le curé n'était pas sans s'inquiéter de ce que penserait l'évêché. Néanmoins, il feignit de ne pas comprendre.

— Vous faites l'innocent, monsieur le Curé, mais vous savez bien ce que je veux dire. Une procession contre la Vouivre, il y a de quoi faire rigoler tout le département, si ça se sait. Et ça se saura. A ce moment-là, si vous avez agi sans avoir leur autorisation, vos colonels en soutane vous feront passer pour un vieux curé ramolli. Ils diront que c'est moi qui ai monté l'affaire et ils me feront des sales histoires par en dessous. Je les connais.

— Je pourrais vous répondre que ces suppositions sont injustes et sans fondement, mais je veux d'abord vous rassurer. Croyez bien qu'il ne m'est jamais venu à l'esprit de faire une procession sans être en règle avec l'évêché. J'ai même l'intention de prendre le train demain matin.

A vrai dire, le curé était très ennuyé de ce que Voiturier eût formulé cette objection. Il avait compté pouvoir se passer de l'autorisation de l'évêché, se réservant d'alléguer après coup qu'il s'était vu forcé d'improviser brusquement la procession sous la pression des fidèles.

Rose était partie à bicyclette pour la maison des Beuillat et les deux hommes s'entretenaient du presbytère, lorsque Requiem vint à eux.

— Faustin, dit-il à l'abord, il faut que la commune me prête deux cents francs. Je les rendrai à la fin de la semaine.

— Pas question que la commune prête de l'argent. Elle aurait plutôt besoin qu'on lui en prête.

— Une semaine, je te dis. Je ne me donne pas huit jours pour l'avoir, le rubis de la Vouivre. Et la commune, je lui rends dix fois ce qu'elle m'a prêté. Une fois le rubis dans ma poche, on ne verra au moins plus des Beuillat se faire dévorer la gueule par des salopes de vipères.

A la vision d'un nouveau cadavre jetant la panique à Vaux-le-Dévers, le curé ne put se défendre de considérer Requiem avec une sympathie soudaine, mais Voiturier, furieux, s'était mis à invectiver de sa petite voix aiguë.

— Bougre de grand gniau, va, sacré cudot! Manquait plus que toi pour venir encore me faire suer avec des histoires de la Vouivre. J'en ai jusque-là, moi, de la Vouivre. Et d'abord, elle n'existe pas. Tu entends, elle n'existe pas. Bougre d'âne, tu seras bien avancé quand elle t'aura fait crever aussi. Tu ne comprends pas qu'avec elle, il n'y a rien à faire? rien, je te dis. Et tu vas me faire le plaisir de rester tranquille. Je te défends de t'occuper de la Vouivre. Tiens, fous-moi le camp. Va-t'en creuser la fosse à Guste Beuillat. Ça te remettra la cervelle d'aplomb.

Le curé rejoignit Requiem sur la route et fit un peu de chemin avec lui.

— Faustin, je ne lui en veux pas, dit Requiem. Aujourd'hui, il est qu'il est dans des chagrins. Mais ça ne m'empêche pas de penser des idées.

196

— Monsieur Voiturier avait raison. Il ne faut pas vous exposer à un danger trop certain.

— Bien sûr, je ne dis pas, c'est dangereux.

— Oui, reprit le curé, je suis de l'avis de monsieur Voiturier, ce qui ne m'empêche pas d'apprécier à leur valeur les motifs qui vous ont dicté votre résolution. Vouloir préserver nos jeunes gens du sort qu'a subi ce pauvre Beuillat, c'est une généreuse et noble pensée. Vraiment, mon ami, l'idée part d'un grand cœur.

— Et encore, fit observer Requiem, je ne fous plus les pieds à l'église que pour les enterrements. Allez, monsieur le Curé, pour celui qui saurait me prendre, il y aurait quelque chose à faire de moi. Elle, justement, elle savait me prendre. Elle, vous comprenez, c'était une madone, une princesse de paradis. Seulement, ce qui arrive dans la vie, c'est que vous vous trouvez d'avoir affaire à des gens sans manières. Tenez, des Beuillat. Vous me direz, Beuillat, ce n'était personne. Bien sûr.

— Gardons-nous de porter des jugements trop prompts. Dieu seul a le pouvoir de lire dans les cœurs.

— Bien entendu. Mais Beuillat n'était quand même qu'un cochon. Et d'abord, lui et moi, ce n'était pas possible qu'on s'entende. Il buvait.

Le reste de l'après-midi, le curé se dépensa encore dans le village pour faire mûrir l'idée d'une procession, mais sans obtenir de succès bien éclatants. Le lendemain au début de l'après-midi, après avoir pris le train de bon matin, il se présentait à l'évêché avec le chanoine Gallié. Il n'était pas assez simple pour aller dire aux messieurs qu'il avait vu la Vouivre et que le diable avait pris ses quartiers à Vaux-le-Dévers, car on n'eût pas manqué de lui rire au nez. Sa première intention avait été de présenter l'affaire sous les espèces d'un conflit d'influence entre la cure et la mairie, conflit survenu à propos d'une créature fabuleuse et dans lequel les intérêts de la foi se trouvaient engagés. Heureusement pour lui et pour ses projets, le curé fit une partie du voyage avec M. Gallié, chanoine, curé de Poligny, qui avait été son condisciple au séminaire de Besançon. Le chanoine, qui avait passé plusieurs années à l'évêché et était encore un peu de la maison, eut pitié de la simplicité du campagnard. Il essaya de lui expliquer que ces messieurs ne se souciaient pas du tout de ménager un succès à un curé de village contre un maire radical, quand bien même il aurait pour résultat d'amener à la communion quelques dizaines de paysans. Dans le cadre communal, les radicaux peuvent bien faire figure d'ennemis irréductibles. Pour l'évêché, où on voit plus large, les radicaux restent d'excellents et solides catholiques, dont la tendance janséniste s'est depuis longtemps perdue par l'amour de l'argent. Ce sont eux qui fournissent à l'Église ses troupes d'avant-garde, qui broient et qui dissolvent, pour la lui rendre digestible, toute substance rebelle à son empire. A eux aussi la tâche de diffuser, sous une forme un peu cavalière, un peu schématique, mais si aisément comestible, les valeurs spirituelles du catholicisme qui, sans leur concours, ne seraient déjà plus qu'un rabâchage confidentiel entre douairières et enfants de Marie. Le monde change, mais notre sainte mère l'Église a toujours ses moines prêcheurs qu'elle recrute aujourd'hui chez les épiciers en gros, les avocats ambitieux et les professeurs voltairiens. Le curé de Vaux-le-Dévers n'y comprenait pas grand-chose, mais il s'en remit à son ancien condisciple du soin de présenter sa requête. Le chanoine Gallié sut s'en acquitter avec le tact et l'humour charmant qu'il fallait. Au lieu d'effaroucher le grand vicaire d'une mesquine querelle politique, il lui conta une déli-

cieuse histoire de tarasque, toute parfumée de pitto-
resque campagnard, de folklore jurassien et de foi
naïve et robuste. Il semblait à l'entendre que la
procession fût un ornement pour une page d'Ovide.
En pleine littérature, le grand vicaire, charmé, citait
ses auteurs latins et parlait avec tendresse de la
vieille sève païenne poussant des fleurs exquises sur
l'humus chrétien.

Présent à l'entretien et comme on lui faisait la
courtoisie de s'aviser qu'il était là, le curé de Vaux-
le-Dévers faillit tout gâter en évoquant la figure
grincheuse de Voiturier. Le grand vicaire, flairant
quelque chose de suspect, prit aussitôt de l'inquiétude, et le chanoine Gallié eut beaucoup de mal à
rattraper les paroles de son condisciple. Finalement,
il fut accordé que la procession, avec le consentement du maire de la commune, aurait lieu un jour
de fête religieuse, par exemple le 15 août, ce qui
permettrait au besoin, après coup, de l'imputer à la
gloire de la Vierge et de nier que la Vouivre y ait
été pour rien.

18

La moisson n'était pas encore finie, et déjà le
vieux ne tenait pas à la ferme. Dix fois par jour, il
filait à sa maison où il lui arrivait d'oublier la tâche
qui l'attendait. Abandonnant l'écurie, il avait transporté ses effets chez lui, dans l'une des deux
chambres nues, sans plancher ni plafond, et couchait tout habillé sur une mauvaise paillasse de turquis. A table, il avait des impatiences d'enfant pressé
d'aller jouer et partait avant d'avoir fini. Ce manque
d'assiduité au travail, si étonnant de la part d'un
homme qui trouvait là depuis trente ans sa raison
de vivre, fut aussitôt sensible à la ferme, non pas tant
pour la moisson que dans le courant de la besogne
et les détails de l'organisation auxquels il avait l'œil
mieux que personne. On s'apercevait maintenant de
la place qu'il tenait dans la maison. Victor montra
plusieurs fois de la mauvaise humeur. En famille, il
faisait observer avec insistance qu'on avait compté
sur Urbain pour finir la saison et qu'on allait se
trouver dans l'embarras pour avoir commis la maladresse de lui bâtir trop tôt sa maison. Ce fut l'occasion d'un échange de mots très vifs entre les deux

frères. Louise était heureusement présente et réussit à apaiser ses garçons.

Dans le plein des travaux, Louise avait trop d'affaires pour s'occuper d'aménager la maison d'Urbain, et du reste, le moment n'en était pas venu puisque le maçon et le menuisier avaient presque tout à faire à l'intérieur. Elle y pensait souvent avec amitié et se promettait une joie généreuse à l'installer dignement et à régner un peu sur ce ménage d'homme seul. A chaque instant et tout en vaquant à la besogne, elle faisait violence à son avarice et mettait de côté pour le vieux des ustensiles de cuisine, des draps, des torchons ou des graines pour son jardin. Un jour, elle le retint dans la cuisine et lui offrit de lui rendre sa liberté au premier septembre. Il avait des scrupules et, n'osant pas accepter, il opposait un murmure de protestation.

— Ce n'est pas qu'on n'ait pas faute de vous ici, dit Louise. Si on s'écoutait, on n'aurait pas presse de vous voir en aller. Mais quand on est d'une vie, ce n'est pas d'avoir un pied dans une autre. Maintenant que vous voilà maison, votre ouvrage, il se trouve chez vous. Quand on est plusieurs, si quelqu'un s'en va, ceux qui restent s'y mettent des deux bras, et le travail, on arrive toujours à en voir le bout. Mais vous, Urbain, vous êtes tout seul et l'ouvrage que vous ne ferez pas, personne qui sera là pour vous remplacer.

— Quand on est tout seul, objectait Urbain, on n'est jamais pressé non plus.

— Jamais pressé, mais il y a un temps pour une chose, on ne le rattrape pas quand il est passé. De l'ouvrage, il y en a chez vous autant comme chez nous. Au premier septembre, il sera bien juste temps de vous y mettre. Pour bien faire, ce serait de commencer plutôt plus tôt qu'après.

Le vieux put accepter l'offre sans remords. Il

allait d'émerveillement en émerveillement et voyait à chaque pas dans sa nouvelle vie éclater des aurores. En attendant de l'installer à loisir, Louise s'occupa de lui faire monter un lit dans la maison neuve, et non pas le lit de sangles de l'écurie, mais un vrai lit en bois où l'on pouvait mourir avec décence. Un jeudi après le repas de midi, Arsène se chargea de transporter la literie dans une charrette à bras. Le vieux avait couru l'attendre dans sa maison pour lui ménager la surprise d'une bouteille de vin à huit francs qu'il était aller acheter chez Judet dans la matinée. Il s'était également promis de lui dire à cette occasion ce qu'il n'avait encore osé depuis le premier dimanche et qui débordait de son cœur reconnaissant. Mais quand le vin fut dans les verres, il ne trouva plus la hardiesse de parler. Arsène paraissait insensible à l'intimité du lieu et de l'heure. Comme toujours, il avait un visage sérieux, les lèvres serrées, aurait-on dit, par un effort de réflexion, et dans la physionomie et les attitudes un air de froide indifférence, avec quelque chose d'un peu agressif dans la carrure. Sa parole était lente et économe, et le regard distant de ses petits yeux gris semblait voir plus loin que l'objet où il se portait.

— Tu boiras bien encore un verre de vin?

— Merci, Urbain, sans façon. Il est bon, mais ce serait outrance.

Venant d'un autre, ces simples paroles n'auraient été qu'une protestation polie appelant une nouvelle invite. D'Arsène, elle coupait roide à toute insistance. Il n'y avait plus qu'à s'en aller. Dehors, il faisait chaud, la route fondait sous le soleil d'août, l'air ardait sur les chaumes grillés et les toits de tuile. Les gens s'attardant à la fraîcheur des cuisines et les bêtes à l'écurie, la campagne était encore déserte. Arsène se mit dans les brancards de la charrette à bras et les lâcha aussitôt pour les abandonner à Urbain. Au coin d'un buisson, derrière la maison neuve, il venait de voir apparaître la Vouivre. Pendant que le vieux s'éloignait, il la rejoignit dans l'ombre courte de la haie sauvage. Elle l'attendait avec un sourire accueillant, mais son visage changea en voyant le sien, pâli et tiré par une colère qui le rendait presque hideux. Il s'approchait sans un mot, en la regardant aux yeux. Quand il fut sur elle, il lui prit la figure à pleine main, comme on prend la gueule d'un chien pour lui imposer silence, et se mit à la secouer en grognant :

— Voleuse. Charogne. Vouerie.

Sous la main qui la muselait, elle essayait de protester par des paroles entrecoupées et, tenue à distance au bout de ses bras tendus, se débattait maladroitement. Arsène, dont la fureur semblait encore s'échauffer, continuait à la secouer et à invectiver d'une voix sourde. Voleuse. Charognarde. Ayant réussi à lui prendre la main dans sa mâchoire, elle se mit à serrer. Arsène, haletant, l'injuriait d'une voix plus montée, mais la douleur finit par l'obliger à lâcher prise. Ils se trouvèrent face à face, les bras tombés, et se regardant comme des dogues.

— Qu'est-ce que tu as? Tu vas peut-être m'expliquer, dit-elle d'une voix froide et ses yeux verts prenaient cet éclat de métal chauffé à blanc qu'une fois déjà il leur avait vu.

— C'est toi qui as volé son argent à Beuillat.

— Beuillat? Qu'est-ce que c'est que ça? demanda-t-elle.

— Beuillat, c'est l'homme que tes vipères ont dévoré. Une fois mort, tu n'as pas eu peur de lui retourner les poches pour lui voler ses sous. Vouerie.

— En voilà une affaire. Comme tu dis, j'ai volé Beuillat. Et après? Ce que j'ai fait, c'est ce que je fais toujours en pareil cas. Cet argent-là m'est utile quelquefois pour prendre le train ou pour me procurer des pacotilles qui m'amusent un jour ou deux. Je ne vois vraiment pas pourquoi je me gênerais.

— Tu ne vois pas, non, parce que tu n'es qu'une garce, une voleuse.

Les épaules remontées, il semblait prêt à se jeter sur elle. La Vouivre le toisa d'un regard de pitié qui le troubla et rafraîchit un peu sa colère.

— Voleuse, si tu veux. Pour moi, le mot ni la chose ne signifient rien. Je suis libre, moi, libre comme aucun d'entre vous n'imagine qu'on puisse l'être. Je n'ai à craindre ni la mort ni les gendarmes, je n'ai à partager avec personne, je n'ai pas à régler mes droits sur ceux de mes égaux puisque je suis seule. Je vais par les plaines et par les monts en vous ignorant, mais s'il m'arrive de rencontrer quelqu'un des vôtres, je n'ai pas à entrer dans vos distinctions du tien et du mien.

— Tout ça, c'est des raisonnements, dit Arsène. Tu n'as pas plus le droit de voler que n'importe qui.

— Arsène, tu m'ennuies. Tu ramènes tout à ta petite échelle de condamné à mort. Vous autres, vous vivez, mais moi qui n'ai ni commencement ni fin, je suis, simplement. Vos petites affaires n'ont pas plus d'importance pour moi que vos petites personnes. Je me suis éprise de toi, mais quoi qu'il arrive, ce sera peu de chose. Quand ton squelette sera depuis longtemps tombé en poussière, je continuerai à me baigner dans l'étang des Noues et tu n'auras été pour moi qu'une ride sur l'étang. Ton Beuillat, tu penses si je m'en moque. La vie d'un être comme lui n'est même pas une minute de la mienne. A vrai dire, sa vie ne m'est rien du tout et ses quat'sous ni plus ni moins. J'ai commis bien d'autres vols, puisque vols. Et d'abord celui du rubis.

— Ça m'aurait surpris, ricana Arsène. Le rubis aussi, il faut bien que tu l'aies volé.

— Il y a de ça deux mille ans, à peu près. Un

jour, j'étais couchée sur les graviers du Doubs quand il est venu un cavalier faire boire son cheval à la rivière. C'était Teutobock, le roi des Teutons. Il venait de se faire battre dans le Midi par un certain Marius qui avait exterminé son armée et il essayait de regagner son pays au-delà du Rhin. J'avais eu l'occasion de le voir passer à la tête de ses troupes quand il descendait par la Séquanie. Imagine un gaillard d'au moins deux mètres de haut avec un chignon de cheveux blonds. On disait que quand il était saoul, il s'amusait à porter son cheval, mais il ne l'a pas fait devant moi. Pendant qu'il faisait boire sa monture, je l'examinais. Ses habits étaient déchirés, tachés et par les déchirures, on voyait des plaies, des balafres, toutes noires de sang coagulé. Sur le côté, accroché à sa ceinture, il portait un sac de cuir fauve et j'ai pensé tout de suite qu'il avait mis là son trésor personnel. De son côté, il me regardait du coin de l'œil et il avait beau être pressé, il a pris le temps de me violer. Tout en me débattant, j'ai glissé ma main dans son sac de cuir et j'y ai pris le rubis qui ne m'a jamais quittée depuis. Teutobock s'en est aperçu presque aussitôt, mais trop tard. J'étais déjà au milieu du Doubs, nageant avec le courant, et lui, sur le bord, il gesticulait en me traitant de voleuse, comme toi tu faisais tout à l'heure. J'ai su qu'il s'était fait prendre quelques jours plus tard du côté de Mandeure et qu'il avait été livré à des émissaires romains. Un bien beau garçon, ma foi, ce Teutobock.

— Je m'occupe pas de Teutobock, dit Arsène. Ce que je vois, c'est que tu as volé ses sous à Beuillat. Que par-dessus le marché, tu t'en vantes.

— Encore? La barbe, avec ton Beuillat. Après tout, c'est lui qui a commencé. S'il n'avait pas essayé de me voler, il ne lui serait rien arrivé.

Arsène sentit que la dispute ne tournait pas à

son avantage. Depuis que la Vouivre avait marqué la distance qui les séparait, il était du reste assez mal à l'aise et la voyait d'un autre œil. L'éternité de cette existence de fille qui n'avait à compter ni avec la mort ni avec le hasard, lui donnait un peu de vertige et d'écœurement. Il tourna soudain les talons et partit sans un mot d'adieu. Il fit le tour de la maison d'Urbain et vint s'asseoir sur le seuil où l'ombre de la façade commençait à grandir. Maintenant, le vol opéré sur le cadavre de Beuillat lui semblait peu de chose. Il savait qu'à sa prochaine rencontre avec la Vouivre, il n'aurait pas d'entrain à le lui reprocher. Pourtant, la haine qu'il lui vouait depuis dimanche n'avait pas encore atteint à ce degré de violence. Le souvenir qui le poignait tous ces derniers jours y était certes pour beaucoup. Il se revoyait au bord de l'étang, donnant le bras à une fille nue tout en sachant que derrière lui, son compagnon Beuillat défendait sa vie. Mais la colère et la répulsion qu'en cet instant il ressentait à l'égard de la Vouivre lui étaient surtout inspirées par les propos qu'elle venait de tenir. Tandis qu'elle parlait, il avait eu la sensation ignoble de l'éternité, et la Vouivre, qui incarnait soudain cet infini nauséeux, lui était apparue comme un être difforme et dégoûtant, l'ennemie — d'ailleurs indifférente — de sa vie de paysan si pleine, si bien calée, et d'un univers commodément circonscrit, dont les limites étaient parfaitement ajustées à ses besoins. Il croyait sentir que quelque chose de lui-même était en train de se corrompre ou de l'abandonner, quelque chose comme la faculté de se situer toujours avec certitude et autorité dans le monde où se nouaient tous les fils de son existence. Je vais devenir pareil que Victor ou Beuillat, pensait-il.

Sur la route, Arsène rencontra Juliette. Un mouchoir noué autour de la tête, elle marchait le col redressé, et son corsage moite collait à ses seins de jeune fille. L'usage était de passer sans échanger ni une parole ni un regard, mais Arsène ne put s'empêcher de s'arrêter. Bonjour, comment ça va. Il la regardait avec tendresse. Juliette avait des yeux de biche, étonnés et tout humides de ferveur. Dans leur cour, les Mindeur attelaient les bœufs à une voiture à ridelles. Le père feignit de ne rien voir. Armand vérifiait la mécanique du frein qui embroquait mal. Tandis que la dévorante mettait une ridelle en place, il lui dit à haute voix en montrant d'un coup de menton le couple arrêté sur la route :

— Ta maladie m'a l'air de se donner. J'en connais une qui passera bientôt dans la grange aussi.

— Attends voir, dit Noël, je vas t'apprendre à causer convenablement.

— Vous soutenez vos garces, bien sûr. Vous seriez fier si vos deux filles pouvaient se faire sauter par les Muselier. Il y a déjà de l'ouvrage de fait, que vous vous pensez. Le reste viendra dans pas bien du temps. Mais moi, je ne pense pas comme vous. Juliette, nom de Dieu, arrive ici !

Mais Juliette et Arsène s'étaient déjà séparés. Leur conversation ne pouvait qu'être brève. Même les propos insignifiants devenaient facilement allusifs et touchaient bientôt à un sujet qu'ils entendaient réserver. En s'éloignant sur la route, Arsène s'étonnait d'avoir ainsi arrêté Juliette et s'en inquiétait. D'habitude, il ne cédait pas si facilement à l'humeur d'une minute. S'il s'y laissait aller, c'était en plein accord avec lui-même et il n'avait pas à le regretter ensuite. Il croyait se rappeler aussi qu'au cours de son entretien avec Juliette, il avait considéré avec une espèce d'indulgente bonté les membres de la famille Mindeur vaquant à la besogne, pauvres condamnés à mort, comme lui, et qui s'agitaient, pareils à des mites, dans un pli de l'éternité. Et la

Vouivre, tranquille et indifférente, regardait ce monde infime défiler devant elle et marcher vers le bout de son destin, qui était à moins d'un quart d'heure. La salope. La vouerie.

A la maison, Arsène était attendu. Lorsqu'il entra dans la cuisine, sa mère et son frère venaient d'interrompre une vive discussion et le silence paraissait lourd.

— Qu'est-ce que c'est encore, ce coup que tu viens de manigancer avec le champ des Jacriaux? demanda Victor.

— Je suppose que maman t'aura expliqué. Maintenant, tu en sais autant que moi.

— Je n'admets pas que tu fasses des cadeaux avec ce qui n'est pas à toi. Et d'abord, mets-toi dans la tête qu'ici, tu n'es pas seul à décider.

— Je n'ai rien décidé, répliqua Arsène. J'ai dit à maman qu'on ne pouvait pas laisser partir Urbain sans lui assurer du pain. Que si j'étais d'elle, je lui donnerais le champ des Jacriaux pour le cultiver tant qu'il en aura la force. Maman décidera ce qu'elle voudra. Ça ne regarde ni toi, ni moi. C'est bien tout ce que je vous ai dit?

— Oui, approuva Louise, et c'était parler raisonnablement. On ne peut pas le renvoyer d'ici pour qu'il aille travailler chez les autres. Et s'il n'a rien, bien obligé.

— Toute seule, l'idée ne vous serait jamais venue de donner un champ. Mais c'est lui qui mène la maison. Lui et personne d'autre.

— Je mène rien du tout. Je donne mon avis et puis voilà. Mais quand j'ai été de causer à maman pour lui dire l'idée que je pensais, je ne me doutais pas qu'elle te resterait en travers. Toi qui étais si généreux. Urbain, fallait pas y toucher. Tu avais toujours l'air prêt à tout partager avec lui.

Victor s'écria qu'il avait le souci d'une femme et

de deux enfants et que le reste passait après. Ses responsabilités de chef de famille lui fournirent la matière d'un copieux discours.

— Tu causes à côté, coupa Arsène. Le champ des Jacriaux est à maman. Elle en fera ce qu'elle voudra.

— Ça se peut, mais moi, j'ai une femme et des enfants...

— Tu l'as déjà dit. Ça ne m'intéresse pas.

Arsène, en effet, n'avait jamais eu la moindre inclination pour ses neveux, et ces dernières paroles n'étaient que l'expression littérale de la vérité. Victor en fut d'autant plus irrité. Ne se contenant plus, il s'avança d'un pas et fit sonner une paire de gifles sur les joues de son cadet. Louise, effrayée, voulut séparer ses garçons, mais son intervention était inutile. Arsène n'avait même pas ébauché un geste pour répondre à Victor.

— C'est moi qui me suis mis dans mon tort, dit-il à sa mère du même ton paisible dont il eût constaté un changement de température.

Victor, gêné, ne trouva rien à dire.

— Urbain et Émilie sont déjà partis? demanda Arsène.

— Voilà à peu près un quart d'heure, répondit la mère.

— Bon. J'y vais aussi.

Arsène quitta la cuisine comme s'il ne se fût rien passé. On l'entendit siffloter dans la cour, tandis qu'il s'éloignait vers la grange. En vérité, sa bonne humeur n'était pas feinte. La discussion avec Victor l'avait remis dans son aplomb. La vie n'était plus une frime ni un spectacle pour le délassement de la Vouivre. Il fallait être bien malade pour ne voir en elle que du temps qui coule. Tout y était travail, bataille, affrontement de volontés, remuement de gens et de bêtes, amour, entrailles, coups de gueule, paires de claques, et la Vouivre ne faisait qu'y passer. Arsène entra dans la grange pour y prendre une fourche. Ne l'ayant pas trouvée, il se dirigea vers la chambre aux outils où couchait la servante. Comme il arrivait à la porte, elle s'ouvrit sans bruit et Belette apparut dans l'entrebâillement. Arsène lui vit un air de surprise et d'effarement et sourit en pensant qu'elle venait de faire un somme en cachette.

— En cinquante-quatre, combien de fois six? demanda-t-il en entrant dans la chambre.

Belette releva sa mèche de cheveux, toussa un peu, comme pour reprendre ses esprits, et répondit : soixante-douze.

19

Un dimanche matin, vers la fin du mois d'août, Arsène alla trouver Voiturier et lui déclara sans ambages qu'il désirait épouser sa fille. Les fiançailles de Rose avec Beuillat, dit-il, s'étaient faites au moment où il comptait lui-même se porter prétendant, et le souvenir de cette déception l'incitait à ne pas trop temporiser, bien qu'il y eût de l'inconvenance à une telle hâte. Avant d'en rien dire à Rose qui était encore sous le coup de la catastrophe, il avait tenu à s'ouvrir au père de ses intentions. Voiturier fut un peu surpris, mais l'idée de ce mariage ne lui déplaisait pas. Il n'avait pas la simplicité de croire qu'Arsène épouserait sa fille pour ses beaux yeux. Ce garçon-là, il le sentait, était de ceux qui savent calculer, mais après tout, les deux premiers fiancés n'étaient pas plus désintéressés, et Beuillat n'était qu'un sauteur. Arsène avait pour lui une bonne santé, le goût de son métier, l'horreur de la dépense, et sans être riche, il ne serait pas sans un sou à la mort de sa mère et probablement avant. Voiturier donna son agrément. Il n'entendait pas forcer la main à sa fille, mais le moment venu, il saurait lui parler d'Arsène avec faveur.

Après un entretien qui avait duré près d'une heure, les deux hommes descendirent ensemble à la rivière, Voiturier ayant à donner un coup d'œil à des travaux en cours sur la passerelle de bois. Chemin faisant, ils parlèrent de la Vouivre. Au milieu d'août, elle avait disparu pendant une quinzaine. Du moins, personne au village ne l'avait aperçue. Le curé avait été très affecté par ce départ. Il s'accusait de n'avoir pas su profiter du séjour de la Vouivre pour remonter le tonus mystique de la paroisse. La procession du quinze août n'avait même pas eu lieu, la date imposée par le grand vicaire étant déjà trop éloignée de la mort de Beuillat pour que le peu de zèle et d'émotion des fidèles se maintînt à un degré de ferveur efficace. Il est bien difficile de servir à la fois Dieu et l'évêché, s'était permis de soupirer le curé. Le premier dimanche qui avait suivi le drame de l'étang, tout était encore possible. Voiturier eût cédé au désir de quelques vieilles filles dont on aurait fait passer les bavardages pour un mouvement d'opinion. Ayant eu le temps de se retourner et de tâter le pouls de la commune, il s'était rendu compte que ses administrés ne lui feraient pas grief d'un refus. Ce n'était d'ailleurs pas sans de pénibles débats de conscience qu'il avait interdit la cérémonie. A la veille du quinze août, bourrelé de remords, effrayé de se sentir déjà un pied en enfer, il prenait le train pour Besançon, se confessait à la cathédrale Saint-Jean, communiait le lendemain de bonne heure en tremblant d'être reconnu et entendait toutes les messes jusqu'à midi. Ç'avait été une matinée de bonheur extatique avec frais à l'âme et pleurs de joie. Depuis, il se sentait apaisé et si près de Dieu qu'il avait pu, au cours d'un banquet radical au chef-lieu, blasphémer son saint nom presque sans inquiétude et tourner en dérision les vérités de l'Église. Malheureusement, la Vouivre était revenue à Vaux-le-

Dévers. Plusieurs personnes témoignaient l'avoir vue et Voiturier était déjà moins à l'aise.

— Ce qu'il faudrait, dit-il à Arsène, c'est que personne ne s'en occupe, que chacun fasse comme si elle n'était pas là. Je verrais bien un moyen. Ce serait de poser des affiches à la mairie et à la laiterie comme quoi le rubis de la Vouivre est faux, qu'il ne vaut pas quarante sous. Mais ça, je ne peux pas.

— Vous pourriez toujours essayer de faire courir le bruit.

Voiturier ne répondit pas. Il lui était difficile d'exprimer publiquement une opinion sur le rubis. C'était reconnaître qu'il croyait à l'existence de la Vouivre. Les deux hommes se quittèrent à la passerelle de bois. Jugeant qu'il était trop tard pour se rendre à la messe, Arsène décida de rentrer chez lui par le sentier qui longeait la rivière. Le soleil était déjà haut, il ne risquait pas d'abîmer son pantalon du dimanche dans la rosée. Après avoir marché dix minutes, il crut entendre un bruit sourd, comme de terre remuée. Il semblait venir d'une petite éminence surplombant la rivière et couronnée de jeunes aulnes. Ayant escaladé la pente, il découvrit, derrière le rideau d'arbustes, Requiem occupé à creuser un trou rectangulaire où il était engagé à mi-cuisse.

— Comme tu vois, répondit Requiem à une question d'Arsène, je suis en train de faire une fosse. Je crois qu'elle sera réussie. Elle part déjà bien.

En parlant, il penchait sur ses lourdes épaules sa petite tête au front court et, d'un geste d'artiste, promenait son pouce dans l'espace à hauteur de ses yeux, comme pour caresser les bords tracés droit et les surfaces planes.

— Je vois bien que ce n'est pas de l'ouvrage d'apprenti, dit Arsène. Mais c'est pourquoi faire?

— Pour rien. Je creuse comme ça, en pensant à elle.

Requiem regarda Arsène avec un sourire un peu embarrassé. Il n'éprouvait du reste aucune gêne à être surpris dans son travail, mais il aurait voulu expliquer qu'il dédiait son chef-d'œuvre à la femme de ses pensées, et les moyens de l'exprimer lui manquaient. Arsène ne comprit pas toute la valeur de l'intention qui animait Requiem. Avisant un filet de pêche posé en tas non loin de la fosse, il fit observer :

— Se promener le dimanche avec un épervier, ce n'est guère prudent. Meunier, de Roncières, s'est fait prendre dimanche dernier avec un tramail; l'autre dimanche, c'était un d'Arcières. Et un épervier, ça ne badine pas.

— Ils ne viendront pas me chercher ici. Et d'abord, je ne pêche pas.

— Si tu ne pêches pas, qu'est-ce que tu fais de traîner un épervier avec toi?

Requiem hésitait à répondre. Son regard était devenu fuyant. Comme Arsène insistait, il se décida :

— L'épervier, c'est pour les serpents.

— Je vois ce qui en est, dit Arsène sévèrement. Tu veux le rubis aussi. Ça ne te suffit pas qu'il y en ait déjà un de mort. Tu veux y passer à ton tour.

— Tu te figures, à cause de Beuillat. Mais, Beuillat, ce n'était personne. Quand on est de faire une chose comme ça, c'est d'abord d'y bien réfléchir. Mais moi, justement, je suis l'homme qui pense. Si je me suis mis là, c'est parce que ma tête me l'a dit. D'où me voilà, j'ai la vue sur un kilomètre de rivière. Maintenant, je te suppose que la Vouivre arrive au creux du Grillalot. Je la vois descendre la rivière, je la vois qui s'arrête et qui se déshabille. Je prends ma bêche, mon épervier...

Requiem sauta hors de la fosse et, sans lâcher sa bêche, ramassa l'épervier qu'il disposa sur son avant-bras.

— J'arrive en face du rubis, dit-il en montrant

un caillou dans l'herbe. Doucement, que je me dis.
Ma bêche, je la plante dans la terre. Le rubis, je le
mets dans ma poche. Et alors, non pas que de me
sauver comme ferait un Beuillat, j'attends.

Il prit son épervier à deux mains, prêt à le
déployer, et resta immobile.

— Voilà les serpents. Ils arrivent. Ils sont deux
cents. Mais moi, je m'en fous bien. Je les laisse
venir. Et au bon moment, allez.

Requiem jeta l'épervier. Lesté de balles de plomb,
le filet s'arrondit dans l'espace comme une crinoline
et retomba en cercle sur le sol.

— Bien entendu qu'il en passe à côté, des serpents, et sûrement pas rien qu'un. Mais moi, regarde
ce que j'en fais.

Il avait saisi sa bêche et, tout autour de lui, frap-
pait la terre avec le fer de son outil en grondant :

— Tiens, salope. Tiens. Tiens. A toi, putain. Aïe
donc, voucric.

Il s'animait au simulacre, ses gros yeux de lapin
étincelaient. Malgré lui, Arsène était intéressé et se
reportait au combat qu'il avait soutenu lui-même à
l'étang des Noues, essayant d'imaginer ce qu'il eût
été avec un épervier et une bêche. Il se ressaisit et
arrêta la fureur de Requiem.

— Ton épervier, c'est bien trouvé, mais ça ne te
servira quand même à rien. C'est comme si tu étais
de vouloir barrer la rivière avec tes deux mains. Des
serpents, ce n'est pas deux cents qu'il en viendra,
c'est mille, et ils arriveront de tous les côtés. Pas
plus tôt que tu auras jeté ton épervier, tu en auras
déjà un paquet qui grouillera dans ta chemise. Le
rubis, laisse-le où il est. Va plutôt donner un coup
d'épervier dans la rivière. Tu ramasseras une bonne
meurette; tu rentreras la manger tranquillement, et
la Vouivre et tout son fourbi, tu n'y penseras plus.

Arsène s'employa en vain à détourner Requiem de

son entreprise. Il dépensait une chaleur et une volonté de persuasion qui l'étonnaient lui-même. D'habitude, il était trop respectueux de la volonté des autres pour tenter d'imposer son point de vue dans une affaire où il était désintéressé. Requiem ne niait pas qu'il y eût danger, mais il avait foi dans ses muscles, dans son adresse et dans la subtilité de son esprit.

— Ton rubis, qu'est-ce que tu en feras? dit Arsène à bout d'arguments. Un jour que je te l'ai demandé, tu n'as pas seulement été foutu de me le dire.

— Je me rappelle, dit Requiem. C'était au cimetière, le jour que je creusais pour le pauvre Honoré. Mais de ce temps-là, j'étais heureux. J'avais l'amour dans ma maison. Elle était chez moi. Je n'avais rien à demander. La richesse quand on se trouve d'avoir la plus belle des femmes, ça ne ressemble à rien. A présent, ce n'est plus pareil.

— Je ne vois toujours pas, une fois riche, ce que tu pourras faire de tes sous.

— Laisse-moi dire. Il y a des individus, pour eux, être riche, c'est de se saouler le nez du matin au soir ou d'aller à Dôle au dix-huit. Des Beuillat, quoi. Mais moi, si je viens à être riche, c'est pour elle, à cause des parents qui sont riches aussi. Je me suppose maintenant que j'ai l'argent en poche. Je commence d'abord par m'habiller. Habit noir, comme tu dirais Voiturier les jours qu'il marie, habit noir, manchettes, le col, la cravate, les souliers jaunes, le canotier. Par là-dessus, une canne. Bague en or, chaîne de montre en or et lorgnon en or.

— Qu'est-ce que tu veux faire de lorgnon, objecta Arsène. Tu vois clair.

— Quand même. Une fois habillé, je m'achète une auto, une grande auto bleue, avec le bout comme un cigare. Et maintenant, me voilà de partir sur la route. J'arrive au château.

— Quel château?

— Son château à elle, ou, si tu aimes mieux, celui de ses parents. J'arrive. J'arrête mon auto. Je corne. Voilà les parents qui se mettent aux fenêtres. Qu'est-ce que c'est? ils disent. Moi, je passe la tête à la portière, j'enlève mon canotier : un coup pour le père, un coup pour la mère. C'est le vicomte de Requiem que je leur fais. Eux, polis, ils viennent me chercher. Pendant qu'ils m'emmènent à la cuisine, nous voilà de causer. Vous prendrez bien un verre de vin, ils me disent comme ça. Alors moi : Non, merci, je réponds. Je ne bois pas. Ce sera un verre d'eau.

Ému, Requiem prit le temps de s'admirer. Un peu incrédule à l'égard de ses propres paroles, il éprouva le besoin de répéter :

— Ce sera un verre d'eau. Remarque qu'il fait chaud. Je ne dis pas que je n'avais pas un litre de caché dans l'auto, mais quand même. Les parents, ils voient tout de suite à qui ils ont affaire. Ils commencent à s'intéresser. Moi, je cause de mes propriétés. Les champs que vous voyez là-bas, c'est à moi. Les prés de par en bas, c'est à moi. Ainsi de suite. Et c'est vrai, parce que je viens de les acheter. Ça m'a coûté cher, mais qu'est-ce que ça me fait? Les parents, je les vois qui se regardent et qui réfléchissent. Voilà leur raisonnement, n'est-ce pas : Un homme bien habillé, une auto, des manières, des propriétés, ça ne court pas les chemins. Et tout par un coup, ils me disent : Vous savez, on a une fille. Moi, semblant de rien : Ah! je leur fais, vous avez une fille? Ben oui, ils me disent; elle est qu'elle va sur ses vingt ans, mais voilà un temps, elle a l'air tout triste. Alors, moi, je leur dis : Justement, je leur dis, je me trouve dans des idées.

Le récit de Requiem était encore très long et comportait des péripéties. Le soir, par exemple, invité à loger au château, il rejoignait dans sa chambre la fille des châtelains et, quoique le passé ne lui en fît pas une nécessité, se comportait avec elle en soupirant respectueux.

— Bien des hommes, ils seraient à ma place, je te prends un Beuillat, pour causer. Eux, leur plus pressé, ce serait d'abord de la trousser. Et remarque bien, ce n'est pas l'envie qui m'en manque. Elle est dans son lit, n'est-ce pas? Seulement, moi, l'amour, je sais ce qui en est. L'amour, ce n'est pas tant de se déboutonner, comme on croit. Ce serait plutôt de savoir en causer. Et moi, je m'assieds près du lit, je fume un cigare en causant. Un mot grossier, tu ne me l'entendras pas dire. Je cause, je rigole, je lui dis : alors, ça va toujours? Je fais mon rossignol, quoi.

Enfin, après avoir mené à bien les négociations avec les parents, Requiem concluait :

— Dans pas un mois, tu me verras revenir ici avec elle, mariés tous les deux devant le maire et devant le curé. Oui, dans pas un mois. D'ici là, je ne pense pas qu'il vienne à mourir quelqu'un dans le pays. Je ne vois personne de Vaux-le-Dévers qui soit sur le chemin de basculer. Je sais bien que si je n'étais pas là, on trouverait toujours quelqu'un pour creuser, mais ça me contrarierait quand même.

Arsène quitta le fossoyeur avec un peu de tristesse. Sans compter l'inquiétude que lui inspiraient ses projets, il ne pouvait s'empêcher de comparer l'amour de Requiem avec l'incertitude de ses propres sentiments et il pensait sans fierté au jeu habile qu'il était en train de mener pour épouser la fille de Voiturier. Comme il obliquait à travers la prairie en direction de la ferme, il aperçut Belette passant sur la route au coin du verger des Mindeur. À son habitude, elle précédait d'un bon quart d'heure Louise et sa bru attardées au cimetière à la sortie de l'église.

Avec un serrement de cœur, Arsène songea qu'au jour de son mariage, il lui faudrait se séparer d'elle. Ce serait même le seul regret un peu vif qu'il emporterait dans sa nouvelle vie. Quitter sa mère, pour un garçon, est une aventure qui ne va pas sans plaisir. Une telle séparation, mieux que le mariage lui-même, marque le commencement d'une autre existence. Victor, qui vivait avec Émilie sous le toit de sa mère, était resté comme une espèce de mineur et c'était peut-être ce manque d'une sève nouvelle qui avait fait de lui un homme mou, tatillon et bien disant. Arsène envisageait avec satisfaction de s'arracher à toute la famille. Mais Belette n'était pas de la famille. Il y avait même dans sa mince personne quelque chose d'hostile au génie de la maison. Elle répondait à l'amitié d'Arsène avec une tendresse capricieuse, exigeante et souvent agressive qui mettait sa mansuétude à l'épreuve, mais il aimait cette humeur de sauvageonne, si mal accordée au milieu familial qu'elle imposait à leur intimité des allures de complicité. En marchant sur les prés, il souriait au souvenir de certaines incartades de Belette, de ses colères, de ses ruses et de ses mensonges, qui se paraient à ses yeux d'un charme d'enfance.

La ferme était silencieuse. A l'autre bout de la cour, le chien Léopard dormait au pied d'un noyer. Belette, sans doute occupée dans sa chambre à retirer son chapeau, avait laissé entrebâillée la porte de la grange. Arsène eut envie de la voir et d'entendre son bavardage. Pour ne pas attirer l'attention de Victor qui devait lire son journal dans la cuisine, il s'appliqua à marcher sur de maigres touffes d'herbe qui amortissaient le bruit de ses pas. Même brève, une conversation avec son frère l'eût ennuyé. Ayant traversé la grange, il poussa la porte de la chambre aux outils et resta hébété sur le seuil. Belette, qui n'avait pas eu la présence d'esprit de se lever en entendant son pas dans la grange, était couchée sur son lit et le regardait avec des yeux de bête affolée. Victor, debout au milieu de la chambre, tenait son pantalon à deux mains et, par respect humain, n'osait pas le boutonner. Laissant la porte ouverte, Arsène tourna les talons. Par hasard, sa main rencontra une fourche appuyée au mur de la grange. Il s'en saisit avec la volonté consciente de tuer et revint à la chambre. Sur le lit, Belette pleurait. Victor lut sa condamnation dans les yeux de son frère. Il eut un mouvement des deux mains qui tourna court, car il lui fallut rattraper son pantalon qui tombait. Ce geste ridicule et pitoyable fit hésiter une seconde le désir meurtrier d'Arsène qui se contenta d'abord de lui porter un coup à la mâchoire avec le manche de son outil. Victor eut un grognement de douleur. Un filet de sang lui vint aux lèvres et dégoutta de son menton sur sa chemise. Regrettant déjà sa faiblesse, Arsène tournait contre lui les dents de la fourche et le regardait au ventre, mais il ne put frapper. Belette avait pris dans ses mains les dents d'acier dont les pointes piquaient l'étoffe de son corsage. N'osant lever les yeux, elle baissait la tête et sa mèche pendait devant son nez. Le regard d'Arsène s'arrêta à ces formes frêles, à ces minces épaules de fillette, humbles et effacées, au petit visage mouillé de larmes. Devant cette honte d'enfant, il lui sembla l'éprouver lui-même et il se sentit soudain brisé de tendresse et de souffrance. Lâchant la fourche, il se sauva pour ne pas pleurer devant son frère.

Arsène, qui faisait les cent pas dans la cour devant la porte de la grange, se rendit compte qu'il n'avait pas renoncé au meurtre. Avec de grands efforts, il pourrait peut-être épargner son frère jusqu'au soir, jusqu'au lendemain soir, mais sa haine ne renoncerait pas. Il le tuerait un jour, parce que l'aventure de la chambre aux outils n'était ni un accident, ni le terme d'une fatalité qui pousse deux êtres l'un vers l'autre. Victor avait voulu salir. Sans bien comprendre ce qu'était la servante de seize ans pour son frère, il avait senti le mystère où ce garçon dur et opaque puisait une partie de sa force.

En rentrant de la messe avec sa bru, Louise eut la surprise de voir Arsène sortir de la cuisine et assurer sur son épaule un matelas roulé et ficelé. Devinant qu'il s'agissait encore d'une querelle entre ses garçons, elle ferma son ombrelle de soie noire et, la passant à Émilie, lui commanda de la porter dans sa chambre. Arsène se déchargea de son volumineux fardeau sur la margelle du puits.

— Je m'en vais, dit-il. Je n'aurais pas voulu vous mettre en aria, mais je ne peux plus vivre avec mon frère. Il vaut mieux pour lui que je m'en aille.

— Entre frères, quand on a des mots, ils ne laissent pas de marque, dit Louise. J'étais cinquième de sept, je sais bien ce que c'est. Qu'est-ce qui s'est passé?

— Ne me le demandez pas, maman. Et ne le demandez pas non plus à Victor. Ce n'est pas plaisant à dire ni à entendre non plus.

— C'est bien beau, mais si quelqu'un est de s'en aller, pourquoi ce serait toi? Il y a à regarder, il me semble. Ici, c'est moi qui commande.

— Victor, lui, il n'a pas envie de s'en aller. Et moi, de toute façon, je suis de partir un jour. Pour le moment, je vais chez Urbain. C'est lui qui m'apportera le manger là-bas. Pour le travail, j'aurai besoin d'y repenser, mais vous ferez bien de vous inquiéter d'un domestique, au moins pour l'année qui vient.

Arsène aurait voulu demander à sa mère de renvoyer Belette, mais Louise eût compris aussitôt pourquoi il se séparait de son frère. Du reste, il était à prévoir que la servante partirait d'elle-même avant peu. Pendant l'entretien, Victor passa la tête par le vasistas de la porte de l'écurie. Belette devait être encore dans sa chambre et Émilie n'en finissait pas de ranger l'ombrelle de Louise. Pour ne pas les tenir bloqués plus longtemps dans les compartiments de la maison, Arsène quitta sa mère et reprit son fardeau.

Ayant retourné et nivelé le terrain autour de sa maison, Urbain arpentait son domaine en traînant dix mètres de ficelle derrière lui et méditait l'emplacement des carrés de légumes. Il prévoyait aussi des fleurs et, la nuit passée, il avait rêvé d'un rosier.

— Je viens vous demander de me loger chez vous, dit Arsène.

Le vieux lâcha son cordeau et vint ouvrir la porte. Une lumière de joie et de gratitude brillait sur sa longue figure sèche.

— Entre. Tu mettras ton lit où tu voudras. Ce n'est pas la place qui manque.

Le maçon venait de finir les plafonds et la maison commençait à se meubler. Dans la première pièce où Arsène installa son matelas, il y avait déjà une table en bois blanc, trois chaises de paille et un arrosoir neuf. A midi, Urbain alla chercher le repas préparé par Louise pour son fils et retourna lui-même déjeuner à la ferme. Arsène mangea presque avidement comme s'il cherchait à la fois la revanche et l'oubli dans l'apaisement de sa faim. Dès après le repas, il se sentit livré au souvenir de la chambre aux outils. Les moindres détails de la scène surgissaient à son esprit avec une précision insupportable. A plusieurs reprises, il envisagea sérieusement la mort de Victor et en savoura la vision, mais le plus souvent, sa pensée se tenait à Belette et c'était pour lui une souffrance que rien ne pouvait compenser. Il essayait de secouer son chagrin en arpentant la pièce. Bientôt, il ne put tenir à l'intérieur de la maison. Il lui semblait avoir besoin de fatigue pour retrouver son aplomb. Dehors, la chaleur était accablante. Sur le découvert du chaume, il marcha droit à la forêt. Avant d'atteindre la lisière, il ne put s'empêcher de tourner son regard vers la ferme où le repas devait s'achever dans un silence pénible. Avec une grande pitié, il pensa à Belette assise au bas bout de la table et se représenta son attitude humble et embarrassée sous le regard aigu de sa patronne.

Arsène allait au hasard des sentiers, sans but, et la grande solitude des bois n'apaisait pas sa souffrance. Il lui semblait au contraire que le mal creusait en lui plus profondément. Il marchait depuis une demi-heure lorsqu'il vit la Vouivre surgir d'un taillis et la rencontre lui fit un plaisir sensible. Depuis son retour à Vaux-le-Dévers, c'était leur premier contact. Plusieurs fois, il l'avait aperçue rôdant avec précaution aux abords de la ferme, mais elle n'avait pas encore osé, semblait-il, lui imposer sa présence. Arsène n'avait presque plus de rancune et dans l'instant, il l'oubliait.

— Je suis revenue, dit la Vouivre. J'ai été dans la montagne, mais je n'avais de goût à rien. Je regrettais ce que je t'ai dit à propos de Beuillat.

Arsène fit signe qu'il n'y pensait plus.

— Tu as pu croire que je méprisais tout ce qui est de la vie des hommes. Pourtant, c'est le contraire. Je voudrais vous connaître mieux. Moi, qui ai vu apparaître les premiers hommes dans le Jura et se succéder des milliers de générations, tu penseras peut-être que je les connais mieux que personne. La vérité, c'est que vous m'avez toujours étonnée. Il y a dans vos têtes quelque chose qui n'est pas dans la mienne, quelque chose que je sentais déjà chez les hommes des cavernes, et je voudrais bien savoir quoi. Quand je suis avec toi, j'attends toujours que tu me l'apprennes.

— Je ne vois pas ce que tu veux dire, mais je croirais assez que tu te fais des idées. En tout cas, si je pouvais te montrer le dedans de ma tête, je ne choisirais pas de le faire aujourd'hui. Je suis dans des ennuis qui brouillent tout. J'entre dans des mauvais jours. Je suis malheureux comme personne.

Ils s'étaient assis côte à côte au bord du sentier, adossés au tronc d'un gros chêne. Arsène eut honte d'avoir laissé échapper des paroles qui pouvaient passer pour une plainte. Rencontrant le regard de la Vouivre, il ajouta :

— Sûrement que toi, tu ne dois pas être heureuse non plus.

Elle ne dit ni oui ni non, elle ne savait pas. L'effort de réflexion où elle s'absorbait lui donnait un air borné. Arsène la regardait avec un peu de compassion.

— Ce qui me fait dire ça, c'est de penser à ce que disait ma mère. C'était l'après-midi du 15 août. Il y avait des gens à la maison et on s'est mis à parler de Beuillat, et de toi aussi, bien sûr. Ma mère tricotait une chaussette en causant et je l'entends qui dit : « La Vouivre, je ne voudrais pas être d'elle. Une fille qui ne meurt pas, ce n'est pas à faire envie; quand on est de faire une chose, si on n'en voit pas venir le bout, on ne sait pas ce qu'on fait et on ne fait autant dire rien. »

Une expression de curiosité un peu inquiète anima les yeux verts de la Vouivre. Arsène poursuivit, plutôt pour lui-même que pour elle.

— Et moi, je me pensais qu'elle avait raison. Je la regardais qui tricotait sa chaussette. Je me disais que si elle n'avait pas eu déjà dans l'idée ce que serait le bout de la chaussette, son travail n'aurait pas ressemblé à grand-chose. Je me disais aussi que la vie, c'est pareil; que pour bien la mener, il faut penser à la fin.

— C'est des idées de curé, murmura la Vouivre. Vous y pensez souvent, vous autres, à la mort?

— Encore assez, dit Arsène après un temps de réflexion. Je crois qu'on y pense tout le temps, même quand on n'y pense pas. C'est peut-être ça qui se trouve dans nos têtes, comme tu dis, et qui n'est pas dans la tienne. Je croirais même que ceux qui savent le mieux y penser, à la mort, c'est ceux qui savent le mieux faire leur vie aussi et ranger tout ce qu'il y a dedans.

Arsène se tut. Il se souvenait de Beuillat qui était allé à la mort si légèrement, sans avoir été capable de l'envisager. Se tournant vers la Vouivre, il la vit préoccupée, l'air troublé, et il se prit à l'envier. Il pensait à cette souffrance vive avec laquelle il allait se retrouver seul et qui ne serait peut-être rien, s'il avait, lui aussi, l'éternité devant lui. De son côté, la Vouivre rêvait à son destin uni et informe dont elle ne disposerait jamais. Il lui semblait avec évidence qu'Arsène fût maître du sien comme l'était sa mère de tricoter sa chaussette. Rien de plus désirable, de plus rafraîchissant que de porter ainsi sa fin en soi-même et d'y travailler maille après maille. En soupirant, elle s'allongea sur le côté et étendit le bras pour cueillir un champignon rouge qui poussait dans les fougères. Comme elle le portait à sa bouche et commençait à le croquer, Arsène l'arrêta :

— Ne mange pas, bon Dieu, c'est du poison.

— Oh! moi, rien ne peut m'empoisonner, dit-elle en laissant le champignon rouler sur sa robe. La mort ne m'attend nulle part.

20

Les filles Mindeur étaient agitées par le voisinage d'Arsène. De la fenêtre de la cuisine, on le voyait aller et venir autour de la maison d'Urbain et, sans doute parce qu'il s'était installé là en rupture avec sa famille, on avait l'impression exaltante qu'il se trouvait soudain disponible et sans défense. Juliette surveillait la maison du vieux avec une curiosité fervente. Bien qu'elle témoignât aux siens une humeur agressive, une joie profonde transparaissait à son visage, et dans ses yeux noirs couvait un feu doux. Des raisons assez graves pour déterminer Arsène à se séparer de sa famille devaient être de celles qui remettent tout en question, pensait Juliette. Avec une espérance inquiète, elle attendait son heure.

Pour être plus superficielle, l'exaltation de la dévorante n'en était pas moins alarmante pour ses parents. Déjà quand Urbain était venu coucher dans sa maison, elle avait pris le mors aux dents. On croyait, sans du reste s'en inquiéter autrement, qu'il s'était passé quelque chose avec le vieux. Mais la présence d'Arsène, qui menaçait l'honneur de la famille, était d'autre importance. Au retour des champs, Noël s'ingéniait à proposer à son aînée des besognes qui lui fissent oublier le voisin. Le premier jour, on lui donna à creuser une fosse à purin, le deuxième, à déménager un moule de bois d'un hangar dans un autre. La grande Mindeur travaillait d'arrache-pied et sans distraction. A la nuit tombée, lâchant à regret son labeur, elle passait à la cuisine et dînait comme un ogre. Alors, la poitrine se mettait à frémir, tressaillir et soubresauter, les grands yeux de vache lançaient des éclairs. Heureusement, les Mindeur eurent la machine à battre pendant deux jours et leur aînée y trouva quelque apaisement. Il vint des garçons du village pour aider à la besogne, à charge de revanche. Ils avaient autant d'affaire avec la dévorante qu'avec la machine à battre. On ne pouvait remuer une botte de paille sans découvrir ses cuisses et d'instant en instant, il s'élevait, par-dessus le bruit de la machine, un grand hennissement de putain, qui portait jusqu'à l'autre bout de Vaux le Dévore. En outre, dans ces deux seules journées, la grande Mindeur dépucela le fils du facteur, garçon de quatorze ans qui venait d'obtenir son certificat d'études, et les quatre petits-fils du notaire de Roncières qui passaient à bicyclette sans penser à rien. Les parents des victimes se plaignirent aigrement et le facteur, qui n'en faisait du reste pas une affaire d'argent, parla de réclamer un franc de dommages-intérêts. Les Mindeur se trouvaient encore un coup assez ennuyés. De tous ces délits, Noël ne fit qu'une raclée, mais le dos de son aînée en fut marqué comme d'un arc-en-ciel.

Arsène, inactif et solitaire, passait de longues heures dans la maison d'Urbain à remâcher son chagrin et sa colère. Il lui semblait avoir perdu pour jamais le goût du travail et de la société de ses semblables. La pensée de Belette et de Victor l'accaparait tout entier. Il se posait à leur sujet des questions qui compliquaient sa souffrance : Depuis quand duraient ces rencontres de la chambre aux outils, comment Victor était arrivé à ses fins et pourquoi Belette lui avait cédé, si elle avait obéi à la curiosité ou à la contrainte. Plus il y réfléchissait, plus la conduite de Victor lui semblait révoltante, surtout par l'intention. Il découvrait mieux en lui l'ennemi né qu'il avait déjà pressenti, l'homme auquel il s'opposait par tous ses instincts, ses sympathies et ses aversions. Il lui semblait qu'il n'aurait pas éprouvé la moindre révolte, mais seulement une contrariété, s'il avait surpris la servante en compagnie d'un autre homme ou garçon du pays, fût-ce un Armand Mindeur. En vérité, ce n'était pas une illusion dont il flattait sa rancune. Il se rappelait parfaitement avoir eu vent de certaines rencontres de Belette avec un garçon d'une vingtaine d'années et avoir envisagé la possibilité d'une aventure sans beaucoup s'en émouvoir. Quand bien même le garçon eût profité des faveurs de Belette sans en faire de cas, ces amours n'auraient eu, aux yeux d'Arsène, rien de salissant pour elle. Il semblait donc que le caractère avilissant de ces rencontres de la chambre aux outils tînt à la personne de Victor.

Louise venait le voir à la maison du vieux. Sans lui faire de question, elle essayait de l'intéresser à la vie de la ferme en parlant de ses occupations et de l'état des travaux. Ses visites ne faisaient aucun plaisir à Arsène qui l'écoutait distraitement, souvent avec impatience. A travers ses paroles, il comprenait pourtant qu'il manquait beaucoup à la ferme. Le travail se ressentait de son absence. Urbain, libre au premier septembre, s'était offert de lui-même à continuer son service. En prenant la décision soudaine de quitter la ferme, Arsène avait pensé qu'il pourrait encore y travailler en prenant quelques précautions pour ne pas se trouver en face de son frère, mais l'idée de rester associé avec Victor, même de loin, lui répugnait. Il avait besoin de sentir entre eux des frontières nettes. Déjà, il était gêné qu'on lui apportât ses repas de la ferme et songeait à s'organiser pour faire la cuisine chez Urbain. Un soir, Louise lui apporta elle-même son dîner. Au cours de la conversation et comme incidemment, elle lui fit part de sa décision de renvoyer Belette. Sans doute soupçonnait-elle la servante d'être pour quelque chose dans le départ de son garçon. Considérant qu'il n'était plus de la maison, Arsène ne fit aucune objection, mais ce congédiement qu'il avait failli demander lui-même à sa mère quelques jours plus tôt, le contrariait à présent.

Belette passait plusieurs fois par jour devant la maison d'Urbain. C'était elle qui, matin et soir, portait le lait à la « fruitière ». L'après-midi, elle menait son troupeau de vaches aux communaux. Pleine d'appréhension, elle passait, la tête raide et les joues chaudes, en risquant pourtant un regard de côté avec l'espoir qu'Arsène viendrait lui reprocher sa conduite et que tout finirait par s'arranger. Belette avait plutôt des regrets que des remords. Le coup de s'être donnée à Victor, au fond, ce n'était pas grand-chose. Lors de leurs rencontres, elle n'avait jamais eu l'impression de rien faire qui fût bien important. Et d'ailleurs, Victor n'avait pas l'air non plus d'en faire une affaire d'État, quoiqu'il devînt sérieux au moment pointu. Si elle avait su qu'Arsène y vît tant de mal, bien sûr qu'elle se serait refusée. Pourtant, lorsqu'elle passait devant la maison du vieux, il semblait à Belette qu'une ombre pesante se levât dans sa conscience. Elle retrouvait toute chaude la honte de l'instant où elle avait été surprise. L'amour qu'elle portait à Arsène lui paraissait alors avoir perdu des droits. Sur les prés, dans la compagnie des autres bergers, elle oubliait son chagrin, mais à la ferme, elle sentait lui manquer durement la présence du garçon calme et rugueux qui adoucissait pour elle l'éclat de ses petits yeux d'acier et l'enveloppait naguère d'une tendresse qu'elle n'avait jamais connue. Le soir, elle pleurait longtemps sur son lit de sangles, et la bête faramine revint plusieurs fois rôder dans la chambre aux outils.

Arsène attendait toujours avec anxiété le passage de Belette. Il lui pardonnait son erreur, admettant qu'elle ne fût en rien responsable, mais il ne pouvait prendre sur lui de l'appeler et de la rassurer. Il ne le voulait pas. Le souvenir de la chambre aux outils le gênerait toujours. Sa parole serait embarrassée, sa voix sonnerait faux, et celle de Belette ne rendrait pas le même son non plus. Le sentiment qui l'avait lié à la petite servante était trop fin et délicat pour qu'on tentât de le raccommoder comme une simple camaraderie ou un amour à sueur et à étreintes. Pourtant, lorsqu'il voyait apparaître sa silhouette de petite fille, Arsène, la gorge serrée de pitié et de tendresse, était secoué d'un élan. Parfois, leurs regards se rencontraient, timides et chauds. L'après-midi, lorsqu'elle emmenait son troupeau, le chien Léopard venait saluer son maître, posait les pattes de devant sur le rebord de la fenêtre, allongeait le cou pour lécher et aboyait doucement. Habitué à reconnaître les dispositions amicales de son maître selon le dosage des coups de sabots, Léopard, affolé par les caresses que lui prodiguait Arsène, se tortillait en gueulant de plaisir. Renvoyé avec une claque et une injure cordiale, il rejoignait le troupeau dans l'amorce de la montée, et Arsène pouvait voir la bergère et son chien longuement embrassés, leurs pattes et leurs museaux mêlés. Ces messages que lui apportait Léopard entretenaient Belette dans l'espoir d'un revirement prochain. Si j'avais une bonne paire de nichons, comme voilà la grande Mindeur, ou même un peu moins, les choses ne seraient pas longues à s'arranger, pensait-elle. Cette conviction était une source de rêveries opulentes : Un matin, en se levant, Belette constatait un changement profond dans toute sa personne. Pendant la nuit, ses jambes étaient venues à la grosseur d'un fort tuyau de poêle, ses fesses étaient énormes, et par-devant lui étaient poussées deux belles citrouilles à la peau rose, avec des bouts comme des tétines en caoutchouc, mais durs. En même temps, sa voix aiguë et criarde avait mué vers le grave. Elle riait maintenant d'un gros rire gras comme celui de la mère Judet, un rire de poitrine. Les garçons accouraient de partout et tournaient autour d'elle. Touchez pas, gamins, leur disait Belette, j'aime pas qu'on m'emmerde. Cependant, Arsène ne pouvait pas s'empêcher de la regarder au corsage, et les yeux lui sortaient légèrement de la tête. Pour mettre toutes les chances de son côté, elle devenait riche et même très riche, car elle héritait d'un oncle photographe. À la réflexion et l'oncle photographe n'ayant pas plus de vraisemblance que de réalité, Belette s'emparait du rubis de la Vouivre.

Un matin, au troisième jour de sa retraite, Arsène prit la décision d'aller chez Voiturier pour y pousser un peu ses affaires. Il parlerait à Rose et, sans se découvrir trop brutalement, lui donnerait à entendre qu'il désirait faire sa vie avec une fille sérieuse, économe et bonne ménagère. Il était tombé une averse dans la nuit, le temps restait gris, la campagne baignait dans une tiédeur humide qui ressortait de la terre avec une odeur de fruit mûr. Arsène se mit en route sans beaucoup d'entrain, obéissant à une espèce de nécessité logique sur laquelle son imagination ne travaillait plus. S'étant arrêté chez Judet pour acheter un paquet de tabac, quelques gouttes de pluie se mirent à tomber comme il sortait, et il en prit prétexte pour revenir sur ses pas. Cette paresse l'inquiéta comme le signe d'une certaine indifférence à son destin. Il se raidit et décida qu'il irait chez Voiturier dans l'après-midi, mais le moment venu, il ne put s'y résoudre et durant plusieurs jours, il remit ainsi sa visite. Souvent, il sortait avec le ferme propos de se rendre chez le maire et, après quelques pas sur la route, tirait soudain vers les bois ou vers la rivière. Il en était à chaque fois humilié et endolori, mais ne trouvait pas la force de surmonter sa mollesse. La rivière l'attirait plus que la forêt. En descendant les prés fleuris des colchiques mauves de septembre, il se délassait un peu dans la paix du paysage calme. Au bord de l'eau, il rejoignait Requiem sur le tertre couronné d'aulnes, d'où le fossoyeur continuait à guetter l'apparition de la Vouivre.

— Raconte-moi quand tu es d'aller au château, demandait Arsène.

— C'est bien facile, disait Requiem. Et d'abord, je m'achète un chapeau melon. Ensuite de ça, ma barbe, je l'ai laissée pousser. Tu vas trouver drôle que je porte la barbe, mais attends après. Je m'apprête, la redingote, les souliers, tout, et je monte en auto. C'est bon, j'arrive au château, je corne, et c'est elle qui vient à la fenêtre. Les parents, ils se trouvent justement d'être allés au café. Mademoiselle, je lui dis, je viens pour une commission à vous faire. Avec le chapeau melon, la barbe, elle ne m'a pas reconnu. Montez donc, monsieur, elle me dit. C'est bon, nous voilà dans sa chambre, on s'assied, on cause. Moi, tu peux te penser les yeux que je lui fais. Jamais elle n'a été si belle. Une princesse, je ne peux pas dire mieux. Elle ne m'a toujours pas reconnu, mais quand même. La voilà qui me dit : C'est pourtant drôle, elle me dit, vous ressemblez à une connaissance, un nommé Requiem. Requiem, moi je lui dis, je l'ai bien connu, Requiem. Et vous l'aimiez, bien, Requiem? je lui demande comme ça. Ah! monsieur, elle me fait, Requiem, je pense à lui tout le temps, j'en rêve toutes les nuits, de Requiem. Alors, moi je lui dis : Justement, je lui dis, je venais vous dire qu'il était mort. Pauvre ami, la voilà de sortir son mouchoir. Mon Requiem! qu'elle se met à gueuler, mon petit Requiem!

Ici, Requiem reprenait haleine et, d'un revers de main essuyait les larmes qui lui venaient aux yeux.

— Moi, n'est-ce pas, je la console. Il y avait bien du monde à l'enterrement, je lui dis, le maire, le curé, les pompiers, l'instituteur, l'institutrice, le notaire de Roncières, les gendarmes de Sénecières, le juge de paix, ils y étaient tous, et un officier qu'on n'a pas su qui c'était. Et des fleurs, ce n'est pas croyable. Mais elle, elle n'arrête pas de pleurer. Elle m'aime tellement, n'est-ce pas. Au bout d'un moment, moi je lui dis : Mademoiselle, je ne voudrais pas vous déranger, mais j'ai une sacrée soif. Je descends vous chercher du vin, elle répond. Non, non, non, je lui dis, moi, pas de vin. Je ne bois pas. Un verre d'eau, ça ira comme ça.

Le récit offrait alors plusieurs variantes. Par exemple, pendant que la Robidet allait chercher le verre d'eau, Requiem se rasait la barbe, et à son retour, elle avait la joie de le reconnaître. Ou bien les parents, en rentrant au château, trouvaient leur fille abîmée dans un chagrin mortel et se déclaraient prêts à donner leur sang et leur fortune pour ressusciter le disparu, de quoi Requiem s'acquittait avec tact. De temps à autre, Arsène risquait une suggestion et le fossoyeur repartait en infléchissant la ligne de son récit.

Un matin, pourtant, Arsène eut un sursaut de volonté et, surmontant sa répugnance, se présenta chez Voiturier. Rose se trouvait seule à la ferme. La mort de Beuillat l'avait vieillie. Son visage terne était encore amolli par le chagrin et la lassitude. Son grand corps sans grâce ni relief semblait ployer sous le poids d'une fatalité morose. Arsène, qui était venu avec des intentions précises, ne put lui en dire le premier mot. Au moment de parler, il se dérobait comme un cheval rétif devant l'obstacle. A la fin de la conversation qu'il avait maintenue constamment hors de son propos, il convint en lui-même qu'il ne voulait plus épouser Rose. Les propriétés de Voiturier ne le tentaient plus du tout, et ses ambitions de culture motorisée lui paraissaient soudain des rêves puérils, mal pensés et déraisonnables. Il quitta Rose Voiturier sur quelques paroles compatissantes et c'était une prise de congé définitive. Arsène renonçait. Sa décision une fois arrêtée, il en fut troublé et effrayé. Il crut avoir perdu le goût et les moyens d'une existence normale, c'est-à-dire vouée au gain, à l'argent. Le plus inquiétant était cette défaillance dans l'esprit de suite qui avait toujours fonctionné chez lui sans à-coups.

Quand il eut regagné son domicile, chez Urbain, Arsène eut affaire au spectre de Beuillat. Ce n'était pas encore un remords, mais plutôt le regret d'un gaspillage inutile, d'un manque d'économie. J'ai tué pour rien. Sa conscience était longue à s'ébranler. La notion du péché y était en rapport étroit avec l'idée d'un dommage matériel, d'une mauvaise économie des forces humaines. Ayant fait le premier pas de reconnaître son crime, il en découvrait peu à peu l'horreur. L'infamie de Victor l'aidait à y voir clair, à comprendre qu'on peut commettre un crime sans pécher contre les valeurs utiles. A midi, Urbain apporta le repas comme à l'ordinaire, mais Arsène n'y toucha pas. Il était dans un état de tension nerveuse à ne pouvoir avaler un morceau de pain. Sa haine, son remords, sa tendresse blessée se heurtaient en lui, se chevauchaient dans une mêlée harassante. Il lui semblait patauger dans une ombre boueuse, un remuement obscur de haines, de crimes, de souffrances, de saletés. Plusieurs fois, pris de rage, il refit le projet de tuer Victor. Il sentait la nécessité de commettre ce meurtre qui apaiserait non seulement sa soif de vengeance, mais aussi bien son remords, comme si ce meurtre, qu'il regardait comme un acte d'hygiène et de justice, dût le laver de la mort de Beuillat. Mordu par la tentation et gardant néanmoins la conscience de l'abîme où il allait tomber, il eut, comme une impatience d'eau froide, le désir de se confier, de remettre son fardeau entre des mains amies. L'idée l'effleura d'aller à confesse, mais l'humanité d'un curé lui paraissait chose peu sûre, un curé n'étant que l'oreille du Dieu éternel, infini, fermé au mystère de la vie — comme la Vouivre. Peu porté sur le Christ, Arsène ne pensait pas à l'homme-Dieu, commune mesure entre la vie et l'éternité, échelle humaine de l'infini. Le curé s'inté resserait à son affaire, mais comme un comptable.

Il était deux heures après-midi. Arsène pensait à un pistolet allemand que son frère Denis avait rapporté du front en 1916. L'arme était accrochée au mur, à la tête du lit de Victor. Il y avait un chargeur complet dans un tiroir de la chambre aux outils. En rassemblant dans son esprit les matériaux du drame, son regard errait par la fenêtre et il vit, traversant la cour des Mindeur, Juliette se diriger vers un hangar. Une inspiration le poussa sur la route et, sans s'arrêter à l'idée que les autres Mindeur pourraient s'étonner, il alla rejoindre la jeune fille dans le hangar où elle triait des pommes. Juliette, en l'accueillant, eut dans le regard toute la douceur qu'il avait espérée. Il s'approcha d'elle, très près, et lui dit d'une voix à peine altérée :

— Juliette, j'ai tué Beuillat. C'est moi qui l'ai

mené au rubis de la Vouivre. J'avais pensé à ce que je faisais. C'était pour marier la fille à Voiturier.

Juliette se mit à trembler. Son visage prit la couleur grise qui est la pâleur des teints mats, et la peur fit chavirer ses yeux noirs. Arsène, silencieux, tendu, regardait son crime dans ce regard de femme. La vie revint au visage de Juliette et, dans ses yeux, cette douceur qu'il était seul à connaître. Elle lui prit la tête entre ses grandes mains chaudes et sèches qui sentaient la pomme.

— Tu as bien fait de venir me le dire. Moi, Arsène, je sais ce que tu es, je te connais. Tout ce qu'on a pu faire, ce n'est pas ce qui empêche d'être ce qu'on est.

— Les pommes ne poussent quand même pas sur les pruniers, murmura Arsène.

— La fille à Voiturier, tu n'en as finalement pas voulu. Celui qui refuse le profit du mal qu'il a fait, il aura facile de se faire pardonner. Il ne faut pas non plus se faire plus mauvais qu'on n'est. Beuillat, il n'aurait pas eu besoin de toi pour aller là où tu l'as mené. Moi, j'ai su qu'il cherchait la Vouivre et c'était bien huit ou quinze jours avant que le malheur arrive.

Arsène ne dit rien, mais refusa en lui-même d'abriter sa conscience derrière ces raisons. Sa confession l'avait d'ailleurs soulagé. La douceur de Juliette, une force tendre et persuasive, qui émanait de sa voix et de son regard, agissaient sur lui comme un opium. Il sentait son cauchemar s'engourdir dans un bien-être lourd et inquiétant qui lui remettait le goût des euphories moroses après les chagrins d'enfant, bercés dans les bras maternels. Cette conscience diminuée, sa position humiliée à l'égard d'une femme, n'étaient pas sans l'irriter et le dégoûtaient un peu de lui-même. Il pensait à s'arracher à la sollicitude de Juliette quand Armand Mindeur, la bouche tordue par un sourire mauvais, apparut à l'entrée du hangar. Juliette, qui pressait encore entre ses mains la figure d'Arsène, les laissa retomber et se tourna vers son frère. Sa physionomie avait retrouvé ses plis durs et ses yeux l'expression de hargne vigilante qui leur était ordinaire.

— C'est le bordel qui continue? dit Armand. Monsieur s'est fait mettre à la porte de chez lui et il s'en vient pleurer chez nous. Mais ma maison, elle n'est pas faite pour les mendiants. D'abord, toi, Juliette, file à la cuisine.

— Ne fais pas attention, dit Juliette en s'adressant à Arsène. Tu sais comme il est, il n'a jamais bien sa tête à lui.

Armand, qui s'était approché de sa sœur, lui donna une gifle et, comme elle ripostait, la saisit par les cheveux. Arsène se trouvait reporté dix ans en arrière sur le chemin de l'école. Son intervention s'imposait. Les deux garçons s'empoignèrent, mais la bataille fut courte. Sans égard aux usages courtois, Juliette passa derrière son frère et le tira par les oreilles en même temps qu'elle lui décochait un dur coup de pied au jarret. Perdant l'équilibre, il tomba à la renverse. Arsène le tenait sous son genou et cognait sans ménagement. Il éprouvait une certaine allégresse à dépenser un peu de cette violence qu'il contenait avec tant de peine depuis plusieurs jours. Armand gueulait qu'il irait trouver les gendarmes. Attiré par le vacarme, Noël Mindeur s'avança sous le hangar et sa présence mit fin au combat. Il ne cacha pas sa surprise de voir un Muselier chez lui. Poli, mais le front et la voix sévères, il réclama une explication. Arsène chercha le regard de Juliette et y ayant lu la réponse qu'il attendait, se tourna au père :

— Je venais vous demander Juliette en mariage, dit-il, mais je suis d'avoir rencontré Armand et il ne m'a guère laissé le temps d'un mot. Si vous voulez bien, je viendrai vous en recauser une autre fois, quand on pensera déjà moins à ce qui s'est passé avec Armand.

— Viens quand tu voudras, dit Noël, la voix radoucie. Tu connais le chemin de la maison.

Arsène salua et s'éloigna, poursuivi par les ricanements d'Armand. Belette passait sur la route avec son troupeau de vaches. En le voyant dans la cour des Mindeur, elle s'empourpra et lui lança un furieux regard. Comme Léopard hésitait à reconnaître son maître dans ces lieux interdits, elle le prit par le collier pour l'empêcher de le rejoindre et le fit avancer à coups de pied dans les flancs. Cette vengeance puérile, Arsène en fut à la fois blessé et ému. Traversant la route, il prit dans les champs pour gagner la forêt. Le chaume commençait à prendre une teinte grise, la lisière des bois se piquait de taches d'or et de rouille. Arsène était calme, détendu. Il n'était pas heureux, son cœur restait lourd, sa conscience douloureuse, mais la nécessité de considérer l'avenir le remettait en équilibre. Il se marierait aux premiers jours d'octobre, louerait une maison à l'autre bout de Vaux-le-Dévers, il en avait une en vue. Le travail reprendrait. Les fumures, les labours, les semailles, les jardins, les bêtes, Juliette, il l'aimait bien. Il lui confierait tout, Belette, Victor, Beuillat. D'en parler souvent, ils finiraient bien par user leur peine. Dans la forêt, il fut rejoint par la Vouivre. Ils marchaient côte à côte sans guère parler. Comme à l'habitude, les rares propos échangés faisaient suite à ceux de la veille, qu'elle paraissait avoir médités. De temps à autre, elle prenait un pas sur lui et le regardait ardemment.

— Si je savais que je doive mourir, mettons dans trente ans, est-ce que tu crois que je changerais? Tu me disais hier, la peine, le plaisir. Tu sais : tout ce qui nous vient, jour après jour, c'est des pierres pour bâtir sa vie et il faut bien qu'elles tiennent au cœur, tu disais, puisqu'elles soutiendront les murs jusqu'au bout. Mais moi, justement, ce qui me vient, ça ne sert à rien. Pour quels murs? Ce matin, je pensais, mourir, ça s'apprend peut-être? Tu crois qu'on apprend?

— Qu'est-ce que tu vas chercher? Ce que je te disais là, c'était manière de causer. Ne pense plus à des bêtises pareilles.

— J'y pense parce que je t'aime, ou plutôt parce que je voudrais savoir mieux aimer, comme vous autres. L'amour, mes peines, mes plaisirs, je voudrais que ce soit lourd à porter, si lourd que je n'en puisse plus, comme toi l'autre jour. Au lieu d'aller toujours sans m'arrêter à rien. Si je devais mourir...

Vers la fin de l'après-midi, comme il venait de rentrer, Arsène eut la visite du curé. Il pensa d'abord que sa mère le lui envoyait pour tenter un rapprochement, mais le curé ne fit même pas allusion à la brouille des deux frères. Il était rouge d'excitation et parlait très vite, avec une allégresse qui éclatait malgré lui.

— Tu es au courant? Ce malheureux accident. Encore la Vouivre, bien sûr. Comment, tu ne sais rien? Tout le pays est en rumeur. Je vais te raconter.

— Requiem? demanda Arsène angoissé.

— Mais non, c'est mieux que ça, laissa échapper le curé dans son exaltation.

Il exposa rapidement l'affaire. Au début de l'après-midi, vers une heure, des gamins jouaient sur l'emplacement de la maison Roux, détruite deux ans plus tôt par un incendie et dont il ne restait que des pierrailles envahies par les ronces. En déplaçant des pierres, deux enfants avaient été mordus par des vipères. Transportés aussitôt à la pharmacie de Sénecières, ils avaient reçu les soins nécessaires et se trouvaient hors de danger, mais la nouvelle avait vivement ému la population. Certes, on aurait pu prétendre, et Voiturier n'y manqua pas, qu'il s'agissait d'un accident banal, ces amas de pierrailles étant fréquemment des nids de serpents. Mais comme personne n'avait été piqué depuis très longtemps, à l'exception de Beuillat et son cas était particulier, on ne douta pas que la Vouivre fût responsable. Ce qui parut grave c'est qu'elle ne jouait plus le jeu. A présent, il ne suffisait plus d'être prudent et de résister à la tentation du rubis. La Vouivre lâchait ses serpents à tort et à travers. Chacun était menacé en allant cueillir une salade au jardin. Le curé avait beau jeu. Et justement, on était au 7 septembre, la veille de la fête de la Nativité de la Vierge, qui tombait un samedi. En faisant une procession le lendemain, le curé n'encourait aucun reproche de l'évêché, puisque la cérémonie, selon le vœu du grand vicaire, servait à deux fins. La situation de Voiturier était désespérée. Vers neuf heures du soir, à bout de résistance, il donnait carte blanche au curé. La procession devait traverser le village, entrer dans la forêt, contourner l'étang de la Chaînée et l'étang des Noues, gagner la rivière à la hauteur de la morte du Vieux-Château et revenir à l'église après avoir suivi le cours de la rivière. Voiturier passa une nuit atroce à se demander s'il suivrait lui-même la procession. Il était en proie à un accès de fureur adorante, de fringale votive, il brûlait d'une soif ardente de dévotion et d'apostasie, mais il sentait peser sur sa conscience trente-cinq ans d'action anticléricale et progressiste, et l'ombre du radical barbu, député de la circonscription, avec des yeux pleins de tristesse et de reproche, le regardait suer sur sa couche.

21

Depuis cinq heures du matin, le curé était sur les dents. Assisté des trois sœurs Moineau, de Noël Mindeur et du forgeron, il préparait dans la sacristie l'ordonnance de la procession et faisait l'inventaire des accessoires. Les trois sœurs recousaient des franges à la bannière de Jeanne d'Arc, mettaient en état des robes d'enfants de chœur, les hommes rajustaient un brancard, une hampe, taillaient, clouaient. Tout en ayant l'œil aux détails matériels, le curé prenait les dispositions les plus propres à assurer la victoire à ses troupes dans leur combat contre le démon. Depuis la veille, il était préoccupé d'une lacune qu'il apercevait dans son dispositif. L'église de Vaux-le-Dévers possédait une relique de saint. C'était un fragment de mâchoire et sans doute n'avait-il jamais joui d'un très grand crédit dans la région ou bien sa vertu avait-elle subi une éclipse, car le nom du saint auquel elle appartenait s'était effacé de la mémoire des fidèles. En l'espèce, on ne savait proprement à quel saint se vouer. Voiturier et les radicaux l'appelaient par dérision sainte Mâchoire. La relique devait naturellement figurer à la procession et le curé sentait vivement l'inconvénient de cet anonymat qui ne favorisait pas l'élan et la ferveur invocatoires. Vers le milieu de la matinée, il eut une illumination qu'il reconnut lui venir d'en haut. Ayant emprunté une épingle à chapeau à l'une des sœurs Moineau, il ouvrit son bréviaire au hasard et, les yeux fermés, piqua l'épingle sur l'une des pages. C'est un U, dit-il en se penchant sur le livre. Sainte Ugénie! s'écria le forgeron. Non, dit l'aînée des sœurs Moineau, c'est sainte Ursule. Comme elle était pucelle et qu'il le savait, le curé n'hésita pas. Dieu a parlé, dit-il, c'est sainte Ursule. Il mesura aussitôt toute l'importance de cette révélation. Ursule, douce et pieuse princesse bretonne, bergère du troupeau aimable des onze mille vierges, et qui brilla par sa foi et par sa pureté entre toutes ces vierges immolées par les Huns, son patronage prenait une signification éclatante. Les meilleures armes du curé, les plus efficaces, seraient l'innocence, la pureté, la blancheur. Un plan de bataille surgit aussitôt dans son esprit. En tête marcheraient, devant lui, les enfants de chœur vêtus de blanc. Suivraient, par rang d'âge, les fillettes également en blanc et, au milieu de cette phalange candide, la châsse de sainte Ursule, portée par quatre communiantes de l'année. S'avanceraient ensuite, derrière la bannière de Jeanne d'Arc et par ordre de virginité, les jeunes filles de Vaux-le-Dévers, puis les femmes, groupées sous la bannière du Sacré-Cœur de Jésus. La veuve Beuillat, mère douloureuse et vivant reproche aux crimes de la Vouivre, aurait une place en vue. Enfin, fermant la marche, la sombre et lourde piétaille des hommes dont la clameur imprécatoire roulerait comme un orage de Dieu sur les lieux souillés du démon. Le curé se mit à tonner des ordres dans la sacristie. Noël Mindeur et le forgeron sautèrent sur leurs bécanes et les sœurs Moineau, retroussées jusqu'au mollet,

242

s'éparpillèrent dans le pays pour alerter la jeunesse et répandre la bonne nouvelle de sainte Ursule.

Il était midi, et Voiturier, qui se disposait à passer à table, reçut la nouvelle en plein cœur. Un prodige venait de révéler le nom de la sainte à laquelle avait appartenu la mâchoire. Alors que le curé priait Dieu dans la sacristie pour qu'il voulût bien lever l'anonymat, son bréviaire s'était ouvert tout seul et un trait de feu, courant sur les pages, désignait les lettres qui avaient permis d'épeler le nom de la glorieuse martyre. Voiturier, chancelant, quitta la cuisine et se retira dans sa chambre. Il sentait s'appesantir sur lui la main du Dieu inexorable au parti radical et aux fanfarons de l'irréligion. Le temps des vengeances terribles était enfin venu. Sainte Ursule surgissait de l'ombre et de l'oubli pour châtier le misérable qui l'avait salie du nom de sainte Mâchoire. Voiturier, agenouillé sur sa descente de lit, refaisait le compte de ses crimes, s'accusait humblement, demandait pardon à Dieu et à sainte Ursule. Pourtant, le cœur déchiré, broyé par la vision du châtiment, il s'attachait encore aux paradis menteurs de la laïcité et implorait à mi-voix l'appui de son député : « Monsieur Flagousse, vous n'allez pas m'abandonner! Monsieur Flagousse! »

Le ciel s'était ennuagé dans la matinée, mais après midi, à la première heure, il devint très bleu. Requiem sonna une première fois de la grosse cloche de l'église pour avertir les fidèles. Il avait accepté de sonner presque sans arrêt pendant tout le temps que durerait la procession. Pour affermir ses bonnes dispositions, Noël Mindeur vint lui apporter deux litres de vin de la part du curé.

— Tu remercieras le curé, dit Requiem, mais ce n'était pas la peine. Je ne bois pas.

Il prit les bouteilles, les mit au frais dans l'escalier du clocher et ajouta :

— Deux litres, pour peut-être trois heures que je vais avoir à sonner, ce n'est pas beaucoup. Qu'est-ce que c'est que deux litres de vin quand on a chaud ?

— Ce n'est pas l'affaire de rogner, dit Noël, mais le vin, il en faut ce qu'il faut. Un verre de trop, c'est les bras qui refusent la besogne. Il faut penser à ça.

— Bien sûr, convint Requiem. Ce que j'en dis, c'est plutôt pour dire. Je ne bois pas.

La procession quitta l'église vers deux heures et demie, dans l'ordre prévu. Les cloches sonnaient à grandes volées. Quoiqu'il fût grandelet, le fils du facteur, porteur de la croix, devait ouvrir la marche des enfants de chœur. On l'avait choisi, justement parce que la croix était lourde pour un si long chemin. Honnêtement, la grande Mindeur vint avertir le curé qu'elle l'avait dépucelé dans le courant de la semaine. Le fils du facteur dut dépouiller sa robe et suivre la procession dans les rangs des hommes. Son père lui allongea une claque en lui reprochant l'enchaînement funeste qui le rejetait en queue de cortège et le mènerait un jour en prison. Pour la grande Mindeur, après bien des hésitations, le curé lui avait confié le soin de porter la bannière du Sacré-Cœur. Ce n'était pas qu'il voulût faire honneur à une femme sans conduite et quatre fois divorcée, mais il avait pensé, d'accord avec Mindeur, qu'il fallait de toute nécessité lui occuper les mains et l'esprit, afin qu'elle ne pût mettre à profit la complicité de la forêt pour jeter le désordre et le scandale dans les rangs des hommes. Du reste, chacun comprit dans quelle intention il avait agi et admira sa sagesse.

Au milieu du village, la procession fit une halte à la grande croix en fer forgé où était élevé un reposoir fleuri. Hommes et femmes entonnèrent à pleine voix : « Vive Jésus ! vive sa croix ! » Les fidèles chantaient avec une allégresse émue. L'ordonnance de la cérémonie, les fleurs, les robes blanches des enfants, la conscience de participer à une belle fête et d'en être les créateurs les haussaient à un sentiment de joie religieuse. Les voix étaient justes, souvent bien accordées. Celles des hommes dominaient, graves, lamentant la souffrance et la mort du Christ. Tendres et perçantes, celles des femmes filtraient dans ce souffle de grandes orgues comme l'espérance dans l'ombre de la mort. Voiturier, qui s'était enfermé dans sa chambre pour n'être pas tenté par la vue de la procession, ne put pas ne pas entendre le chant et fut bouleversé par sa mélancolie somptueuse. N'y tenant plus, il s'habilla en hâte et enfourcha sa bécane. La tête de la procession s'engageait dans la forêt lorsqu'il la rejoignit. Les enfants de Marie chantaient un *Ave Maria*.

Arsène n'avait pu se résoudre à aller prendre le départ à l'église. Sans se l'avouer, il redoutait la curiosité des hommes du pays à l'égard de son changement de domicile. On n'allait pas manquer de le questionner. Il lui faudrait éluder sèchement ou forger un mensonge, ce qui était également ennuyeux. Du reste, la procession lui semblait un déploiement tout à fait vain. Arsène ne croyait pas que la Vouivre fût un démon. Il voyait en elle une assez pauvre créature de Dieu, dont la condition inhumaine avait fini par lui inspirer quelque pitié. Pour ne pas manquer à la promesse faite au curé, il se proposait toutefois de rejoindre la procession à son passage sur la route ou à l'étang des Noues. En attendant et pour ne pas penser à autre chose, il essayait de se familiariser avec son nouveau destin. Il l'envisageait sans inquiétude. Un remords qu'on traîne derrière soi, une haine qui tient au cœur et l'amour d'une femme belle et grave, il y a de quoi lester une existence au départ. Le reste ne viendrait jamais tout à fait par hasard. Pourtant, il n'était pas heureux. Il sentait en lui une incertitude qu'il n'arrivait pas à situer. Tout en méditant, il rôdait autour de la maison. Tous les Mindeur et Armand lui-même étaient partis pour la procession, il se sentait libre de ses allées et venues. Plusieurs fois, ayant traversé la route, il aperçut Belette seule dans la cour de la ferme et son cœur se serra.

Belette avait refusé d'accompagner la famille à la procession. Depuis que Louise lui avait signifié son congé pour le 15 septembre, elle affectait de n'être plus à la ferme que comme une étrangère. En cet après-midi de solitude, errant aux abords de la maison vide et refroidie, elle prenait conscience de l'abandon où elle tombait elle-même. Depuis qu'elle avait vu Arsène sortir de chez Mindeur, elle avait perdu tout espoir de regagner son amitié. Du reste, elle allait quitter le village dans huit jours et retrouver dans sa famille les privations, les poux, la honte et toute la misère où les souvenirs d'une vie plus propre et plus tiède se gâteraient bientôt. Dans cette détresse, Belette n'avait pas la ressource d'accuser personne. Victor n'avait rien exigé. Il lui avait offert le jeu plutôt gentiment, comme on fait une politesse, ou comme on offre une cigarette. On dit non une fois, mais on ne peut pas toujours refuser. Pas de responsable, pas de recours, même en pensée, rien qu'une tristesse lourde, sans violence, aggravée par la sensation d'un dénuement complet. Pas d'argent, pas d'amour, pas de tendresse, pas de poitrine. Une vie de petite servante misérable qui allait nouer son bagage dans un mouchoir après avoir goûté un moment de chaleur. Elle connaîtrait d'autres fermes où les garçons, les charretiers et les valets se la repasseraient sans la consulter, jusqu'au jour où un modeste gibier de prison comme son père l'emmènerait dans sa cabane pour lui faire des enfants voués à la misère et, à coups de taloches, se venger sur elle des rigueurs de la société. Cependant, Belette surveillait la route où, de temps en temps, apparaissait Arsène et n'osait lui faire signe.

Ayant contourné l'étang de la Chaînée, la procession cheminait dans une allée sous une haute futaie de hêtres et de chênes. Les jeunes filles chantaient : « Nous voulons Dieu, c'est notre roi. » Entre les fûts des grands arbres, dans le vaisseau de haute cathédrale, les voix claires montaient à la voûte des frondaisons jaunissantes qui laissaient passer un long trait de ciel. Parfois, entre deux respirations du chant, on entendait le son lointain de la cloche de Vaux-le-Dévers. Des hommes se penchaient hors des rangs pour s'enchanter la vue des robes blanches processsionnant dans l'ombre du sous-bois. Le chant des vierges s'éteignit et, peu après, le son de la cloche. Soudain, dans le silence recueilli, s'éleva une voix solitaire, une petite voix aigre et fêlée de boîte à musique, qui fit se tourner toutes les têtes. C'était Voiturier le radical, le mangeur de curés, le contempteur de l'autel, Voiturier l'apostat, soulevé par la foi et par l'espérance et qui chantait : « Je suis chrétien, voilà ma gloire! » Le curé s'enivrait de ce filet de voix et remerciait Dieu d'avoir bien voulu qu'un affreux jacobin humiliât publiquement son orgueil devant les saintes vérités. Et il remerciait aussi sainte Ursule dont l'intercession avait permis que ce miracle s'accomplît. Voiturier l'apostat continuait à chanter seul, mais à la voix du grand radical qui revenait si noblement des erreurs de son passé, un frisson courut dans la procession et les hommes, tous les hommes, se mirent à chanter avec emportement. C'était, plus qu'un chant, un gueulement où résonnait l'accent d'une passion étrange. Les chanteurs se tournaient vers le petit homme comme pour l'acclamer et le curé se mit à trembler en se demandant si ce délire ne préparait pas à Voiturier un triomphe sans précédent aux prochaines élections municipales et si Dieu lui-même n'était pas en train de devenir radical. Quand le chant se fut apaisé, la cloche de Vaux-le-Dévers se mit à sonner d'une voix plus large et sur un rythme de fête comme pour célébrer l'aube d'un grand jour radical.

A vrai dire, en balançant la grosse cloche, Requiem ne pensait ni à la cause radicale ni à la procession. Il venait de boire le restant des deux litres de vin offerts par le curé. C'était un assez bon vin qui chantait dans la tête. Quand il eut empoigné la corde et mis la cloche en branle, Requiem se laissa emporter par le premier tintement jusqu'au château où demeurait la Robidet. Assise dans un fauteuil, elle roulait une cigarette de tabac puisé dans une blague en caoutchouc brodé d'or. Ses parents étaient à la fenêtre et disaient entre eux : « Voilà une cloche qui sonne joliment bien. On n'a jamais entendu une cloche sonner si bien. Le sonneur ne doit pas être n'importe qui. » Requiem s'appliquait alors à sonner avec plus de vigueur. Les parents se tournaient vers leur fille : « Tu entends, la cloche, la façon qu'elle sonne, si c'est joli ? — Ah ! soupirait la jeune fille, si je l'entends ! pensez voir. — Des fois, demandaient encore les parents, tu n'aurais pas entendu dire qui ça peut bien être qui sonne ? — A ce qu'il paraît, ce serait un nommé Requiem de Vaux-le-Dévers. Un homme sérieux. Il ne boit pas. » Les parents se regardaient en se faisant des clins d'œil. Ce que voyant, Requiem se dépensait de toute sa force et de toute son adresse. Au lieu de laisser filer la corde pour la saisir au retour, il s'y cramponnait, l'arrêtait aux trois quarts de la remontée et précipitait la cadence. Soulevé, emporté, il sautait comme un diable dans le porche de l'église. Et tout en sonnant, il se transportait de sa personne au château. Bonjour à l'un, bonjour à l'autre, et il disait simplement, sans essayer de se faire valoir, comme bien des gens auraient fait à sa place : « C'est moi, Requiem, c'est moi, le sonneur de Vaux-le-Dévers. » La douce jeune fille lui souriait amoureusement et les parents s'émerveillaient de plus en plus, car la cloche sonnait d'une cadence si alerte qu'ils se sentaient pris de l'envie de danser.

Regardant sa montre, Arsène jugea qu'il était l'heure et quitta la maison d'Urbain pour aller à l'étang des Noues rejoindre la procession. En traversant la route, il donna un coup d'œil vers la ferme de sa mère et vit Belette au bord de la mare. Elle semblait épier son départ et peut-être attendait-elle sa venue. Arsène pensa qu'elle était seule et faible, si petite fille, et qu'elle avait besoin de lui. Il ralentit, hésita, mais il ne put se défendre de songer à Victor. Belette, qui avait eu un frisson d'espoir, le vit s'éloigner sur le chaume. Un instant, elle resta plantée à l'entrée de la cour à le suivre des yeux. Et soudain, son abandon lui apparut si complet, la vie si déserte, qu'elle ne put tenir à la solitude et s'élança dans les champs. En courant droit devant elle à travers les bois, elle pouvait espérer déboucher sur l'étang, près de la vanne, avant l'arrivée d'Arsène.

La cloche de l'église s'était tue, Requiem ayant lâché la corde pour ouvrir ses bras à la Robidet. Belette fonçait entre les taillis dont les basses branches lui égratignaient les jambes. Le chant lointain de la procession venait mourir dans les sousbois. Trompée par l'écho qui répétait parfois le bruit de ses pas, Belette s'arrêtait court et, rassurée, reprenait sa course. Elle sortit de la forêt entre la vanne et le sentier par où déboucherait sans doute Arsène. La procession arrivait à l'autre bout de l'étang et chantait par la voix des femmes. Au loin, les robes blanches se détachaient sur le fond noir de la forêt. Dans les notes basses, le chant était avalé par la distance. Il renaissait à la montée, si doux et fluide qu'il semblait sortir de l'étang et ruisseler d'une eau calme. Belette s'arrêta au bord du bois, les yeux clignés sur les lointains et, en écoutant les voix, la vie lui parut plus heureuse. Son cœur battait encore de la course et de l'attente, mais elle ne redoutait plus la vue d'Arsène. Abaissant son regard sur l'espace d'entre l'étang et la forêt, elle vit la robe blanche de la Vouivre, et sur la robe, le rubis. Elle vit s'offrir la fortune qui lui vaudrait autant d'importance qu'une forte poitrine et pensa à la surprise d'Arsène.

La Vouivre s'était déshabillée là pour dérober à la procession la vue de sa dépouille et de son rubis. Passant de l'autre côté de la vanne, elle était allée se coucher dans l'eau, près du bord, sa tête émergeant seule à l'abri d'une touffe de roseaux. Sa première pensée avait été de placer le rubis sur le passage du cortège et de se montrer elle-même dans sa nudité. Par égard pour Arsène qui figurait peut-être dans la procession, elle y avait renoncé. Du reste, elle ne regrettait rien. Les voix pieuses lui apportaient l'écho du mystère qui la troublait depuis plusieurs jours et lui semblait maintenant plus proche.

Serrant dans sa main le diadème de la Vouivre, Belette vit déferler sur elle le flot des serpents et se mit à hurler le nom d'Arsène. Il avait suffi de l'appeler. Il sortait de la forêt, puissant et trapu dans ses habits du dimanche, et sa dure tête si résolue que Belette n'eut presque plus peur. Il courait à lourdes foulées au milieu de la harde des serpents, sans voir où il plaçait ses pieds. D'une main, il saisit Belette, la tint serrée sur sa poitrine, et de l'autre, se mit à cueillir les vipères qui se tordaient sur le petit corps de fillette. Il les arrachait comme·une mauvaise herbe, d'un geste sec, et les jetait à terre en disant :

« Tiens, salope. Tiens, vouerie. » Ils revenaient toujours plus nombreux et sa main commençait à s'engourdir. Les reptiles grimpaient dans ses jambes, grouillaient dans sa veste, dans sa chemise, dans ses manches, mordaient, jetaient leur venin. Ah! les voueries. La procession se rapprochait, ses voix claires s'élançaient sur la nappe de l'étang des Noues.

La Vouivre se demandait qui avait pu appeler le nom d'Arsène avec une aussi anxieuse ferveur et hésitait à sortir de l'eau. S'étant ébrouée et étirée dans le soleil, elle monta sur la vanne et siffla les serpents, mais trop tard. Arsène et Belette ne remuaient plus. L'homme était étendu sur le dos, les épaules calées par une petite butte de terre, et tenait la fille embrassée. Il serrait d'une telle force que la Vouivre dut renoncer à dénouer l'étreinte de ses bras. Le sang qui avait taché sa chemise et ses habits, coulait sur ses mains couvertes de morsures. Son cou déchiré en était inondé, mais son visage était à peine déformé par une boursouflure où les marques des crocs ressemblaient à des piqûres d'épingle. Un reste de vie brillait dans le regard des petits yeux gris dont la douceur étonna la Vouivre. Les lèvres bleuies remuèrent pour épeler dans un dernier souffle des paroles qu'elle n'entendit pas. Huit fois sept? demandait Arsène. Mais Belette avait déjà oublié sa table de multiplication.

La cloche de Vaux-le-Dévers s'était remise à sonner pour les noces de Requiem, qu'on célébrait au château en présence d'une assemblée de sous-préfets, de comtes, de marquis et de brigadiers de gendarmerie, pendant qu'il sautait, cramponné à la corde, dans le porche de l'église. Et la Vouivre, penchée sur le visage du mort, cherchait dans ses yeux sans regard le secret du grand mystère qu'elle ne devait jamais connaître.

DU MÊME AUTEUR

Aux Éditions Gallimard

ALLER-RETOUR, *roman.*

LES JUMEAUX DU DIABLE, *roman.*

LA TABLE AUX CREVÉS, *roman.*

BRÛLEBOIS, *roman.*

LA RUE SANS NOM, *roman.*

LE VAURIEN *roman.*

LE PUITS AUX IMAGES, *roman.*

LA JUMENT VERTE, *roman.*

LE NAIN, *nouvelles.*

MAISON BASSE, *roman.*

LE MOULIN DE LA SOURDINE, *roman.*

GUSTALIN, *roman.*

DERRIÈRE CHEZ MARTIN, *nouvelles.*

LES CONTES DU CHAT PERCHÉ.

LE BŒUF CLANDESTIN, *roman.*

LA BELLE IMAGE, *roman.*

TRAVELINGUE, *roman.*

LE PASSE-MURAILLE, *nouvelles.*

LA VOUIVRE, *roman.*

LE CHEMIN DES ÉCOLIERS, *roman.*

URANUS, *roman.*

LE VIN DE PARIS, *nouvelles.*

EN ARRIÈRE, *nouvelles.*

LES OISEAUX DE LUNE, *théâtre.*

LA MOUCHE BLEUE, *théâtre.*

LES TIROIRS DE L'INCONNU, *roman.*

LOUISIANE, *théâtre.*

LES MAXIBULES, *théâtre.*

LE MINOTAURE précédé de LA CONVENTION BELZÉBIR et de CONSOMMATION, *théâtre.*

ENJAMBÉES, *contes.*

Bibliothèque de La Pléiade

ŒUVRES ROMANESQUES COMPLÈTES, I

Dans la collection Biblos

LE NAIN - DERRIÈRE CHEZ MARTIN - LE PASSE-MURAILLE - LE VIN DE PARIS - EN ARRIÈRE.

*Cet ouvrage a été composé
et achevé d'imprimer par l'Imprimerie Floch
à Mayenne le 15 septembre 1989.
Dépôt légal : septembre 1989.
1er dépôt légal dans la même collection : janvier 1972.
Numéro d'imprimeur : 28462.*

ISBN 2-07-036167-5 / Imprimé en France.